KB083132

전후 일본
단편소설선

갈채

엮은이

조정민 趙正民 Cho, Jung-Min

부경대학교 일어일문학부 조교수. 일본 규슈대학에서 일본 근현대문학 및 문화 연구를 전공하였다. 일본의 전후문학이 패전 후의 연합국의 일본 점령을 어떻게 기억했는가에 대해 연구하여 박사학위를 취득했으며, 이를 토대로『만들어진 점령 서사-미국에 의한 일본 점령을 어떻게 기억할 것인가』(2009)를 펴냈다. 최근에는『오키나와를 읽다-전후 오키나와문학과 사상』(2017)을 통해 전후 오키나와 담론의 전형화, 정형화의 메커니즘을 전후 오키나와문학을 통해 점검하고 오키나와의 지(知)의 경험의 근대, 혹은 탈근대 담론에 어떻게 개입할 수 있는지 살펴보았다. 번역한 책으로는『나는 나-가네코 후미코 옥중 수기』(2012),『화염의 탑-소설 오우치 요시히로』(2013),『오키나와문학의 이해』(공역, 2017) 등이 있다.

옮긴이

장수희 張秀熙, Jang, Soo-Hee 동아대학교 비정규교수

김려실 金麗實, Kim, Ryeo-Sil 부산대학교 국문학과 교수

임회록 林回祿, Lim, Hoe-Rock 부산대학교 국어국문학과 박사 수료

갈채 전후 일본 단편소설선

초판인쇄 2019년 2월 20일 **초판발행** 2019년 2월 25일
엮은이 조정민 **옮긴이** 장수희 · 김려실 · 임회록 · 조정민
펴낸이 박성모 **펴낸곳** 소명출판 **출판등록** 제13-522호
주소 서울시 서초구 서초중앙로6길 15, 1층
전화 02-585-7840 **팩스** 02-585-7848
전자우편 somyungbooks@daum.net **홈페이지** www.somyong.co.kr

값 15,000원 ⓒ 소명출판, 2019
ISBN 979-11-5905-335-1 03830

잘못된 책은 바꾸어드립니다.
이 책은 저작권법의 보호를 받는 저작물이므로 무단전재와 복제를 금하며,
이 책의 전부 또는 일부를 이용하려면 반드시 사전에 소명출판의 동의를 받아야 합니다.

전 후 일 본
단 편 소 설 선

조정민 엮음

소명출판

K KYODOBOCHISHIBOSHAMEIBO by OSHIRO Sadatoshi

Copyright ⓒ 2008 by OSHIRO Sadatoshi

All rights reserved.

Korean translation rights arranged with OSHIRO Sadatoshi

through BESTUN KOREA AGENCY.

Korean translation rights ⓒ 2019 Somyong Publishing Co.

이 책의 한국어판 저작권은 베스툰 코리아 에이전시를 통해
일본 저작권자와 독점 계약한 '소명출판'에 있습니다.

『포드・1927년』(고바야시 마사루, 1975), 『메뚜기』(다무라 다이지로, 2005),
『성욕이 있는 풍경』(가지야마 도시유키, 2002), 『갈채』(오에 겐자부로, 1966)
위의 네 작품은 소명출판이 일본문예가협회를 통해 독점계약하였습니다.

저작권 법에 의해 한국 내에서 보호를 보호를 받는 저작물이므로
무단전재나 복제, 광전자 매체 수록을 금합니다.

일러두기

1. 원문의 방점은 고딕체로, 가타카나는 이텔릭체로 표시했다.
2. 각주는 옮긴이의 주이며, 옮긴이의 첨언은 〔 〕로 표시했다.

시간적 의미로 파악할 때 일본에서 말하는 '전후'란 제2차 세계 대전(아시아태평양전쟁) 종결 이후를 말한다. 그 '전후'의 시기가 어디까지 이어지는지에 대해서는 다소 논란의 여지가 있지만, 1956년 경제백서의 "더 이상 '전후'가 아니다もはや'戦後'ではない"라는 선언적 문구를 참고로 한다면 1950년대 중반에 이미 일본은 전후에서 벗어나 '전후 이후'를 살고 있는 셈이 된다. 사실 '전후'라는 용어가 일본 사회에서 상징적 의미를 가지는 것은 그것이 단순히 '전쟁 이후'라는 새로운 시간의 시작을 말하기 때문은 아닐 것이다. 그것은 전쟁과 패전, 그리고 피점령으로 이어지는 일련의 역사로 말미암은 소실과 붕괴, 빈곤과 혼란, 개혁과 변화, 재건과 부흥 등, 다양한 층위의 의미망을 내포하고 있기에 '전후'는 지금까지도 여전히 일본 사회에서 중요한 시간으로 다루어져 오고 있다.

문제는 일본 사회에 잠재하는 '전후'의 종식, 혹은 '전후'의 종언에 대한 욕망이다. 정치경제적 안정과 함께 시작된 대중소비사회로의 진입은 전후 일본의 사회과학이 화두로 삼아온 민주주의, 근대적 주체 등의 문제를 이미 지나간 문제로 폄훼하거나 혹은 그것을 비현실적인 이상론 정도로 내모는 결과를 가져왔고, 일

본의 전후문학 역시 제국의식을 주체적으로 극복하는 과정을 생략한 채 오로지 일본의 폐허와 재생, 부활만을 논했다. 물론 문학자 스스로 전쟁 책임을 묻고 이를 전후문학의 사상적 과제로 삼은 일도 부분적으로 존재하긴 했으나, 일본문학의 식민지 책임과 전쟁 책임, 전후 책임 문제는 생각보다 일찍 도래한 정치경제적 안정과 발전 속에서 급속히 퇴색되어갈 뿐이었고 그러한 상황은 더욱 가속화되어 현재에 이르고 있다. 정치학자이자 사상가 마루야마 마사오丸山眞男가 자신의 문제의식의 풍화를 고백한 것도 그러한 시대적 분위기와 교차하고 있었고, 보수주의 사상이 전후일본의 '모순ねじれ'을 주장하며 자기 목소리를 내기 시작한 것 역시 같은 상황하의 일이다.

이러한 상황을 염두에 두고서 이 책에서는 우선 일본의 전후문학 가운데 다섯 작품에 대해 주목해 보았다. 일본문학사에서 탈제국의 현실적 가능성이 점쳐질 수 있었던 시기는 역시 패전을 전후한 시기로, 이때는 '내선일체'니 '대동아공영'이니 하는 프로파간다가 얼마나 허황된 허구인지가 점차 분명하게 드러나는 시기였으며, 자의적으로나 타의적으로 전쟁 슬로건을 내면화한 사람들에게는 허구와 현실 사이의 균열이 마침내 현실과 접합하는 시기였다고 말할 수 있다. 이 혼돈의 시기에선 제국에 대한 식민지의 일방적인 선망이나 공포, 불안도 존재하지 않았고 제국과 식민지 사이에 엄연히 존재할 것 같은 일방적인 위계나 권력 관계도 뒤흔들리지 않을 수 없었으며, 그럼으로 인하여 패전을 맞이하는 방식 혹은 전후를 인식하는 방식도 여러 갈래로 분화될 수밖에 없었다. 다시 말하면 패전이란 사건을 앞뒤로 둔 시간은 기존의 질서와 관념을 공고히 지배했던 여러 법칙성과 체계가 흔들리던 시기로, 그로 인해 새로운 주체가 탄생하거나 가치의 전환이 일어날 수밖에 없는 시기이기도 했다.

이와 같은 이유로 이 책에서는 누구보다도 민감하게 패전이란 사건과 전후라는 시간에 감응했을 작가들의 작품을 다시 읽어보고자 했다. 예컨대 고바야시 마사루小林勝나 가지야마 도시유키梶山季之와 같은 문학자들은 식민지 조선에서 나고 자라는 가운데 제국과 식민지를 이중적으로 혹은 굴절된 방식으로 경험했던 자들이며, 다무라 다이지로田村泰次郎는 중국 산시성에서 육군으로 종군하며 전시 동원과 식민지 지배 체제를 직간접적으로 경험한 바 있다. 이들 작가는 식민지에서 제국 일본의 위치를 탐문하고 구성하기 위해 갖은 고민과 시도를 거듭했음을 고백하고 있으며 동시에 그 가운데서 탈제국의 (불)가능성도 시사하고 있다. 뿐만 아니라 이 책은 한 일본인 청년을 거세된 전후일본의 상징으로 등장시켜 전후일본에 대한 근본적인 질문을 던지고 있는 오에 겐자부로大工健三郎의 작품과 오키나와에서는 과연 '전후'라는 시간이 허용될 수 있는 것인가를 묻고 있는 오시로 사다토시大城貞俊의 작품도 함께 소개하고 있다. 그러니까 이 책에 소개된 작품들은 모두 패전이라는 사건 혹은 전후라는 시간을 경유하며 전후일본을 실제적이고 근본적으로 따져 묻고 있는 소설들이라 말할 수 있다.

새삼스럽게 지금 다시 일본의 전후를 묻는 것이 무슨 의미가 있는가? 하는 냉담한 반응이 예상되지 않는 것도 아니다. 이미 포스트모던 사상은 일본의 전후를 철저하게 상대화한 것처럼 보이며, 2000년대 이후의 일본 사회를 주도하고 장악하고 있는 것은 대부분 전후적인 것들로부터 거리를 두고자 하는 논의들이다. '보통 국가' 구상과 맥을 같이 하는 '아름다운 나라' 만들기라는 일본의 국가적 과제는 그 대표적인 예다. 모든 전후적인 징후들이 지워져 가고 있는 지금, 전후를 다시 묻고 탐구하는 일은 그래서 더욱 절실하게 필요하다.

이 책에 다섯 작품을 싣기까지의 과정은 녹록지 않았다. 2011년 겨울, 부산과 경남 일원의 한국문학 및 일본문학 전공자들은 '한일 전후문학 세미나'라는 공부 모임을 만들어 소위 '전후' 문제를 탐구하기 시작했다. 두 나라의 문학사에 공통적으로 등장하는 '전후'라는 시간은 서로 다른 지점을 상정하고 있는 탓에 ─ 한국의 경우는 보통 한국전쟁 이후를, 일본의 경우는 아시아태평양전쟁 이후를 말하지만, 한국의 경우는 일본사적 의미의 전후를 포함하기도 한다. 또한 양자는 제2차 세계대전 이후의 전후, 즉 세계사적 맥락도 포함하는 등 그 층위는 대단히 복잡하다 ─ 대부분 확연히 다른 개념으로 소비되고 있다는 것을 새삼 깨닫게 되었다. 때문에 이 공부 모임에서는 '전후'라는 시간을 보다 유연하고 종합적으로 바라볼 시각이 필요하다는 것을 느끼게 되었고 한일 양국의 전후문학 작품은 물론이고 연구서도 함께 읽는 시간을 오랫동안 이어오게 되었다. 그 가운데 이번에는 패전 전후의 시기에 초점을 맞추어 일국사 혹은 일국 문학의 시각으로는 해독할 수 없는 과제들을 제시한 문제작을 시험적으로 번역하여 선보이게 되었다. 각각의 작품을 읽고 해석하며 토론하고, 또 이후에 진행된 번역과 윤문은 이 책의 발간을 더디게 만든 원인이기도 하지만, 그 때문에 공부 모임의 문제 관심은 더욱 오랫동안 지속되고 공유될 수 있었다. 작품 번역과 해설 작업에 애써 주시고 또 논의와 토론을 함께 해 온 공부 모임의 여러 선생님들께 감사의 인사를 전하며, 특히 이 공부 모임에 많은 도움을 주신 한수영 선생님께 마음 깊이 감사의 말씀을 드리고 싶다. 마지막으로 저작권 등 까다로운 사정이 있었음에도 불구하고 기꺼이 출판을 허락해 주신 소명출판의 박성모 사장님께도 감사의 마음을 전한다.

2019년 2월
'한일 전후문학 세미나' 모임을 대표하여 조정민

차례

포드 · 1927년

고바야시 마사루
小林勝 1927~1971

고바야시 마사루 小林勝, 1927.11.7 ~ 1971.3.25

    고바야시 마사루는 진주에서 태어나고 대구에서 자랐다. 그의 아버지는 식민지 조선에서 농림학교 생물 교사로 재직하고 있었다. 1944년 대구중학교를 졸업한 뒤에는 일본으로 가서 육군예과사관학교에 진학하였고, 1945년 3월에는 특공요원으로 육군항공사관학교에 입학하였다.

    패전 후에 고바야시는 일본의 제국주의와 식민주의에 대한 비판과 성찰을 바탕으로 문학 활동을 전개하였다. 그는 1948년에 일본공산당에 입당하였고, 1952년 6월에는 한국전쟁과 파괴활동방지법 반대 데모에 참가했다가 현행범으로 연행되어 구치소에 수감되기도 했다. 이때의 경험은 그의 대표작 중 하나인 『단층지대斷層地帶』(1957)의 모티브가 되었다.

    고바야시의 문학은 '자기혐오와 수치의 문학'이라고 일컬어진다. '자기혐오와 수치'의 원점이란 그가 유소년기를 보냈던 식민지 조선이라 할 수 있다. 식민지 경험을 낭만적인 수사로 일관하는 것이 아니라, 자기 부정의 출발점으로 삼는 관점은 「포드·1927년フォード·1927年」(1956), 「소牛」(1956), 「일본인 중학교日本人中學校」(1957), 「태백산맥太白山脈」(1957), 「가교架橋」(1960), 「쪽발이蹄の割れたもの」(1969) 등 다수의 작품에 반영되어 있다.

"이상한데 ……"라고 그는 말했다.

"너는 그 터키인이 마을에 왔을 때도 나갔을 때도 보지 못했지 않아?"

그 때 나는 그의 눈에 심술궂은 조소의 그림자가 노골적으로 떠오른 것을 보았다. 그는 강압적인 어조로 계속 말했다.

"그러니까 너는 시인이란 말이지, 그렇지 않으면 또 열이 난거군."

"보지 않아도 나는 확실히 압니다"라고 나는 말했다. 그리고 심하게 기침을 했다.

터키인이 마을에 들어온 것은 쇼와 초기였다. 그때 나는 젖먹이 였다. 터키인이 마을에서 나갔을 때 나는 도쿄 외국어학교의 학생 이었다. 그러나 나에게는 그 때 광경이 보일 뿐 아니라 말소리마저도 들려오는 것이다. 그렇지만 내가 무엇인가 말하려고 하면 곧 기

---

[*] 이 작품의 원제목은 「フォード · 一九二七年」(1956.5)이며 『小林勝作品集』 1(白川 書院, 1975)에 수록된 것을 저본으로 삼았다.

침이 치밀어 올라 와서 나는 그에게 설명하는 것을 단념했다.

부대는 벌써 귀환지를 향해 출발해 버렸다. 그리고 중국 지난濟南 근처 황폐한 언덕 위에 있는 민가 봉당에 거적을 깔고 그와 내가 누워 있었다. 나는 육군 이등병이었다. 그리고 깊은 산속에서 가까스로 여기까지 걸어와 쓰러져버린 폐병쟁이였다. 상등병 위생병인 그는 나의 동행자였다. 그가 자고 있는 것은 몸이 아프기 때문만이 아니라 다른 할 일이 아무것도 없기 때문이었다. 나는 그에게서 등을 돌렸다.

나의 눈 앞에는 흙벽이 서 있었다. 그리고 시선을 조금씩 올리면 작고 네모난 창이 빠꼼히 뚫려 있었다. 그 창의 저쪽에는 새파란 하늘이 있었다.

"이 대륙과 이어진 땅의 아득히 먼 하늘 아래에……"라고 나는 입 속으로 중얼거렸다. 그러자 건조한 웃음이 무심결에 치밀어 올랐다.

낙동강이 시작되는 깊은 산골 마을 한 중간, 포플러나무에 둘러싸인 광장이 있었다. 화단이 있는 것도 아니고 벤치나 그네가 있는 것도 아닌 단지 돌맹이가 굴러다니는 이름뿐인 광장이었다. 그렇지만 마을 사람들은 무슨 까닭에서인지 '공원'이라 부르고 있었다.

초여름이면 솟아나온 포플러나무 새싹의 끈적끈적하고 달콤한 냄새가 공원을 가득 채우곤 했다. 겨울이 되면 마른 소똥 냄새가 바람에 실려 온 마을로 퍼졌다.

공원은 일본 각 지방의 이름으로 둘러싸여 있었다. 포플러나무 뒤쪽에 도쿄당(여기는 시계집이다), 오사카야(여긴 우동집), 시나노(여긴 건어물집), 뉴 이사하야(여긴 카페. 여급이 두 명 있었다) 등등의 간판을 처마에 내건 집들이 늘어서 있었다. 그러니까 뜻한 바 있어 일본의 각지로부터 바다를 건너 멀고 먼 이 산속까지 온 사람들이 저마다 자신의 출신지를 대표해 가게 이름을 붙였던 것이다. 그 이름들 대부분은 사람들의 기억 속에 있었지만 때로는 사람들의 머리를 갸웃거리게 하는 이름도 철도로 실려 왔다.

예를 들면 어느 오후의 일이었다. 경편철도가 종점인 이 산속 마을에 도착했을 때, 뉴 이사하야의 이웃인 빈집에 사람이 들어와서 창을 온통 흰 페인트로 칠했다. 그리고 거기에 '*아마루메*'라는 글자를 썼다.

"*아마루메*? 어떤 현이지? 한자는 어떤 자를 쓰지?"

마을의 이웃 사람들은 바로 그 집에 가 보았다. 그리고 이 생선 이름과 닮은 마을 이름이 야마가타현의 철도 요지라는 것을 알게 되었다. 이처럼 마을 어린이들은 대부분이 식민지 출생이었지만 일본 지명이나 물산이나 명물에 이르기까지 대단히 잘 알고 있었다.

깜빡할 뻔했는데, 공원 쪽에 간판을 내걸지 않은 평범한 일본 가옥이 한 채 있었다. 포플러나무가 한층 더 우거지고 흡사 작은 덤불처럼 되어 있는 곳 근처에 낡은 판자울로 둘러싸인 작은 집이 있고 그곳에는 경부보 일가가 살고 있었다. 경부보는 콧수염을 기른 거한이었다. 국경일에 그가 칼자루가 흰 지휘도와 새하얀 장갑을 착용한 채 성큼성큼 문을 나서는 모양새는 정말로 당당했다. 그리고 경부보 뒤에는 국경일 행사 때문에 등교하는 소학교 5학년생 아들이 반에서 제일 작은 몸을 꼬꾸라질 듯이 하면서 종종걸음으로 따라갔는데 …….

그 소학생이 바로 나였다.

늦가을이 되면 공원에서 이틀간 우시장이 열렸다. 소는 그 산골 마을보다 훨씬 산속 마을에서 끌려오는데 공원에서 방사형으로 펼쳐져 있는 길로 끊임없이 들어왔다. 아침 열 시가 되면 공원은 갈색 소와 흰 옷을 입은 사람들로 가득 찼다. 갈색 소들의 큰 눈은 분주하게 돌아다니며 고함치는 사람들을 불안하게 바라보았다. 그리고 공원에서 나는 소들의 불쌍한 울음소리가 온 마을에 울려퍼졌다. 결국 소들은 다른 인간에게 코뚜레를 끌려 제각각 다른 길로 마을을 나가는 것이었다. 우시장이 끝나면 공원은 전보다 훨씬 쓸쓸하고 고요해졌지만 땅은 우시장이 서기 전에는 없었던 것들로 몹시 어지럽혀져 있었다. 소들이 대지에 선물을 남기고 갔기 때문이다. 그것은 갓 만들어져 돌돌 말려 있는 빵처럼 따뜻한 온기를 내고 있었지만 나날이 건조되어 모양도 찌그러지고, 대지의 색과 그다지 다르지 않게 되어 머지않아 바람이 없어도 떨어지는 포플러나무 낙엽에 파묻혀 그 흔적조차 알 수 없게 되곤 했다.

겨울은 태백산으로부터 왔다. 처음에는 그다지 강하지 않은 바람이 마을에 불어와 온 거리에 바람이 머물고 집집마다 유리문을 두드리며 지나갔다. 그리고 바람은 이 거리 저 거리에서 공원으로 불어와 맞부딪쳐 돌연 작은 회오리를 일으켰다. 그러면 포플러나 뭇잎과 가루가 된 소똥과 흙먼지는 춤추듯 날아올랐다. 나의 코는 민감하게 그 어렴풋한 뭔가 타는 냄새를 알아차렸다. 바람이 불어와서 건조한 공기 속에 그 냄새가 퍼지기 시작하면 ― 그때는 이미 겨울이었다. 그래서 공원에 집이 있는 나는 학교에 가서 재빨리 이런 상태를 알려주었다.

"오늘 아침에 공원에서 마른 소똥 냄새가 났어."

"그래, 그럼, 이제 곧 겨울이 오겠구나"라고 말하며 모두들 교정 북쪽에 있는 태백산맥을 쳐다보았다.

1, 2월이면 공원의 바람은 몹시 사납게 불었다. 눈이 섞이기도 했다. 포플러나무들은 무수한 손을 뻗어 도움을 구하듯이 납빛의 하늘로 가지를 쑥 내밀고 몸을 뒤틀며 신음했다. 나중에는 포플러나무 낙엽도 겨울 냄새도 어느샌가 어디론가 모두 날아가버리고 말았다.

그리고 드물게 바람이 없는 3월의 어느날 공원에 서면 이미 겨울 냄새는 어디서도 나지 않았다. 그러면 나는 포플러나무가 떨어져버린 낙엽 대신 또 새로운 잎을 준비하고 있다는 것을 깨달았다. 나는 포플러나무 속을 아주 맑은 물이 정상을 향해 쭉쭉 올라가고 있다고 상상하였다. 공기를 코로 한껏 잘 들이마셔도 그때는 코 안쪽이 마르거나 아프거나 하지 않았다. 대기는 습기를 머금고 있었다. 공원에서 먼 아래쪽에 보이는 낙동강 물이 태양빛을 녹이기 시작하고 있는 것 같았다. 이제 곧 봄이 오는 것이다.

그런 날에는 나는 도토리산에 갔다. 산이라고 해도 그것은 마을 변두리에 있는 언덕이었다. 언덕 기슭에는 흙담으로 둘러싸인 조선의 민가가 있었고 모두 일하러 나간 것처럼 아무 소리도 없이 쥐죽은 듯 고요했다. 가장 안쪽에 있는 낡은 집 앞을 우리들은 발소리를 죽이고 지나갔다. 그 집에는 '사람 잡아먹는 할매'가 살고 있다는 소문이 있었다. 정말 '사람 잡아먹는' 일 따위 실제로 있다고는 생각하지 않았지만 역시 어쩐지 으스스했다. 그 집을 지나가면 벌써 산기슭이었다. 거기에는 완전히 썩어버린 철조망의 잔해가 있었다. 우리들은 그런 것을 무시하고 산으로 깊숙이 들어가서 윤기가 흐르는 도토리를 주워 모으는 데에 여념이 없었다. 그래도 약속이라도 한 것처럼 누구도 산 중턱 위로는 올라가려 하지 않았다. 왜냐하면 산 위에는 서양관이 있고 그곳에는 터키인 일가가 살고 있었기 때문이었다.

그 무렵 마을에는 택시라고는 한 대도 없었다. 매달 바다를 건너온 잡지에는 도쿄나 나고야에 택시라는 것이 있고 그것은 사각의 상자형에서 유선형으로 계속 변하고 있다는 기사나 사진이 게재

되고 있었다. 그러나 어차피 그건 바다로 갈라져 있는 일본의 이야기였다. 그 산속 마을에 승용차는 없었다. 더욱이 자가용이라는 것이 있을 리 없었다. 경찰서장도 자가용을 갖고 있지 않았다. 군수인 김모 씨도, 대지주인 이모 씨도 가지고 있지 않았다. 저택 안에 광대한 포플러나무 숲을 가지고 있는 고리대금업자 이시우에 씨도 갖고 있지 않았다. 방이 열여덟 개나 있는 집을 신축해서 다른 사람들을 깜짝 놀라게 했던 척식은행의 사카모토 씨도 갖고 있지 않았다.

그런데 이 터키인만이 자가용을 갖고 있었던 것이다.

그것은 이미 오래 전에 생산된(1926년 혹은 1927년경의) 낡아빠진 포드였다. 칠이 벗겨진 사각의 검은 차는 덮개도 얼룩투성이가 되어 늘어져 있었다. 달리면 쌕쌕 고통스러운 듯한 숨이 새어 나오고 지독하게 덜컹거렸는데 그것은 터키인이 포목상이라서 연일 이 차로 울퉁불퉁한 산길을 분주히 돌아다녔기 때문임에 틀림없었다. 그렇지만 이 포드가 마을에서는 유일한 자가용이라는 사실은 변함없었다.

이 마을 사람이라면 누구나 아는 일인데, 터키인은 쇼와 초기에 철도가 아니라 이 차를 타고 마을에 나타났다.

그 때는 낙동강에 걸쳐진 철근 콘크리트로 만든 거대한 다리 같은 건 없었다. 겨우 수면에서 50센티미터 정도 높이의 목조 다리가 걸쳐져 있을 뿐이었다.

한여름 바람 한 점 없는 정말 뜨거운 날이었다. 상반신을 햇볕에 노출시킨 많은 조선 사람들이 어깨와 팔의 억센 근육을 실룩거리며 다리 위에서 투망을 치고 있었다. 낙동강은 물 속 깊은 곳까지 맑았다. 끌려 올라오는 짙은 갈색 그물망 사이로 반짝반짝 물고기 비늘이 빛났다. 아이들은 발을 물에 담그고 다리에 걸터앉아 참외를 베어 먹으며 물고기 낚는 것을 보고 있었다. 그 때 갑자기 건너편 기슭의 짙은 산그늘에서 자동차가 나타나 목조 다리를 덜컹덜컹 흔들어 대면서 왔다.

이 마을에 들어온 많은 일본인들은 모두 경편철도로 왔는데 이렇게 자동차로 다리를 건너 온 사람은 처음이었다. 게다가 그 자동차는 신형 포드로 얼룩 하나 없는 잿빛 덮개도 팽팽하게 잘 덮혀 있고 짙은 검은 색 차체도 낙동강의 자갈밭을 메우는 무수한 돌비늘에 반사되어 번쩍번쩍 빛나고 있었다. 차체의 뒤쪽에는 예비 타이어가 붙어 있어 아직 한 번도 대지의 냄새에 물들지 않은 신선한 고무 냄새를 풍기고 있었다. 조선인들은 일본인들에게 이미 익숙해져 있었다. 아득한 옛날 이 산속에 처음에는 카키색 군복을 입은 군대가 들어왔다. 그것은 독립보병대대였다. 마을 부근을 중심으로 일어난 폭동이 군대의 총검에 부숴져 버리고부터 몇 년인가 지났다. 그러자 경찰이 왔다. 상인이 왔다. 은행의 지점이 들어왔다. 사채업자가 왔다. 재판소가 들어왔다. 학교의 선생이 왔다. 마을의 조선인이 일본어를 배웠다. 그리고 더 이상 필요가 없어진 군대는 철수했다. 조선인들은 이렇게 일본인에게 익숙해졌다. 그렇지만 신형 포드를 탄 사람은 예리한 매부리코와 푸른 눈을 가진 터키인 부부였다. 더 놀라운 것은 일본인과 달리 이 터키인은 상냥하게 웃으면서 손을 흔든다는 사실이다. 그들은 그런 모습으로 마을에 들어왔다.

얼마 후에 터키인은 마을의 서쪽으로 이어져 있는 조금 높은 도토리산을 싼 가격으로 사들였다. 그 산은 도토리 나무로 뒤덮혀 있었다. 아이들은 예사로 그 산에 깊숙이 들어가 도토리를 주웠다. 그래서 터키인은 산이 이미 자신의 소유가 되었다는 것, 사유재산은 존중해야 한다는 것 등을 명시하기 위해 산기슭 일대에 눈부시게 빛나는 가시철선을 뼁 둘러쳤다. 그래서 아이들은 지금까지보다 두 배나 걸어서 도토리를 주우러 가야했다 — 이 철조망이 번쩍번쩍 빛나고 있는 동안은.

터키인의 포드는 이동하는 상점이었다. 그는 경편철도로 운반해 온 포목을 차에 가득 싣고 더 깊은 산속으로 들어갔다. 몇 년 사이에 도토리산 정상의 나무는 베어지고 땅도 골라져서 지금까지의 판잣집 대신 제법 큰 서양식 저택이 세워졌다. 그 서양관의 사각 굴뚝은 마을에서 이야깃거리가 될 정도로 크게 튀어나와 있었다. 겨울이 되어 굴뚝에서 위세 좋게 연기가 뿜어져 나오면 도토리산만 서양 어딘가의 먼 나라처럼 보였다.

몇 년 사이에, 이 터키인에 관한 소문이 하나 퍼졌다. 그것은 어처구니 없을 정도로 터무니 없는 것임에도 불구하고 무사태평하게 살아가고 있는 마을 사람들 사이에서는 의견이 분분했다. 그 소문이라는 것은 터키인은 포목상이 아니라 사실은 크리스트교 선교사라는 것이었다. 그가 산속에 포목을 팔러 가는 것도 포교를 겸해서라는 것이다.

이 소문이 진실처럼 보인 것은 일요일이 되면 어김없이 청결한 옷차림을 한 많은 조선인들이 도토리산의 터키인 집에 모였기 때문이다. 교회가 없는 이 마을에서는 터키인의 집을 교회 대신 사용하고 있다는 것이다.

마을의 일본인 중에서도 시계점인 도쿄당이나 술집인 오우미야近江屋의 주인들을 비롯한 사채업자 일당은 이 소문을 철썩같이 믿고 있었다.

우리집에 도쿄당 주인과 군청의 모로즈미 씨(兩角을 모로즈미라고 부르는데 나가노현에 많은 성이다)가 놀러 왔을 때 이 소문은 논쟁거리가 되었다. 왜냐하면 모로즈미 씨는 밤마다 만돌린을 연주하는 사람으로 나이는 젊었지만 지식인 쪽에 속해 있었고, 시계집 도쿄당의 주인 영감(같은 현 사람인데도 불구하고)이나 건어물집 주인의 시나노信濃 말투를 항상 경멸하고 있었기 때문이다. 그리고 이것은 모로즈미 씨뿐 아니라 은행이나 군청이나 재판소 같은 데서 일하고 있는 사람들에게는 어쩐지 그런 경향이 있었다.

"어쨌거나 결국 일거양득이지요"라고 시계집 영감은 희끗희끗

한 머리를 흔들면서 말했다. 그의 말은 도쿄의 라쿠고落語('도쿄'라
고 특별히 말해두는 것은 우리들이 도쿄와 오사카의 방송을 반반
정도 들었기 때문이다)처럼 시원시원하고 단정적이었다.

"일거양득이라니요"라고 모로즈미 씨는 비아냥거리며 말했다.

"왜 그렇냐니, 당연하잖아요. 산속에 가서 먼저 크리스트교의 설
교를 하겠죠. 그리고 물건을 팔거예요. 물건을 못 팔아도 목사니까
설교만으로도 이득을 본 거죠. 우리들 같은 일본인 상인은 경을 외
우고 물건을 팔 수는 없으니까, 이득이지요. 목사에겐."

"누가 목사라고 했나요?"

"누구냐니, 여보시게, 딱 목사야"라고 도쿄당 영감은 잠시 입을
다물었다.

"첫째 터키인이라면 종교상으로는 마호메트교, 즉 회교도에 속
해있어요."모로즈미 씨는 천천히 말했다. 그는 반응을 확인하듯이
눈을 치켜떠 도쿄당 영감을 지긋이 바라보았다.

"조선에는 터키인 크리스트교 선교사 같은 건 없어요. 미국인,
영국인, 호주인 등이 목사예요."

그러나 도쿄당 영감은 당장 반격했다. 그의 동그란 눈은 시계를
수리할 때처럼 살짝 실눈이 되어 모로즈미 씨의 머리 속에 고장난
부분을 알아내려는 듯 예민하게 빛났다.

"어려운 것은 잘 모르겠지만, 그렇지만 일요일에는 조선인이 모
여. 흠, 그것은 터키인의 집을 교회로 하고 있는 거라구"라고 도쿄

당 영감은 말하고 한시름 놓았다는 듯이 눈의 긴장을 풀었다. 그러나 모로즈미 씨는 매우 즐거운 듯한 웃음소리를 냈다.

"틀렸어요"라고 그는 말했다. "조선에 와 있는 선교사는 모두 본국에서 전도비를 송금 받아서 훌륭한 교회를 세우고 있어요. 교회라는 것은 뭐니뭐니 해도 크리스트교의 구체적 상징이니까요."

이처럼 두 사람의 견해는 전혀 달라 일치하는 것이 없었다.

그러나 마을 사람들은 일요일에 터키인의 집에 가서 진위를 확인하는 실증적 방법을 생각해내지 못했거나 생각나지 않은 척하고 있었다. 일본인들은 각자 고향의 불단에서 머나먼 낙동강이 있는 이 산속까지 정토종淨土眞宗이나 조동종曹洞宗, 일련종日蓮宗 같은 것을 가지고 왔고 그 때문에 크리스트교에는 이유없는 반감을 가지고 있었다. 게다가 ― 공공연하게 입에 담는 사람도 있었지만 ― 조선인 따위와 친하게 지내는 터키인의 집에 가는 것은 일부러 조선인과 대등한 관계를 만드는 것이라고 생각하는 것이 일반적이었다.

어쨌든 일요일 오후가 되면 터키인은 어김없이 조선인 다섯 명을 포드에 태워 마을을 한바퀴 도는 것이 상례가 되었다. 포드가 몸체를 덜컹덜컹 흔들거리며 먼지를 일으키고 온 마을을 달리면 일본인들은 아예 무시하거나 자존심이 상한 듯한 얼굴을 하였다. 그리고는 터키인을 노려보는 것이 아니라 어쩌면 태어나서 처음으로 보는 자동차를 신기하게 쳐다보고 있는 조선인들을 매섭게 노려보았다. 그러나 포드는 가끔 숨을 헐떡이며 정차해 버려서 일본인들의 불만을 살짝 없애 주기도 했다. 터키인은 둥글고 윤기나는 얼굴을 찌푸리며 차에서 내려 가까운 집으로 뛰어들어 가서 양동이에 물을 가득 받아 왔다. 그리고 차체 앞쪽에 붙어 있는 마개를 열어 헐떡이고 있는 몸체 속에 물을 주입하였다.

아주 평온한 어느 봄날 오후였다. 나는 온돌에서 과자를 먹으면서 잡지를 읽고 있었다. 햇빛이 이중창 가득히 쏟아져 들어오고 있었다. 온돌은 나른할 정도로 따뜻했다. 엄마는 집에 없었다. 하녀인 순기가 나의 곁에서 그림책을 넘기고 있었다.

잡지에서는 어느 페이지에서나 화약 냄새가 진동했다. 이 마을과 잇닿아 있는, 그러나 아득히 먼 곳에서 전쟁이 일어나고 있었던 것이다. 잡지 속의 그림도 문자도 그것을 나에게 알려주고 있었다. 나는 외운지 얼마 안 된 노래를 흥얼거리며 까불었다.

아침에 성 하나를 함락시키고,

저녁에 성 둘을 섬멸하고 떠나……

그리고 나는 (순기 쪽으로) 천천히 하품을 해 보이며, 변소라도 갈 것처럼 일어났다.

준마가 질풍으로 가듯이

지나 4백주를 거침없이 ······

순기는 납작하고 흰 얼굴을 위로 들어, 비스듬하게 옆으로 치켜 올라간 가느다란 눈으로 내 쪽을 똑바로 쳐다보았다.

"어디에 가요"라고 순기는 말했다.

"변소"라고 했지만 순기의 옅은 갈색 눈에 뜬 의심은 사라지지 않았다.

나는 애써 아무렇지도 않은 듯이 온돌방을 나갔다. 그리고 물론 변소 따위 가지 않았다. 발소리를 죽이고 안방 깊숙이 들어갔다. 거기는 냉랭하고 눅눅한 다다미 냄새가 났다. 그리고 마루에 내가 노리고 있던 것이 있었다 — 검은 광채를 내고 있는 벨기에제 오연발 엽총이.

그것은 아버지가 자랑하는 것이었다. 매일 밤 집에 돌아오면 아버지는 식구와는 제대로 이야기 나누지도 않으면서 잠자코 총만 닦았다. 총대는 기름을 먹여 잘 닦아서 촉촉하게 빛나고 있었다. 총강銃腔을 닦으면 처음엔 어렴풋이 화약 냄새가 나고 붉은 강철 가루가 총구에서 떨어졌다. 그리고 서서히 날카롭게 빛나는 가루가 떨어졌다. 그것은 내 마음이 괴로울 정도로 유혹했다. 그러나 아버지는 내가 총에 손대는 것을 절대 금하고 있었다. 아버지가 없을 때는 어머니가 금지했다.

"너에겐 공기총이 있지 않니. 그걸 만지면 아버지에게 이를 거야."

이 한 마디로 나는 꼼짝 못 하게 되었다. 그래도 한번 억지로 손을 대보았다. 그러자 거실의 긴 화로 앞에 앉아있던 어머니가 갑자기 일어서려는 듯 허리를 곧추 세웠다. 그리고 '야'라는 소리와 함께 눈을 치켜 뜨고 양손에 부젓가락을 고쳐쥐었다. 이것은 어머니가 히스테리를 부리려는 징조였다. 두 분이 다 없을 때에는 순기가 절대로 금지했다. 총에 관한한 순기는 돌연 하녀에서 권력자로 변하는 것이었다.

"안돼요"라고 순기는 단호하게 말했다.

"만약 건드리면 일러바칠테니까."

그녀는 몸집이 작은 것에 비해 놀라울 정도로 풍만한 가슴을 앞으로 내밀며 총 앞을 막아섰다. 그녀가 말하는 것을 무시하고 힘으로 손대려는 것은 정말 무리였다. 나는 2학년 때 소아결핵으로 진단받았을 정도로 — 이것은 오진이었지만 — 몸이 약해빠졌기 때문이다. 일전에 나는 그녀의 눈을 피해 총을 품에 끌어안은 적이 있었다. 순기가 총을 뺏으려는 듯 손을 들어 다가오자 나는 총을 메고 온 집안을 뛰어 다녔다. 그러자 쫓아오는 것을 관두고 멈추어 선 순기의 눈매가 확 붉어지며 생각지도 못한 눈물이 고였다. 그녀는 긴 머리 끝을 묶고 있는 붉은 댕기를 이빨로 깨물고 다문 입 사이로 탄원하듯이 이런 말을 내뱉었다.

"아주머니가 나를 그만두게 할 거예요."

그 이후 나는 결코 순기 앞에서 총에 손을 댄 적은 없었다.

그러나 그 날은 먼 곳에서 일어나고 있는 전쟁이 나를 공연히 흥분시켰다. 나는 마루로 접근해 총을 손에 쥐었다. 작은 꼬마인 나에게 그것은 얼토당토 않게 무거웠다. 나는 그것을 간신히 떠받치고 장지문을 겨누는 흉내를 냈다. 그러자 뜻밖에도 눈 앞의 장지문이 쫙 열렸다. 눈을 크게 뜬 오른쪽 눈과 가늠구멍과 가늠쇠 위에 입을 반쯤 벌린 순기의 얼굴이 나타났다. 총구는 순기의 얼굴을 정면으로 겨누고 있었다. 그녀의 얼굴은 순식간에 파랗게 되고 곧이어 하얗게 질렸다. 그러자 돌연 미칠듯한 즐거움이 내 몸을 뜨겁게 했다.

"쏠 거야"라고 나는 말했다. 물론, 농담이었다.

"자, 쏜다? 쏜다?"

나는 아버지가 언제나 탄환을 빼둔다는 것을 알고 있었다. 그래서 안심하고 방아쇠에 손가락을 걸었다. 즐거움을 억누르지 못하고 마구 웃었다. 나는 협박하듯이 방아쇠를 당겨보았다. 그리고 또 외쳤다.

"안 무서워? 순기야, 무섭지?"

순기의 얼굴에 희미한 미소가 떠올랐다. 그녀는 머리를 살짝 가로 저었다. 그 때 아주 갑자기였다. 현관 쪽에서 파, 팡 하고 무시무시한 소리가 났다. 나와 순기는 동시에 꺅 소리를 질렀다. 나는 총을 떨어뜨렸다. 순기는 멍한 눈으로 양손을 축 늘어뜨린 채 거기에 서서 꼼짝달싹 못하고 있었다.

그러자 한 번 더 같은 파열음이 울렸다.

그 소리는 현관 쪽이 아니라 좀 더 바깥쪽, 그러니까 공원 쪽에서 났다. 나는 장승처럼 우뚝 선 채 순기와 얼굴을 마주 보았다. 차츰 내 가슴의 두근거림이 안정되었다. 두 사람을 놀라게 한 소리는 그것으로 끝이었다. 잠시 뒤, 순기가 휴 하고 한숨을 내쉬었다. 그리고 그녀의 얼굴에 생생한 혈색이 되살아났다. 나는 밖으로 뛰쳐나갔다. 우리를 놀라게 한 소리의 정체를 확인하기 위해.

새싹이 힘차게 솟아나온 포플러나무들의 건너편에 터키인의 포드가 서 있었다. 그리고 와이셔츠 한 장만 걸친 터키인이 발동기 위에 몸을 숙이고 있었다.

포드의 주위에는 콧물로 소맷부리가 반짝반짝 빛나는 조선 아이들 다섯 명 정도가 찰싹 달라붙어 있었다. 터키인은 엔진의 덮개를 매우 고생스럽게 덮고 나자 구부러진 금속 봉을 가지고 차 앞으로 돌아 나왔다. 그는 기묘한 소리를 내며 가볍게 반동을 주어 발동기를 돌리기 시작했다. 세 번째로 봉을 돌렸을 때 둔탁한 소리를 내면서 발동기가 움직이기 시작했지만 차 속에서는 갑자기 그 파, 팡하는 소리가 터져 나왔다. 그것은 아마도 백 파이어나 배기관 폭발이었을 것이다. 터키인은 "오"라고 말하며 어이없다는 듯이 양손을 위로 들었다. 아이들은 "와아 −" 하고 까불며 떠들어댔다.

나는 웃음을 터트렸다. 내 뱃속에서 무엇인가가 꿈틀꿈틀 솟아나 멈추어지지 않았다. 그래서 나는 멈출 수 없는 웃음을 코와 입

양쪽으로 토해내며 현관으로 달려들어왔다.

"순기야, 순기야"라고 나는 날카로운 소리로 외쳤다.

"아무것도 아니야, 터키인의 자동차였어."

그리고 다시 문 쪽으로 돌아섰다. 발동기가 끙끙거리고 있었다. 터키인은 손수건을 꺼내 얼굴을 닦고 주의깊게 손을 닦으면서 내 쪽을 똑바로 쳐다봤다. 그의 눈동자는 흡사 단단한 푸른 돌 같았다. 그는 눈을 다른 데로 돌리며 아이들에게 조선어로 말을 걸었다. 그러자 아이들은 일제히 환성을 지르며 마치 메뚜기처럼 차로 달려들었다. 그리고 순식간에 다섯 명의 아이는 차 속으로 기어들어가 버렸다.

터키인은 체구에 어울리지 않는 가뿐한 몸놀림으로 자동차에 타 붉은 털이 나 있는 손으로 핸들을 잡고는 내 쪽을 돌아봤다.

그의 얼굴에는 온화한 미소가 떠있었다. 그 미소 속에는 조금의 악의도 섞여있지 않았다. 그것은 나의 마음을 편하게 해주었다.

"당신의 아버지는 순사지요"라고 그는 말했다. 나는 그의 일본어가 유창해서 놀랐다. 그래서 조금 말을 더듬으며 말했다.

"순사가 아니예요. 경부보예요."(이 마을에서 순사와 경부보는 비교가 안 될 정도로 신분차가 있었다)

"아, 아니군요"라고 말하면서 터키인은 웃었다. 붉은 잇몸이 약간 보였는데 그건 조금 기분이 나빴다.

"당신도 타지 않겠어요? 모두 탔어요."

터키인은 같은 미소를 차 속으로도 보냈다. 그 때 마침 풀리려고 하던 내 마음은 꽉 경직되어 얼굴이 조금씩 굳어졌다. 나는 머리를 흔들었다. 조선인과 함께 터키인의 차에 탔다는 것이 알려진다면 친구들이 뭐라고 말할지 몰랐다. 아버지에게 혼날지도 모를 일이었다. 터키인의 얼굴에 선량한듯한 미소가 사라지고 가벼운 실망이 떠올랐다. 그렇게 생각해서인지 그의 목소리도 낮아진 듯했다.

"유감이예요. 정말로."

그리고 나서 그는 차에 올라탔다. 그리고 마치 어른을 대하는 듯한 말을 남기고 내 앞에서 떠났다.

"우리집에 놀러 오세요. 딸이 있어요. 이렇게 작아요"라며 그는 손으로 나타내 보였다.

"혼자 쓸쓸해하고 있어요. 그러니까 놀러와 줘요."

"딸이 있어요. 이렇게 작아요." 이 말은 그 후 몇 번이나 나의 귓속에 되살아났다. 나는 외국인 아이라고는 누나 방에 있는 프랑스 인형밖에 본 적이 없었다.

여름 방학이 되면 여학교 기숙사에 있는 누나가 틀림없이 돌아올 것이다. 나는 혼자서는 불안했다. 언젠가 나는 누나와 둘이서 가 보리라 결심했다.

여름 방학이 되었다. 나와 누나는 아버지와 어머니에게는 비밀로 하고 도토리산으로 올라갔다. 여학교 2학년인 누나는 내 어깨

위의 공기총을 보고 말했다.

"왜 그런걸 가져가니?"

"무슨 일이 생기면 곤란하니깐" 하고 나는 진지하게 말했다. 내가 '앙고라'라는 별명을 붙인 누나는 살찐 작은 몸을 뒤로 젖히며 웃었다.

"바보야, 너 정말 애구나."

그러나 누나가 웃음을 거두자 얼굴이 긴장으로 굳어졌다. 누나는 토끼를 닮은 동그란 눈을 똑바로 고정시킨 채 앞으로 걸었다.

"여자애 몇 살쯤일까. 일본어를 알까"라고 나는 다소 불안해하며 말했다.

"당연하잖아"라고 누나는 대답했다. 그리고 우리들은 걸어갔다. 도토리산의 도토리 나무들은 새파란 잎이 아름답게 우거져 있었다. 매미가 울고 있었다. 구름 한 점 없었다. 하늘은 뭐라 말할 수 없을 정도로 눈부시게 빛나고 있었다. 연이어진 언덕은 햇빛에 비친 그림자로 얼룩덜룩했다. 우리들은 평평한 곳으로 나왔다. 그곳에 바로 터키인의 집이 있었다. 주위의 공기가 어딘지 모르게 소란스럽고 밝은 분위기였다. 귀 기울여 보니 그것은 사람들의 웃음소리 때문이었다. 그 소리는 서양관 안쪽에서 새어 나오고 있었다. 현관문은 반쯤 열려 있었다. 그리고 거기에는 엄청나게 많이 벗어 던져진 조선 신발이 널부러져 있었다. 뭐라 할 것 없이 주눅 드는 감정이 나의 마음 속에 생겼다.

"어머"라고 누나가 말하고 나의 손을 끌었다.

"어쩜 이렇게 귀여울까!"

누나는 기쁜 듯이 소리를 높였다.

오른쪽의 양지 바른 정원 한가운데에 모래밭이 있었다. 흰 드로어즈만 입은 여자애가 통통한 다리를 뻗치고 털썩 주저앉아 있었다. 머리카락은 분명히 금발이었다. 작은 주먹코 양쪽으로 크게 뜬두 눈은 잿빛이 도는 푸른색이었다. 소녀는 우리 쪽을 보고 몸을두세 번 으쓱하고 웃었다. 소녀 옆에 세 명 정도의 조선인 아이들이 놀고 있었는데 우리 모습을 보고 반사적으로 일어섰다. 그들의얼굴에는 웃음기가 사라졌다. 그들은 서로 얼굴을 마주보고 모래밭에서 나와 조금 떨어진 곳에 선 채 꼼짝하지 않았다. 그러자 그모습이 내 마음 속에 우월감을 불러 일으켰다. 나는 모래밭으로 들어갔다.

그러나 우리는 소녀와 놀려고 했을 때 큰 장애에 부딪쳤다는 것을 깨달았다. 우리들이 일본어로 재잘거리면 소녀는 멀거니 우리들의 입가를 쳐다보고 있을 뿐이었다.

"넌 이름이 뭐니?"

두 번 되풀이해도 의미가 통하지 않자 나는 매우 낙담했다. 그러자 그 때 옆에 꼼짝 않고 서 있던 아이 한 명이 몹시 서투른 일본어로 말했다.

"*제인*이라고 합니다."(잘못 들었을지도 모른다)

"너한테 물은 게 아냐"라고 나는 화가 나서 말했다. 조선 아이는 힘없이 고개를 떨구었다. 그런데 이번에는 그녀가 뭔가 말했지만 우리에게는 전혀 이해가 가지 않았다. 그 때 갑자기 예리한 의문이 솟아올랐다.

"그럼, 이 아이와 조선 아이들은 어떤 언어로 대화하는 거지?"

"나, 영어로 말해 볼래"라고 누나가 중대 결심을 한 듯이 말했다. 나는 누나의 성적표를 몰래 봐서 영어가 칠십 점인 것을 알고 있었기 때문에 불안했다.

"How do you do?"

누나의 입에서 나온 것은 이런 단순한 것이었다. 그러나 그것도 도움이 되지 않았다. 이번엔 내가 엉터리 조선어로 말해 보았다.

"너희 집에 자동차가 있지?"(라고 할 예정이었지만, 물론 이것은 나 혼자만의 생각이었다) 그러자 나의 말이 채 끝나기도 전에 가만히 나의 입가를 쳐다보고 있던 소녀의 얼굴에 미소가 가득 찼다. 그리고 아주 또렷하게, 이렇게 말했다.

"차동차, 이쏘!"

그러자 곁에서 우리가 대화를 주고 받는 것에 귀를 기울이고 있었던 아이들은 그들의 어두운 온돌 속에 갇혀있었던 언어가 태양빛 속으로 이끌려 나온 것을 알고, 돌연 생기 발랄한 미소를 얼굴에 떠올리면서 다가왔다. 나는 조선어로 대화를 시작한 이상 계속 해야했다. 하지만 조선어를 변변히 알지 못했기 때문에 스스로도 바보같다고 생각되는 질문을 하지 않을 수 없었다.

"너희 집에(라고, 나는 다음 단어를 발음하는 것에 주저했다) 기차 는 있어?"

물론 기차 같은 것이 있을 리 없지 않은가. 나는 딱해져 버렸다. 그때 세 명의 아이들이 무엇인가 저마다 지껄이면서 이 애처로운 대화 속에 불쑥 끼어 들었다. 그리고 유창하게 소녀와 이야기하고 있는가 생각했는데, 소녀는 갑자기 귀여운 환성을 지르며 펄쩍 뛰 면서 나에게 단호하게 말했던 것이다.

"기차, 있어!"

그리고 포동포동한 다리를 햇볕에 반사시키면서 집 안으로 뛰 어 들어갔다. 얼마 있다 나온 그녀의 양손에는, 나의 불확실한 조 선어가 가리켰던 것이 틀림없는 기차가 들려져 있었다! — 나무로 만든.

그 시절 나는 산 밑에 있는 작은 마을 안에서 조선인을 바보 취 급하며 살았는데 산속의 나와 누나는 '자동차'와 '기차'라는 단어 두 개 이외에 무엇도 의지할 곳 없는 먼 외국으로 와 버린 듯한 느 낌이었다. 그리고 그 외국의 주인공은 세 명의 조선 아이들이고 금 발의 터키 여자애였다. — 게다가 어쩐지 견딜 수 없는 이 기분을 더욱 부채질한 것은 강아지 한 마리의 출현이었다.

이 강아지는 서양관의 마루 밑에서 기어나왔다. 그 녀석은 참으 로 지저분한 녀석이었는데 온몸 가득 거미줄이 묻어있고 군데군데의 털이 뭉텅뭉텅 빠져 있었다. 녀석은 소녀 쪽으로 달려왔지만 그것은 달린다기보다는 비실비실 허리를 흔들며 마치 취한 듯한 걸음으로 보였다. 분명히 기생충도 있을 것이다. 그러나 그 강아지가 나타나자 소녀와 세 명의 아이들은 일제히 기쁜 함성을 질렀다. 강아지는 그들 앞에서 마치 서커스의 광대처럼 폴짝폴짝 뛰면서 애교 부리는 소리를 냈다. 나도 체면상 무엇인가 말해보아야 했다. 그래서 말했다.

"포치!"(개는 모른 체 했다)

"타로!"(개는 모른 체 했다)

"앉아, 일어서! 가만히 있어! …… 바보 녀석!"

그러자 강아지는 시끄럽다는 듯이 나를 봤다. 작은, 그러나 날카로운 이를 드러내며 건방지게도 낮게 으르렁거리는 소리를 냈다. 그러나 아이들이 무엇인가 말하면 으르렁거리는 소리를 멈추고 꼬리를 흔들며 서서 코를 킁킁거리면서 오른쪽 앞다리를 느긋하게 쳐들어 보이는 것이었다.

나는 일어서 있었다. 나에게는 마치 그 지저분한 강아지가 나의 마지막 일본어인 — 바보 녀석! — 만을 알아들은 것처럼 느껴졌다. 나는 화가 나 혼란스러워하며 공기총을 가져와 주머니에서 납탄을 꺼내 채웠다.

누나는 가지런한 이를 드러내며 웃으면서 소녀의 몸을 간질이고 있었다. 소녀는 모래 위를 뒹굴며 소리지르면서 하얀 손발을 발버둥치고 있었다. 나는 총신을 늘이고 비틀비틀 몸을 휘청거리면서 소녀 쪽으로 가는 강아지에게 총구를 겨누었다. 그리고 그 불쾌한 엉덩이가 총신 앞에 왔을 때, 방아쇠를 당겼다…….

한순간의 일이었다. 모래 위를 뒹굴고 있던 하얀 발끝이 총신 앞에 뛰어든 것은. 그리고 나는 강아지의 비명 대신 소녀의 요란한 울음 소리를 들었다.

나와 누나는 비탈길을 내려갔다. 누나의 안색은 파랗게 질렸다. 누나는 때때로 내쪽으로 얼굴을 돌려 뭔가 가시돋친 소리로 말했지만 내 귀는 마치 물 속에 잠긴 것처럼 누나의 목소리가 들리지 않았다. 단지 높은 기적과 같은 것이 삐— 하고 소리를 높이고 있는 상태였다. 내 눈앞에는 소녀의 흰 발치에 아무렇게나 처박혀 있는 납 탄환이 어른거렸다. 무슨 일이 일어났는지 쉼없이 떠드는 아이들의 입과 집 안에서 달려 나온 터키인의 공포로 부릅 뜬 큰 눈이 겹쳐졌고 우리를 둘러싼 조선인 어른들이 보였다. 누구도 나에게 아무 말도 하지 않았고 어떤 성난 목소리도 퍼붓지 않았다. 사건의 장본인인데도 완전히 외부인처럼 취급될 때의 비할 데 없는 허탈감이 내 전신을 사로잡았다.

"왜일까?"라는 의문이 생기지 않는 것은 아니었다. 그러나 나는 내 자신이 뭔가 특별한 외부인이라는 것을 막연하게 계속 느끼고 있었다.

목이 말랐다. 우리들은 언덕 중턱까지 와 있었다. 그때 나는 먼

해명같은 포드의 발동기 소리가 뒤에서 나는 것을 들었다. 뒤돌아 보니 벌써 가까이에 와 있었다. 나는 누나의 스커트에 매달렸다.

"누나"라고 나는 떨리는 목소리로 말했다.

"바보, 바보, 놓으라니까"라고 누나는 허둥거렸다. 겁에 질려 길가에 멈추어 선 우리 오누이 옆에 포드는 소리를 멈추며 섰다. 운전하고 있는 것은 터키인이었다. 덮개를 접은 뒷좌석에는 터키인 소녀를 안은 다섯 명의 조선인이 앉아 있었다. 소녀의 눈가는 빨갛게 부어올라 있었고 눈물도 아직 마르지 않고 있었다. 그때 나는 뜻밖의 말을 들었다.

"아무 일도 아니었어요. 그냥 작은 상처입니다."

미소짓는 터키인의 얼굴이 내 눈앞에 나타났다. 겁먹지 않도록 익살스러운 얼굴로 뱅글뱅글 움직이는 푸른 눈이었다. 그리고 그는 일부러 손짓하며 말했다. 아무 일도 없었다는 듯이.

"자, 오늘은 타지 않겠어요? 강 쪽으로 가 봅시다."

나는 갑자기 콧등이 시큰했다. 터키인의 벗겨진 이마가 흐릿하게 보였다. 나는 흑흑 흐느껴 울었다. 나는 누나의 스커트에 얼굴을 파묻었다. 더 이상 아무것도 보이지 않고 아무것도 들리지 않았다. 나는 격렬하게 치밀어 오는 내 울음소리에 한층 더 어깨를 들먹이며 울었다. 그리고 차츰 안정되어 얼굴을 살짝 들어올렸을 때는 푸른 잎 사이로 새어 나오는 눈부신 햇빛만이 있었다. 포드는 이미 가고 없었다. 그러자 누나는 안심한 듯한 목소리로 말했다.

"정말로 바보야, 지가 해놓고!"

푸른 하늘이다. 저 네모난 창 너머 하늘은. 예전 낙동강의 수원인 마을과 땅이 잇닿아 있는 같은 푸른 하늘 아래, 그러나 아득히 먼 곳에서 전쟁이 일어나고 있었는데 그 먼 곳이 바로 여기였던 것이다. 그리고 지금은 반대로 전쟁이 일어나고 있는 여기에서 네모난 창 너머 아득히 먼 낙동강의 산속 마을을 떠올리고 있다.

긴 세월이 지났다. 아버지는 산골 경찰에서 도회지로 전근했다. 우리집은 내가 중학교 1학년이 되었을 때 도회지로 이사했다. 그리고 나는 외국어학교의 학생이 되어 도쿄에 갔다.

먼 곳에서 일어나고 있던 전쟁은 이름도 대동아전쟁으로 바뀌어 도쿄 하늘에까지 몰려와 있었다. 몇 년 전인가 직접 보고 싶어했던 상상 속의 공중전은 매일같이 내 머리 위에서 벌어지고 있었다. 상상과는 상당히 달랐고 수많은 일본 비행기가 연기를 토하며 떨어졌다. 더 이상 문과계 학생의 징병 연기는 없었다. 나는 수업 대신에 소개疏開[공급이나 화재에 대비해 밀집해 있는 주민, 시설 등을 분산시키는 것] 작업만 하는 학교로 가는 것이 싫었다. 나는 학교와 하숙집 아주머니 모두에게 거짓말을 하고 매일 우에노의 도서관까지 가서 책을 읽었다. 어둡고 음울한 공기 속에 나는 멍하니 있었다. 아무도 없었다. 배급된 대두만 먹었던 탓에 나는 설사를 하고 있었다. 마을에 팔고 있는 것은 묵과 레몬수밖에 없어서 나의 몸은 더 약해졌다.

어느 날 도서관에서 돌아오는 길이었다. 나는 비좁고 너저분한 동네를 걷고 있었다. 석양이 집집마다를 빨갛게 물들이고 있었다. 나의 눈은 단순한 두 개의 구멍에 지나지 않았다. 그것은 집이나 울타리나 사람들을 쳐다보고는 있었다. 그러나 나는 아무것도 보고 있지 않았다. 무망 중에 나는 기묘한 것을 보았다. 낡은 담벼락에 한 장의 종이가 붙어 있었다. 그리고 그 위에 뭔가 희미하게 빛나는 것이 그려져 있었다. 그것은 아무래도 사람의 얼굴 모양을 하고 있는 듯했는데 윤곽선이 희미하게 반사되어 종이 위로 부각되었다. 마찬가지로 눈동자도 납색으로 빛나고 전혀 윤기가 없어 생기라고는 찾아볼 수 없었다. 그 얼굴은(만약 얼굴이라고 한다면) 안쪽, 아니 이면에서 들여다 본 은밀한 진실의 얼굴일지도 몰랐다.

"죽은 사람 얼굴을 그린 캐리커쳐구나"라고 나는 중얼거렸다. 그리고 한 걸음 내딛자마자 숨이 막힐 정도로 놀랐다.

기분 나쁜 빛의 반사는 사라졌다. 색은 각각 본래의 색채를 되찾고 있었다. 그리고 그곳에는 비행모를 쓴 나와 동년배의 젊은 공군한 명이 지긋이 하늘을 노려보고 있었다. 그것은 〈전격기電擊機는 어쩌구〉라는 전쟁 홍보 영화의 포스터였다. 젊은 병사의 눈은 하늘의한 점을 향해 반짝반짝 빛나고 있었다. 나는 내 눈을 의심했다. 그리고 이번엔 일부러 한 걸음 뒤쪽으로 물러나 보았다. 그러자 다시희미하게 반사되어 색채도 문자도 공허하게 보였다. 그것은 단순한 것이었다. 석양을 받고 있는 포스터를 일정한 각도에서 보면 그렇게 되는 것뿐이었다.

'빛의 장난이군' 하고 나는 생각했다. 그리고 다시, 힘 없이 발소리를 내면서 걸어나갔다.

다음날 아침 나는 갑자기 하숙집 부엌의 벽이 기울어져 쓰러지는 것을 보았다. 잠시 후, 내 몸이 쭉 들어올려지는 것을 느꼈다. 누군가 여자 둘이서 나를 데리고 와 눕힌 것이었다. 여자의 손은 두 사람 다 부드러웠다. 해질녘이 되자 다른 여자가 멀건 콩죽을 끓여 왔다. 아침이 되자 또 다른 여자가 된장국을 만들어 왔다.

"여자밖에 없다. 도쿄는 여자뿐."

나는 콧노래처럼 이 말을 비몽사몽 중에 되풀이했다.

한밤중에 또렷하게 잠이 깨자 암흑 속에 죽은 사람의 얼굴이 떠올랐다. 나는 희미하게 반사된 젊은 공군 병사의 얼굴을 보았다.

"죽은 사람 얼굴이……."

나는 하고 싶은 말을 반 정도밖에 생각해내지 못했다. 눅눅하고 무거운 예감이 방 속에 스며들어 있었다.

"그러니까 나는 뭐든 겉에서만 보고 있었다는 뜻인가. 조금 시각을 바꾸면 죄다 완전히 바뀌어 버릴지도 모르겠군" 하고 생각했다. 그래서 소리를 내어 말해 보았다.

"이대로, 입대하는 것은……."

그러자 말이 막혔다. 나는 다음에 이어질 말을 암흑 속에서 찾았다. 그러나 사실은 더 이상 찾을 필요가 없었다. 나는 이미 알고 있었다.

다음날 영장을 받은 나는 긴 대열 속에 참을성 있게 서 있었다.

며칠인가 뒤에 나는 연락선으로 푸른 바다를 건너 갔다.

나는 공원의 한 중간에 서 있었다.

며칠 동안 어머니와 함께 지내고나서 나는 마음먹고 경편철도로 낙동강 수원에 자리잡은 마을로 찾아갔다.

모든 것이 놀랄 정도로 변해 있었다. 공원을 마주한 집은 내 기억 속의 집들에 비해 몹시 낮고 지저분했다. 공원도 놀랄 정도로 작은 공터였다. 그리고 우시장도 이제는 없어져 버렸는지 겨울인데도 마른 소똥 냄새는 어디에서도 나지 않았다.

나도 아마 변했을 것이다. 어릴 때 입었던 반바지 대신 긴 바지가 구두 뒷굽을 덮게 될 만큼 변한 것이다. 나는 눈을 감는다. 그러면 넓디 넓었던 공원이 떠오른다. 도쿄당이나 뉴 이사하야에 사람들이 분주하게 드나들고 있는 것이 보인다. 어디선가 먼 곳에서 전쟁이 …… 나는 눈을 뜬다. 갑갑하도록 좁은 공터, 인적도 없이 휑뎅그렁 무너질듯한 집들, 구름이 무겁게 깔린 어두운 하늘, 그리고 내 어깨에 아버지에게서 빌린 벨기에제 오연발 엽총마저 메여 있었다.

나는 옛날에 내가 살던 집 울타리를 따라 걸어갔다. 순기가 살던 집의 토담은 무너져 있었다. 마른 풀이 담 위에서 가볍게 흔들리고 있었다.

"순기가 있을 리 없어"라고 나는 생각했다. 시집 갔을 것이고 이미 아이도 있을 거야.

토담 그늘에서 머리를 묶고 은색 조선 비녀를 하나 꽂은 여자가 아이를 안고 갸날프고 아름다운 목소리로 노래를 부르고 있었다. 나는 그 여자에게 순기에 대해 물어보려고 마음먹었다.

"순기는 없습니까."

나는 오랜 세월을 한 번에 건너뛰어 여자에게 물었다. 그러자 여자는 뒤돌아서서 가만히 나의 얼굴을 계속 쳐다봤다. 나는 금방 알아챘다. 희고 납작한 얼굴과 가는 눈을 가진 여자가 옛날 열여덟 살의 순기라는 것을. 여자는 가늘고 긴 나의 창백한 얼굴 속에서 소학교 5학년짜리 소년을 찾아내는 것을 곤란해 하는 듯 했지만, 벨기에제 오연발 엽총이 순기의 기억을 불러 일으켰다. 그리고 나는 순기 집 툇마루에 걸터앉아 순기와 이야기를 나누었다. 순기의 눈은 한층 가늘어졌고, 이제는 넓은 이마에 피로한 주름이 희미하게 새겨져 있었다. 그녀의 가슴은 놀랄 정도로 빈약해져 있었다. 무엇인가가 순기에게서 청춘을 영원히 빼앗아 간 것은 틀림없었다. 그리고 그 무엇인가는 순기의 청춘만을 빼앗은 게 아니었다.

어느 가을날 낡아서 추레해진 포드 한 대가 느릿느릿 마을에서 나갔다. 들어왔을 때는 없었던 콘크리트 다리 위를 천천히 달리다가 낙동강 한 중간에서 멈춰섰다.

"그 무렵 이 다리는 없었어"라고 한숨을 쉬면서 여자가 말했다.

그러자 뒷좌석에서 작은 여자가 말했다.

"그러니까 몇 년 정도 이 마을에 살았던 거지?"

"알게 뭐야, 죄다 잊어버렸어 ……."

"짐은 제대로 도착할까"라고 뒷좌석의 여자가 말했다.

"그러게, 일단 부산까지는 어떻게든 ……."

"짐은 부산까지 가겠지만, 우리들은 모르지. 젠장, 엔진에 뭔가 문제가 생긴 모양이군."

노인은 뛰어 내려서 차 앞쪽으로 가 발동기의 상태를 살펴본다. 그리고나서 그는 양손을 위로 쑥 내밀며 욕을 내뱉는다.

전쟁의 이름이 바뀌자 마을은 갑자기 술렁거리기 시작했다. 대규모 전람회가 몇 번이나 개최되었다. 회장 입구에는 큰 포스터가 붙었다. 그 포스터에는 루즈벨트 미국 대통령이 풀린 훈도시〔일본의 전통 남자 속옷〕를 어떻게 할 지 몰라 난처해 하고 있었다. 그리고 밑에 글자가 쓰여 있었다.

"루―즈(헐렁한) 벨트(훈도시)!"

'조선에 사는 외국인을 조심하라, 녀석들은 스파이다!'라는 그림도 있었다. 이 전람회 이후에 터키인에 대한 마을 사람들의 의견 대립은 갑자기 하나의 결론을 발견하는 것으로 해소되었다.

"선교사든 아니든, 아무튼 조선인을 저렇게 모아서 분명 스파이 짓을 하는 것이 틀림없어."

그러자 이런 소문이 퍼졌다. 터키인이 시라카와야白河屋(된장집 이름이다) 앞에 말리고 있는 큰 나무통에 근처에서 놀던 조선 아이들을 집어넣어서 사진을 찍었다는 것이다. ─ 조선인은 일본인에게 괴롭힘을 당하고 나무통 속에 사는 듯한 가난한 생활을 하고 있다는 식으로 이용한다는 소문이었다. 그러자 마을 경찰이 친절하게도 일부러 서양관까지 출동해 주었다. 터키인은 당연히 그 소문을 딱 잘라 부정했다. 그러나 경찰이 서양관에 갔다고 하는 것만으로도 이제 마을 사람들에게 터키인은 스파이가 분명했다. 그러자 장마때의 곰팡이처럼 다양한 소문이 일제히 창궐했다. 그러면 또 경찰이 그런 소문의 진위를 확인하기 위해 서양관에 찾아갔다. 그러던 어느 날 터키인은 뼈를 묻을 작정이던 도토리산에서 떠나기로 결심하게 되었다.

포드는 끙끙댔다. 이제 그 덮개에는 여기저기 구멍이 나서 비를 막아주지도 못할 것 같았다. 뒤에 짊어지고 있는 예비 타이어도 마른 소똥으로 더러워져 있었다.

낡아빠진 포드는 흔들리며 움직이기 시작한다. 윤기가 없는 터키인의 둥근 얼굴은 포드의 덮개처럼 처져 미세하게 흔들리고 있다. 포드는 점점 작아져 갔다. 마을에 남겨진 얼마간의 신선했던 공기도 함께 실려갔다.

그리고 결국 짙은 산그늘로 사라졌다.

"터키인을 마을에서 쫓아냈어"라고 나는 힘없이 중얼거렸다. 그러자 마치 그 말을 기다리고 있었다는 듯이 멧돼지같이 굵은 목을 한 상등병은 내 뒤에서 마구 퍼부었다.

"뭐야, 젠장, 터키인이나 일본인이 없어져도 모두 잘 살잖아."

나는 잠자코 그에게서 등을 돌렸다. 그것은 아마 진실일 것이다. 그리고 나의 깨달음은 너무 늦은 것이었다.

네모난 창 저편 하늘은 어느새 납색이 되고 진눈깨비 섞인 바람이 불고 있는 것 같다. 내 눈 앞에서 등을 돌린 포드가 작아져 간다. 그것은 점점 작아져 간다. 내 뜨거운 눈꺼풀은 차츰 무겁게 내려앉으면서 떠나가는 차를 바라보고 있다. '이제 일주일 정도 지나면 뒤에 있는 건강한 남자는 출발할 것이다. 내 손가락 뼈를 그의 가슴 주머니에 집어넣고'라고 나의 마음이 중얼거린다.

장수희 옮김

그리움의 거부

장수희

*

    쇼와 원년은 1926년 12월 25일부터 시작된다. 실질적인 쇼와 시대의 시작은 쇼와 2년, 즉 1927년부터라고도 할 수 있을 것이다. 고바야시 마사루는 쇼와의 실질적인 시작과 함께 조선의 경남 진주에서 태어났다. 쇼와시대는 만주사변(1931), 중일전쟁(1937), 태평양전쟁(1941)으로 이어지는 전쟁과 제국주의의 시대였고, 그는 이 시기에 '조선에서의 유년시절'을 보내게 된다. 고바야시는 대구에서 중학교를 졸업하고 1944년 육군예과사관학교 입학을 위해 조선을 떠나, 1945년 3월에 육군항공사관학교 60기로 입학하지만 곧 종전이 되어 군인 신분을 벗어나게 된다. 전후에 공산당에 입당하고 와세다대학교 러시아문학과에 입학했었던 일은 그의 원체험인 어린시절 '조선'에서의 경험을 재고하는 데 큰 영향을 주었으리라 생각된다. 고바야시는 와세다 입학 후 레드퍼지 반대 투

쟁으로 정학, 중퇴하고 이후, 1952년에는 한국전쟁 반대 투쟁에서 화염병을 던지다 체포되어 옥중에서 처음으로 소설을 쓰기 시작한다. 고바야시 마사루를 연구하는 하라 유스케原佑介는 식민자 2세와 공산주의자라는 절대적으로 양립되지 않는 두 가지의 자기인식이 만들어내는 격렬한 갈등과 분열, 긴장감이야말로 그의 문학이 가지는 최대의 매력이라고 소개하면서 고바야시 마사루의 문학이 식민자 2세의 단순한 참회의 문학은 아니라고 단언한다. 조선에서 태어나 전후일본으로 돌아온 일본의 많은 식민지 태생의 작가들이 자신의 '고향'인 조선을 단지 돌아가고 싶은, 그리운 곳으로 형상화 한 것과는 다른 행보를 고바야시 마사루가 보여주었기 때문이다. 그가 말년에 썼던 에세이 「나츠카시이라고 말해서는 안된다懐かしいと言ってはならぬ」는 그의 자세를 직접적으로 설명하고 있는 글이라고 할 수 있을 것이다.

일본어 '나츠카시이懐かしい'라는 말은 한국어로 '그리운'이라고 자주 번역된다. 일본어 어원 사전을 찾아보면 '나츠카시이'는 '나레시타시무熟れ親しむ([몸에] 익어 친숙하다)'라는 의미의 '나츠쿠懐く'가 형용사화된 말이라고 한다. 어원을 통해서 보면 한국어에서 '(그림을) 그리다'의 어원을 가진 '그리운'과는 조금 다른 느낌이다. 일본어의 '나츠카시이'는 좀 더 '몸'에 달라붙어 있는 감정이고 좀 더 일상생활 속에 내면화 된 감정이다. 이렇게 생각하면 전후에 식민지 조선으로부터 일본으로 귀환한 사람들에게 "나츠카시이라고 말해서는 안된다"라고 일갈했던 고바야시 마사루의 지적이 얼마나 날카로운 것이었는지 새삼 깨닫게 된다. 귀환한 일본인이 '나츠카시이 조선'이라고 말하는 것은, 우리말로 번역되는 것처럼 '(어린시절을 보냈던) 그리운 조선'과는 다른 것이다. 식민자의 몸으로서 피식민지 조선에서 익숙하고 친숙했던 것을 원하는 것에 다름 아니기 때문이다. 다시 말하면, 패전 후 일본으로 돌아 온 일본인 식민자가 다시 '(조선의) 식민자로서의 몸과 감정'을 원하는 것이기 때문이다. 그가 '나츠카시이'라고 말하는 것을 거부했던 것은 과거의 식민주의와 제국주의를 '지금-이곳'에서 단절하는 정치적 결단이었다고도 말할 수 있을 것이다. 이것은 단순히 과거에 대한 '반성'과는 다른 의미이다. 고바야시 마사루의 이러한 정치적 입장은 그의 초기 작품인 「포드·1927년フォード·一九二七年」에서도 발견할 수 있다.

　　푸른 하늘이다. 저 네모난 창 너머 하늘은. 예전 낙동강의 수원인 마을과 땅이 잇닿아 있는 같은 푸른 하늘 아래, 그러나 아득히 먼 곳에서 전쟁이 일어나고 있었는데 그 먼 곳이 바로 여기였던 것이다. 그리고 지금은 반대로 전쟁이 일어나고 있는 여기에서 네모난 창 너머 아득히 먼 낙동강의 산속 마을을 떠올리고 있다.

　　중국으로부터 귀환 중인 일본 병사인 '나'는 벽에 난 작은 창을 통해 어린시절의 '조선'을 회상하며 죽어가고 있다. 그가 그리워하고 마땅히 돌아가야 할 것처럼 생각해 낸 '조선'은 제국주의의 '창'을 통해 기억하고 있는 '조선'이며, 혹시 귀환 중에 죽더라도 그의 뼈가 '조선'으로는 가지 않을 것이다. 고바야시 마사루가 그려내는 이러한 '단절감'은 결코 고향으로 돌아가지 못하는 '슬픔'이나 단순한 '그리움'의 감정이 아니다. 그는 죽어가는 '나'의 회상구조를 통해 식민자 2세인 '나'가 기억하고 있는 '조선'을 단절해 내려고 하는 듯하다. 그가 소설 속에서 보여준 '그리움'과 '귀환'의 거부는 앞서 서술한 식민주의-제국주의를 '지금-이곳'에서 단절하려는 자세와 관련된다.

그러나 나는 나 자신 안에 담긴 그리움을 거부한다. 평범하며 평화롭고 무해한 존재였던 것처럼 보이는 '외견'을 그 존재의 근원으로 거슬러 올라가 거부한다. 그것들이 과거로서 흘러 간 일은 결코 없다는 것이다. 패전에 의해 그들의 역사와 생활이 단절된 것도 결코 아니다. (小林勝, 『小林勝作品集』5, 白川書院, 1976, p.319)

제국주의의 '창'으로 바라보아 왔던 식민지 조선인들의 삶이라는 것이 식민자가 느끼고 있는 것처럼 '평화롭고 평범한 삶'이 아니었고, 패전 이후에도 이들 조선인들에게는 식민주의가 지속되고 있다는 것이다. 결국 식민자가 식민주의를 그만두는 것을 결단하는 것—이것이야말로 후식민시기에 필요한 자세라고 그는 말하고 있다.

*

고바야시 마사루의 「포드 · 1927년」은 1956년 『新日本文学』 5월호에 발표되어 1956년 상반기 아쿠타가와상 후보작에 오른 작품이다. 이 소설은 '나'라는 인물이 소년시절에 살았던 조선과 청년시절에 다시 방문했던 조선에서의 기억이 주된 내용을 이루고 있다.

'나'가 소년 시절을 보낸 조선의 마을은 이주해 온 일본인들이 마을을 이루고 있는 곳이었다. 경편철도를 타고 조선에 이주해 온 일본인들은 어떻게 정착했는지 다음과 같이 서술된다.

아득한 옛날 이 산속에 처음에는 카키색 군복을 입은 군대가 들어왔다. 그것은 독립보병대대였다. 마을 부근을 중심으로 일어난 폭동이 군대의 총검에 부숴져 버리고부터 몇 년인가 지났다. 그러자 경찰이 왔다. 상인이 왔다. 은행의 지점이 들어왔다. 사채업자가 왔다. 재판소가 들어왔다. 학교의 선생이 왔다. 마을의 조선인이 일본어를 배웠다. 그리고 더 이상 필요가 없어진 군대는 철수했다.

처음에는 군대가, 이후에는 경찰이, 상인이, 은행이, 사채업자가 들어오는 모습은 식민지 조선이 일본 제국에 어떻게 잠식되어 갔는지를 보여주고 있다. 소설은 어린 식민자의 눈에 비친 조선의 마을과 사람들이 어떻게 생활하는지를 그리기보다 그 마을 속에서 작은 식민자가 어떻게 생활하는지를 그리고 있는데, 특히 '나'가 아버지의 '벨기에산 오연발 엽총'을 만져보고 싶어할 때 조선인 식모인 '순기'와의 권력관계가 잘 드러난다.

두 분이 다 없을 때에는 순기가 절대로 금지했다. 총에 관한한 순기는 돌연 하녀에서 권력자로 변하는 것이었다. (⋯중략⋯) 나는 총을 메고 온 집안을 뛰어 다녔다. 그러자 쫓아오는 것을 관두고 멈추어 선 순기의 눈매가 확 붉어지며 생각지도 못한 눈물이 고였다. 그녀는 긴 머리 끝을 묶고 있는 붉은 댕기를 이빨로 깨물었다. 그리고 다문 입 사이로 탄원하듯이 이런 말이 새어나왔다.
"아주머니가 나를 그만두게 할거예요."

어리지만 조선인 식모인 '순기'를 언제든 그만두게 할 수 있는 식민자로서의 우월성을 내면화하고 "산 아래의 작은 마을 안에서 조선인을 바보 취급하며 살"고 있었던 '나'는 포드 자동차를 타고 다니는, 서양관에 사는 터키인 가족과 만나게 되면서 이상한 경험을 하게 된다.

"당신도 타지 않겠어요? 모두 탔어요."
터키인은 같은 미소를 차 속으로도 보냈다. 그 때 나의 풀리려고 하던 마음은 꽉 경직되어 얼굴이 조금씩 굳어졌다. 나는 머리를 흔들었다. 조선인과 함께 터키인의 차에 탔다는 것이 알려진다면 친구들이 뭐라고 말할지 몰랐다. 아버지에게 혼날지도 모를 일이었다.

경부보인 아버지를 둔 작은 식민자인 '나'는 터키인으로부터 조선인과 '함께' 차에 타도록 권유받는다. 학급에서 가장 체구가 작은 소학교 5학년이었지만 지금까지 조선인보다 우월한 위치의 권력 관계에 익숙해 있었던 '작은 식민자'는 터키인의 이런 동등한 대우를 받고 혼란에 빠진다. 이러한 모습은 '나'가 '누나'와 함께 터키인의 집에 갔을 때 더욱 잘 드러난다.

그 시절 나는 산 아래의 작은 마을 안에서 조선인을 바보 취급하며 살았는데 이 산속에서의 나와 누나는 '자동차'와 '기차'라는 단어 두 개 이외에 무엇도 의지할 곳 없는 먼 외국으로 와 버린 듯한 느낌이었다. 그리고 그 외국의 주인공은 세 명의 조선 아이들이고 금발의 터키 여자애였다.

터키인 소녀는 세 명의 조선인 아이들과 '영어'가 아닌 '조선어'로 이야기하며 놀고 있었기 때문에, 조선어를 잘 모르는 일본인인 '나'와 '누나'는 터키인 소녀와 전혀 소통이 되지 않는다. 그리고 서양관 내에서 놀고 있는 아이들이 사용하는 주된 언어가 '조선어'인

것을 깨닫게 되면서, 지금까지 권력을 갖고 있었던 언어는 순식간에 역전된다. 지금까지 '나'가 자연스러운 것이라 생각해 왔던 일본인—조선인의 식민관계는 일본인—터키인—조선인의 관계에서 적나라하게 폭로되면서 '나'의 우월감이 식민자의 허구에 지나지 않음을 맞닥뜨리게 된다. '나'의 우월감은 "외국의 주인공"인 "세명의 조선 아이들"과 "금발의 터키 여자애"로부터 밀려나 순식간에 열등감으로 변해버린다. 경편철도를 타고 들어온 조선에서 일본인은 조선 땅에서 외국인이라는 의식보다는 오히려 조선의 '우리 마을' '주인공'으로 살아온 일본인인 '나'에게 이러한 인식은 지배자로서의 권력을 위협받는 경험이었던 것이다.

*

이후 도쿄의 외국어학교를 다니던 청년이 된 '나'가 징집영장을 받고 무기력하게 지내다가 전쟁 포스터에 그려진 '나'와 동년배의 공군 모습을 빛의 반사 때문에 '죽은 사람의 캐리커처'로 잘못 보게 된다. 이 일이 있고 난 후 그는 "그러니까 나는 어떤 일도 곁에서만 보고 있었다는 뜻인가. 조금 시각을 바꾸면 무엇이라도 완전히 바뀌어 버릴지도" 모른다고 생각하게 된다. 어린시절 멋진 모험으로만 생각하고 있었던 '전쟁'의 공중전도 '상상과는 달'랐고, 수많은 일본 비행기들이 연기를 토하며 추락하고 있던 와중이었다. '나'는 어린 시절을 보낸 '고향'에 대한 본능적인 그리움을 가진 자신의 '시각'에 대해 의심을 가지고, 다시 '낙동강 수원의 마을'로 찾아간다.

그곳은 어린 시절 일본 각지의 간판이 걸린 기억 속의 '작은 일본'으로서의 고향이라기보다 '무너질 듯한 집들'이 늘어서 있는 작은 공원에 지나지 않았다. 그리고 그곳에서 만난 식모였던 순기는 자신이 기억하고 있던, 그리워하고 있던 젊고 생생한 '순기'가 아니었다.

순기의 눈은 한층 가늘게 되었고, 이제 피로를 드러내는 주름이 넓은 이마에 희미하게 새겨져 있었다. 그녀의 가슴은 놀랄 정도로 빈약해졌다. 무엇인가가 순기에게서 청춘을 영원히 빼앗아 간 것은 사실이었다. 그리고 그 무엇인가는 순기의 청춘만을 빼앗은 것은 아니었다.

'나'는 일본이, 전쟁이 조선인이었던 순기에게서 '빼앗아 간 것'은 '젊음'뿐만이 아니었음을 직면하고, '나'가 그리워한 것은 과연 무엇이었는지 생각하게 된다. 자신이 그리워하는 것이 어린시절 아무 의심도 없이 내면화하였던 식민 주체의 몸으로의 '그리움懷か しさ'이 아니었는지 되돌아보게 되는 것이다.

이러한 식민주의에 대한 '그리움'을 경계하는 것과 "평범하고 평화롭고 무해한" 식민자 따위는 존재할 수 없다(하라 유스케)는 인식은 고바야시 마사루 문학을 꿰뚫는 것이라고 말할 수 있을 것이다. 전후일본 사회는 한국전쟁, 베트남전쟁에 가담하며 미국과 함께 동아시아에 새로운 입지를 구축해 가는 냉전을 거쳐 왔다. 최근 일본의 우경화와 일본 지식인 사회가 보여주는 전후 민주주의에 대한 긍정 욕망을 보면 고바야시 마사루가 우려하고 경계하며 '그리움'에 싸워왔던 삶과 문학이란 것이 어떤 것이었는지 더욱 고민하게 된다.

메뚜기

다무라 다이지로
田村泰次郎 1911~1983

다무라 다이지로田村泰次郎, 1911.11.30~1983.11.2

미에三重현 출신의 소설가로 1934년 와세다대학 불문학과를 졸업했다. 대학 재학 중에 소설과 평론을 쓰기 시작했고 동인지 『도쿄파東京派』, 『신과학적 문예新科学的文芸』, 『사쿠라桜』 등에서 활동했다. 1934년에 월간 문예잡지 『신조新潮』에 소설 「선수選手」를 발표하여 등단했고 1940년 소설집 『강한 남자強い男』를 출판했다. 같은 해에 징집되어 5년 3개월에 걸쳐 중국 산시성에서 육군으로 종군했다. 그의 종군체험에 대해서는 미에대학의 오니시 야스미쓰尾西康充 교수가 현지조사를 거쳐 저서 『다무라 다이지로의 전쟁문학─중국 산시성에서의 종군체험으로부터田村泰次郎の戦争文学─中国山西省での従軍体験から』(笠間書院, 2008)로 검증한 바 있다.

1946년 봄에 귀국한 다무라는 같은 해 9월에 일본군인과 팔로군 여군의 사랑을 그린 「육체의 악마肉体の悪魔」를 발표했고 1947년 3월에 GHQ 점령하 일본에 등장한 새로운 타입의 창부 팡팡パンパン(양공주)을 다룬 「육체의 문肉体の門」을 발표하여 일약 베스트셀러 작가로 주목받았다. 「육체의 문」은 1948년, 1964년, 1977년, 1988년 네 번에 걸쳐 영화화되었으며 2008년에는 TV드라마로 제작되기도 했다. 1948년에 발표한 에세이 「육체의 문학肉体の文学」에서 억압된 육체의 해방이야말로 인간 해방이라는 이른바 '육체문학론'을 주창했다. 그는 이후 몇몇 문제작들을 통해 자신의 문학론을 실천해나갔지만 통속성에서 벗어나지 못한 작품도 있었다.

1947년 조선인 위안부와 일본군인의 연애를 다룬 중편 「춘부전春婦伝」을 발표했는데 이 소설은 1950년 〈새벽의 탈주暁の脱走〉라는 제목으로 영화화되었으나 GHQ의 검열로 인해 구로사와 아키라黒沢明 등이 담당한 각본은 위안부를 위문가수로 각색했다. 1965년 스즈키 세이준鈴木清順 감독이 원래 제목으로 영화화하면서 위안부라는 설정을 살렸지만 조선인이 아니라 일본인으로 각색했다. 1964년 9월에 작가는 다시 한 번 중국 종군체험과 조선인 위안부와 일본군인의 사랑을 다룬 「메뚜기蝗」를 발표했다. 작가 사후 10주기가 되던 1993년 그의 부인 다무라 미요시田村美好가 미에현립도서관에 기증한 약 9천 점에 이르는 자료는 현재 '다무라 문고'라는 이름으로 보존되어 있다.

메뚜기[*]

흙도 초목도 불타오르는
끝없는 광야 헤치고 나가
전진하는 일장기 철갑모^{**}
....

언제나 그 노래를 즐겨 부르는 하라다^{原田} 군조^{軍曹}〔오늘날 중사에 해
당하는 구 일본군대의 계급)는 여자들의 합창 소리에 맞춰 흥얼거리면
서 노래 가사를 떠올리고 있었지만 사실 그들의 노랫소리는 달리
는 열차의 굉음과 섞여 그저 고함소리에 지나지 않았다. 철판 문틀
에 걸려있는 휴대용 석유등이 차량의 진동에 따라 흔들리면서 등
주위의 밝은 부분도 흔들리고 있었다. 거기서 여자들의 노랫소리

---

*   이 작품의 원제목은 「蝗」(1964.9)이며 『日本文学全集 67 火野葦平集 · 田村泰次
    郎集』(集英社, 1973)에 수록된 것을 저본으로 삼았다.

**   중일전쟁 발발 직후인 1937년 9월에 발매되어 크게 히트한 군가 〈노영의 노래
    (露営の歌)〉의 일부분. 단음계의 애조 띤 멜로디가 특색.

가 아까부터 몇 번이나 되풀이되고 있었다. 나머지 부분은 거의 형체를 분간할 수 없는 어둠으로, 그 어둠 속에 하라다 군조와 노미야마熊見山 상등병, 히라이平井 일등병이 드러누워 있었다.

노랫소리는 오랫동안 계속되고 있다. 그것은 마치 그만 부르기를 잊은 것처럼 점차 열을 내며 높아져간다. 하라다 군조는 몸을 뒤치락거렸다. 여자들의 모습이 빛 속에 드러나 있지만 그에게는 보이지 않고 그의 눈에 보이는 것은 뒤쪽 철판 벽에 비친 그들의 그림자뿐이다. 레일 이음새에 열차가 걸려 덜커덕 석유등이 흔들릴 때면 그 그림자도 경련하는 것처럼 늘었다 줄었다 한다.

여자들과 군인들의 거리는 삼 미터도 안 된다. 이 차량의 삼분의 이는 바닥 면적 오십 센티, 높이 칠십 센티 정도의 셀 수 없는 빈 유골함 꾸러미가 차지하고 있다. 실제로 셀 수 없지는 않았다. 하라다는 주둔지인 세키타선石太線 유지楡次의 병단사령부에 출입하는 어용상인에게서 분명히 정원에 맞춰 그 빈 함들을 수령해왔던 것이다. 이 차량 앞 칸에도 뒤 칸에도 빈 유골함은 천정에 닿을 정도로 실려 있었다. 이것들을 신고 황허를 건너 뤄양을 향해 가다가 그 근처 허난평야 어딘가에 있는 병단사령부까지 전달하는 것이 하라다 군조의 임무였다. 그는 보름 전 병단사령부와 함께 여기로 한 번 전진했다. 작전 진행과 함께 전사자는 미리 준비한 유골함만으로는 도저히 따라잡을 수 없을 정도로 늘어나기만 했다. 그는 서둘러 유골함을 보급하기 위해 주둔지에 파견되었고 지금은 돌아가는 중이었다.

실은 그의 임무는 그것만이 아니었다. 이 차량 안에서 밤을 샐 거라고 말해도 미친 듯이 소리를 지르며 노래하고 있는 다섯 여자를 주둔지에서 거기로 데려가는 것도 분명 그의 또 다른 임무였다. 그 외에 남자가 한 명 더 동행하고 있었다. 여자들의 포주인 조선인 김정순金正順이다. 전선 군인들의 욕망을 만족시키기 위해 자기가 거느린 여자들을 거기로 데려간다는 그럴싸한 명분을 앞세워 헌병대의 눈이 미치지 않는 장소에서 아편을 매매하려는 것이 이 남자의 목적이었다.

열차가 꽤나 남하한 듯 후텁지근한 차 안의 열기는 숨이 막힐 정도가 되었다. 여자들은 팔을 걷어붙이고 치마를 걷어올리고 같은 노래를 언제까지나 부르고 있다. 통통한 넓적다리를 감싼 창백한 피부가 땀으로 흠뻑 젖어 빛나고 있다. 그때까지 누워 있던 하라다는 더위를 참지 못하고 상체를 일으켰다. 연한 살덩어리 두 대가 정면에 있고 그 살덩어리 사이에는 어디까지나 들어갈 수 있을 성싶은 깊숙한 암부가 있는 것을 그는 보았다. 그 어두운 암부 위에는 하라다가 너무나도 잘 알고 있는 여자, 히로코ヒロ子의 얼굴이 있었다. 유지에 있는 동안 하라다는 적어도 열 번 이상 그녀 곁을 드나들었다. 번화가의 한 모퉁이에 있는 여자들 중에서 히로코는 제일 마음씨가 곱고 친절했다. 군인들에게 얼굴은 둘째 문제지만 그것마저도 히로코는 여자들 중에서 유달리 남자들이 좋아할 만한 상이었고 거친 장사에도 불구하고 피부가 부드럽고 투명할 정도

메뚜기

로 창백했다.

히로코는 동료들과 마찬가지로 입을 한껏 벌리고 상체를 좌우로 흔들면서 완전히 도취된 듯 노래를 부르고 있다. 하라다는 그녀 하복부의, 끝이 없을 것 같은 암부를 바라보고 있었다. 그 내부는 어떤 상태인지, 무엇이 있고 어느 정도의 축축함과 따뜻함이 거기에 있는지, 그는 너무나도 잘 알고 있었다. 거기에는 아무 것도 없다. 굳이 말하자면 아무 것도 없다는 것을 느끼게 만드는 무언가가 있는 것이다. 언제나 그가 들어가면 곧 불같은 욱신거림이 등골을 꿰뚫고 때로는 머리가 마비되어버리는 일조차 있지만 그 한순간 뒤에는 마음이 텅 비고 차가운 바람이 스쳐지나가 언제나 거기에는 아무 것도 없었다는 것을 한껏 느끼게 한다. 입속에는 모래 같은 것이 쌓이고 자기가 살아 있는 것인지, 죽은 것인지조차 알 수 없는 무미건조한 기분에 빠진다. 그러나 하라다에게 그 무미건조한 기분은 내일 죽을지도 모르는 자신을 한층 태연하게 죽음의 세계로 다가가게 만드는 일보전진이다. 그런 의미에서 자기가 살아 있는지 죽었는지 모르는 세계로 들어갈 수 있게 하는, 눈앞에 있는 그것은 그가 군인인 이상 틀림없이 필요했다.

하라다가 필요로 하는 것이 삼 미터의 거리를 두고 두 대의 두툼한 살덩어리 속에 싸여있었다. 열기로 덮인 숨 막히는 어둠 속에 있는 지금도 그것이 필요하다는 것을 그는 자신의 육체로 느꼈다. 열차는 작전지대로 들어갔다. 자기가 언제 어느 때 어떤 식으로 죽음이 닥칠지 모르는 운명에 놓여 있다고 생각하면 그는 그 암부로부터 뜨거운 응시를 거둘 수 없었다. 죽음의 공포를 물리치고 죽음과 친해지기 위해 빨려들어 가듯 그 암부에 숨어들고 싶었다.

....
총알도 탱크도, 총검도
잠시 동안, 노영의 풀베개
....

기적소리도 들리지 않았는데 갑자기 덜컹덜컹 두세 번 진동이 있더니 열차가 급정차한 것 같았다. 낯선 목소리가 멀리서 들렸다. 잠시 후 하라다가 있는 차량 바로 밖에서 큰 고함소리가 들렸다.

"어이, 여자들 내려. 어디에 있나? 나오라고."

술에 취한 듯 왠지 혀가 꼬인 듯 탁한 목소리였다. 여자들은 노래를 멈추었다. 그리고 서로 얼굴을 마주보며 말없이 경멸하는 듯한 조소로 싸구려 연지를 짙게 칠한 마른 입술을 일그러뜨렸다. 하라다는 "설마" 하고 낮게 중얼거렸다. 옆에서 자고 있던 노미야마 상등병도 히라이 일등병도 눈을 뜬 것 같다.

"반장님."

"괜찮으니까 누워 있어."

하라다는 천천히 몸을 일으켜 잠긴 문 안쪽으로 다가갔다. 노미야마 상등병도 일어나 나왔다.

"히라이, 너는 그대로 있어."

히라이 일등병은 흉부질환으로 일 년 가까이 베이징의 육군병원에 있었고 막 원대 복귀한 참이었다. 유지로 돌아갔지만 자기 부대가 작전에 나간 데다 그 뒤로 다른 부대가 주둔하고 있었기 때문에 병참 숙사에서 어쩔 줄 모르고 있는 것을 하라다가 발견하고 제멋대로 데리고 온 것이었다. 보충병이지만 겉으로는 가슴을 앓던 남자 같지 않게 혈색이 좋고 볼도 통통하게 살이 올라있었다.

"이것들이, 나오라면 나와야 될 거 아냐. 조센삐〔조선인 매춘부를 의미하는 비속어〕들."

기분이 상한 맹수가 우리 안에서 자기 몸을 통째로 우리에 부딪히는 것 같은 텅텅거리는 묵직한 울림이 철제 차량에 전해졌다.

"어이, 등을 꺼."

여자들이 일어나 석유등을 끄는 것을 확인하고 하라다는 문 열쇠로 손을 뻗었다. 그 사이에도 상대의 노호와 문에 부딪히는 살벌한 울림은 멈추지 않았다. 하라다는 힘들여 철문을 열었다. 숨이 막힐 듯 건조한 열풍이 그의 뺨을 때렸다. 그 순간 하라다는 자기도 모르게 뺨을 양손으로 감쌌다. 순간적으로 그는 그것이 바람 속에 섞인 수 없는 모래 알갱이라고 직감했지만 그렇다 해도 약간 다른 감각이 느껴졌다. 모래 알갱이도 섞여 있지만 그것만은 아니다. 모래 알갱이보다는 몇 배, 몇 십 배나 큰 고체 같다. 어둠 속에서 열풍은 횡횡 무시무시한 포효를 지르며 불어 닥쳤고 무언가 부딪치는지 끝없는 충격으로 하라다의 뺨은 일그러졌다.

"네 놈이 인솔자냐? 조센삐들을 얼른 내려 놔! 나는 이곳의 고사포 대장이다. 내려."

바깥의 어두운 모래땅에 두 다리로 버티듯이 서 있는 사내의 노호는 열풍의 포효를 갈라놓을 것처럼 살기등등했다. 사내의 검은 그림자 주위에 남자 그림자가 몇 개 더 있었다. 하라다는 대답하지 않았다. 여기가 고사포 진지가 있는 지대라면 벌써 황허 남쪽 기슭에 도착한 것이다. 그때까지 일본군이 전혀 없던 황허 북쪽 기슭의 중원지대로 쳐들어가 경한선을 타통한다는 이번 작전*을 위해 황허에 세웠던 가교를 적의 폭격으로부터 지키려고 양 기슭에 엄청난 고사포 진지가 구축되었다는 것을 하라다는 알고 있었다. 미군의 해상봉쇄로 인해 불령 인도차이나 방면의 보급로가 끊긴 일본군은 난처한 나머지 약 한 달 전부터 대륙 오지를 지나는 보급로를 개척하고자 무리한 작전을 전개하고 있었다.

하라다는 땅바닥으로 뛰어내렸다. 발바닥에 느껴지는 부드럽고

---

*   1944년 4월 17일부터 12월 10일에 걸쳐 일본이 중국에서 수행한 최후의 대규모 공격작전인 대륙타통작전(大陸打通作戰)은 남방 점령지와 일본 본토와의 육상교통로를 확보하는 데 그 목적이 있었다. 그 작전의 일부로 중국대륙을 남북으로 종단하는 경한선을 공략한 경한철도타통작전(京漢鉄道打通作戰)은 4월 18일 개시되어 이틀 만에 정저우(鄭州)를 점령하고 5월 25일 최종적으로 뤄양을 점령함으로써 성공적으로 끝났다.

점착력 있는 모래땅의 감각은 거기가 황허 유역이라는 것을 알려주었다.

"우리는 세키타부대 소속입니다. 이 차량 안에는 전선에 있는 우리 부대로 운송하는 유골함이 실려 있을 뿐입니다."

바람의 울부짖음에 스쳐 하라다의 목소리는 끊어졌다.

"거짓말 마라. 앞에서부터 여덟 번째 차량에 조센삐 다섯이 타고 있다는 걸 알고 있단 말이다. 신샹新鄉에서 무선연락이 있었다. 명령이다. 여자들을 내려놓으라고 했으면 내려 놔!"

템포가 맞지 않는 술주정꾼 특유의 치근거리는 어조로 그렇게 소리를 지르면서 장교는 허리에서 검을 뽑았다. 검의 도신은 썩어가는 생선 배처럼 둔한 빛을 띠었다.

"여자들은 세키타부대 전용입니다."

"뭐? 불만이 있나? 닳는 것도 아니니 쩨쩨하게 굴지마. 신샹에서도 실컷 진수성찬을 베풀었다던데 왜 나 있는 데서만 그게 안 된다는 거지?

"그렇지만 ……"

"그렇지만이고 뭐고, 싫다면 여기를 통과 못할 뿐이야. 절대로 앞으로 못 가게 할 거다. 알겠어? 통행세다. 기분 좋게 내고 가라고."

여기로 오기까지 카이펑에서 출발한지 얼마 지나지 않아 신샹과 또 한 곳에서 여자들은 이미 두 번이나 끌려 내렸다. 그때마다 그 지점에 주둔한 군인들이 잇달아 쉴 틈도 없이 그녀들의 육체에 덤벼들었다. 그들은 그 지역 수비대가 아니었다. 이번 작전을 위해 대륙 여기저기서 뽑혀와 거기로 이동했고 또 내일 어디로 이동할지도 모르는, 그와 동시에 내일 자기들의 생명을 아무도 보증해주지 않는 운명 속에 놓인 군인들인 것이다. 덧없이 짧은 시간의 성^性은 그들이 머릿속에서 언제나 계속 상상하고 있는 풍요롭고 무겁고 뜨거운 성과 닮았으면서 닮지 않은, 만족스럽지 못한 불모의 것이기는 했지만 그러나 그것은 그들이 이 세상에서 맛볼 최후의 성일지도 모른다. 굶주리고 마른, 뿔 없는 곤충처럼 그들은 모래땅 위에 하얀 두 넓적다리를 활짝 열어젖힌 여체의 중심부에 떼 지어 모여들었다.

장교는 양손으로 검을 머리 위로 높이 쳐들고 그 자세로 버티고 있는 두 주먹 아래로 나지막이 말했다.

"부탁한다, 응? 군인들을 위해 부탁한다."

통절하다는 형용사가 이렇게 딱 들어맞도록 말을 걸어오는 것은 인간의 일생에서 그다지 자주 경험할 수 있는 게 아니다. 공격 자세를 취한 도신의 둔하고 검푸른 광채와 노골적으로 연약함을 드러내는 간원하는 어투 사이의 모순은 하라다의 반항심을 시들게 했다. 그때 이미 고참 하사관으로서 그의 후각은 상대가 역전의 용사가 아니라 견습 사관에서 임관된 지 얼마 안 되는 아직 젊고 전투 경험도 적은 신참내기 소위라는 것을 알아챘다. 또한 상대의 위압적이면서도 자기 자신의 내적 불안으로 인해 스스로 떨고 있는 것처럼 보이는 태도는 열차의 진행을 저지하겠다는 행동이 자발적으로 나온 것이 아니라 수많은 부하들의 압력으로 인한 것이기 때문이라는 점도 감지했다.

하라다는 눈앞의 검은 그림자 뒤의 약간 떨어진 장소에서 뚜렷이 보이지는 않았지만 바람의 울부짖음과 모래폭풍, 암흑을 사이에 두고 이쪽의 추세를 짐승처럼 예민하게 몸 전체의 감각을 동원하여 지켜보고 있는 수많은 인간의 그림자를 보았다. 그것은 그의 부하들인 동시에 독전대임에 틀림없다.

"어이, 모두 내려."

몇 분 뒤 하라다는 화물차 안을 향해 소리를 질렀다. 그 목소리의 울림은 갈라졌으면서도 의외로 건조하고 홀가분한 것이었다.

그때 방서용 천을 뒤로 늘어뜨린 그의 전투모 차양에 아까부터 계속되고 있는 기묘하고 큰, 모래알같은 충격적인 덩어리가 하나 붙어있다는 것을 느꼈다. 그는 반사적으로 거기에 손을 댔고 손바닥 속에서 군데군데 가시가 돋은 것 같은 생물을 잡은 감각을 느꼈다. 손바닥 속의 그것은 그 정도 크기의 물체라고는 믿을 수 없을 정도의 힘으로 꿈틀거렸다.

어둠 속에서 천천히 손바닥을 펴며 하라다 군조는 소년시절에 느낀 같은 감각에 대한 기억이 불시에 선명히 떠올라 자기도 모르게 목구멍 깊숙한 곳에서 외쳤다.

'앗, 메뚜기다.'

메뚜기 떼가 황허를 사이에 두고 허난성에서 올봄부터 여름에 걸쳐 이상하게 많이 발생했다는 정보는 하라다도 이미 들어서 알고 있었다. 그러나 달포 전 이 지대에 최초로 진격했을 때 그의 부대는 그 무리와 마주치지 않았다. 그 뒤로도 메뚜기 떼는 여기저기로 이동했고 그로 인해 대낮에도 하늘이 어둑해졌다든가, 대포와 트럭 바퀴의 중심에 끼어들어가 으깨진 메뚜기 기름으로 굴대가 움직이지 않게 되었다든가 하는, 직접 작전행동을 가로막는 듯한 일도 있다는 것을 듣기는 했다. 메뚜기 떼의 공격을 받으면 온 마을 농민들이 총출동해 메뚜기 떼를 자기들의 토지에서 다른 곳으로 쫓아내기 위해 일밥을 지어 먹으며 징과 꽹과리를 밤낮으로 미친 듯이 두들겨댄다는 이야기를 듣고 메뚜기의 몸체 기관 중 어떤 부분이 음향에 약한 것일까라는 생각을 했다. 그러나 실제로 체험해본 적이 없어 메뚜기를 실감하고 자기 내부에서 파악할 수는 없었다.

메뚜기 대집단의 이동에는 메뚜기 자신들로서는 그때그때 이유가 있는지도 모르지만 인간은 알 도리가 없다. 동인지, 서인지, 남인지, 북인지, 다음에는 어느 방향으로 그들이 이동하는지, 또는 원형으로 그 지역에 모여들까, 띠 모양으로 늘어설까, 아니면 몇 개의 소집단으로 나뉘어 흩어질까 인간은 도무지 짐작할 수 없다. 하라다는 지금 자기들이 부딪히고 있는 것이 어느 정도의 집단인가 짐작할 수 없었지만 열풍 속에서 쉭쉭 메뚜기들이 날개를 비벼서 내는, 뭔가 금속적인 무거운 소리를 들으니 상상 이상으로 대집단일지도 모른다는 생각이 들었다.

위협당해 차에서 끌려내려온 여자들이 어둠 속으로 사라진 지도 거의 한 시간이 지나고 있었다. 나중에야 굼실굼실 화물차에서 내려온 노미야마 상등병, 히라이 일등병, 김정순도 하라다 옆에 서서 그들이 사라져 간 방향을 지그시 노려보며 그 방향으로 귀를 곤두세우다시피 하고 있다. 이제 여름 군복 아래는 더 이상 몸을 움직이지 않아도 땀이 배어 끈적끈적 기분이 나쁘다. 열풍이 괴로워진다. 젖은 걸레 같은 걸로 눈코를 꽉 막은 것처럼 그것이 계속 쉴 틈 없이 덮치기 때문에 가슴이 죄어드는 것처럼 압박을 느낀다.

"젠장, 망할 놈의 자슥들. 언제까지 올라타고 있는 기고. 적당히 해라카이."

간사이 출신인 노미야마 상등병은 반쯤 익살을 부리는 듯한 어조로 위세 좋게 혀를 차며 어둠을 향해 소리를 질렀다. 그러나 그 익살스런 어조가 도리어 그가 그 일을 마음속에서 골똘히 생각하고 있다는 점을 드러냈다. 눈앞의 현실을 외면하고 싶은 마음이 들 때 저렇게 그것을 정면에서 확실히, 그러나 가볍게 말하고 빠져나가는 것은 전쟁터에서 오래 잔뼈가 굵은 군인만이 가진 삶의 지혜였다. 하라다는 노미야마 상등병의 기분을 잘 알고 있었다.

하라다는 물론, 노미야마도 히라이도 세키타선 유지에서부터 여자들과 행동을 같이 한 이래 그들의 몸에 손을 대지 않았다. 그러나 그것은 하라다의 의지였고 반드시 노미야마나 히라이의 의지는 아니었다. 두 사람은 하라다가 자기들의 상관이기 때문에 어쩔 수 없이 하라다의 의지에 표면상 따르고 있을 뿐이었다. 유지에 주둔하는 중에는 하라다 자신도 몇 번 히로코의 방을 방문했고 두 사람도 아마 그들 중 누군가의 방에 거리낌 없이 들어간 적이 있었을 테지만 유지를 출발한 이래 지금까지 그들은 어쨌든 여자들과 살을 맞대지 않았다. 그러나 하라다는 며칠 전부터 느끼고 있었다. 두 군인의 눈은 날이 감에 따라 움찔할, 달라붙을 것 같은 음침한 빛을 보이고 있었다. 하라다의 마음으로는 아무리 해도 여자들을 안을 수 없었다. 그럴 작정이면 이 운송반의 반장인 그가 마음만 먹으면 그렇게 할 수도 있었다. 여자들은 항의도 하지 않고 저항도 하지 않을 것이다. 하라다가 그렇게 못하는 것은 대체 무엇 때문일까? 그들을 무사히 최전선에 있는 소속 부대에 전하지 않으면 안 된다는 자기 임무에 대한 책임감 때문일까? 병단사령부에 전하기까지는 그들은 그가 같은 차량 속과 앞뒤의 차량 속에도 산더미처럼 쌓아놓고 관리하고 있는, 이제부터 나올 것이라고 상상되는 새 전사자를 위한 유골함과 마찬가지로 공용公用물이고 제멋대로 자기 욕망만으로 함부로 손을 대어서는 안 된다고 온순하게 생각하고 있기 때문일까? 그건 아니다. 그들이 지금 향하고 있는 장소에는 그들의 전우인 군인들이 여체에 굶주려 법석을 떨고 있을 뿐이

메뚜기

다. 굶주린 늑대들이 이를 갈면서 자기들의 먹이를 기다리고 있는 것일 뿐이다. 그 늑대들의 눈앞에 머나먼 곳에서 실어온 먹이를 던져주기 전에 운반자인 자기들이 도중에 아주 조금 먹어본다 한들 별로 나쁜 일도 아니다. 고참 하사관인 하라다가 그렇게 고지식하고 융통성 없는 생각으로 자기 마음을 속박할 리는 없었다.

하라다는 자신이 여자들을 건드리려고 하지 않는 가장 큰 이유, 그리고 진실한 이유를 알고 있었지만 그것을 스스로 인정하지 않으려 했다. 철도연선이라는 일단 안전한 지대에서 그들을 마주대할 때와 달리 언제 어느 때 지상의 적이나 상공의 적의 공격을 받을지 모르는 이런 전쟁터에서 그들은 자기들의 놀이 상대가 아니라 모든 순간, 모든 장소에서 항상 기다리고 있는 죽음에 의해 어느새 공통의 운명을 지니게 된 자의 동족의식으로 연결되어 있었다.

그 의식은 전선에 다가갈수록 강해졌고 그와 동시에 하라다의 내적 불안과 초조감도 점차 높아져 갔다. 실은 그 스스로도 자기가 절대 남보다 겁이 많다고는 생각하지 않았지만 자기 생명의 불이 날마다 교교하게 타들어가는 것이 한기가 들 정도로 불쾌한 기분이 될 때가 있었다. 불은 불길이 되어 확 타들어가다 어느 순간에 갑자기 훅 꺼뜨려 질지도 모른다. 전쟁터는 인간의 생명의 불에 그런 작용을 할 만한 것을 가지고 있다. 그러나 하라다는 자기가 이 작은 운송반의 통솔자라는 것을 지나치게 자각하고 있었다. 공통의 운명에 놓여 있는 여자들을 껴안는 대신에 그들에게 자기 내부의 본모습을 들키는 것을 부끄럽게 생각했다. 지금 여기서 그들의 육체를 탐하는 것은 그들에게 자기 내부를 들키는 것이다. 다시 살아 돌아갈 수 있을지 어떨지 아무도 모르는 지금 여체를 힘껏 껴안고 생을 확증하고 싶다는 욕망과 인간으로서의 유약함을 남에게 보여서는 안 된다는 인간으로서의, 또한 동시에 군인으로서의 허영심이 그의 마음속에서 피투성이의 격투를 계속하고 있었다.

하라다 일행이 바라보고 있는 방향의 어둠 속에서 하얀 것이 둥실 떠올랐다. 그것이 흔들흔들 흔들리면서 차츰 선명한 색과 형태를 보이며 다가왔다. 여자들이 돌아온 것이다. 하얀 것은 그들이 나체에 걸친 슈미즈였다.

"어떻게 된 거야? 어이, 괜찮아?"

여자들을 여기까지 바래다줘야 할 군인의 모습이 하나도 눈에 띠지 않는다. 여자들은 하라다 일행의 곁으로 겨우 도달한 것이 고작인 듯 휘청거리는 발로 모래를 밟고 앞으로 쓰러질 듯한 자세로 허공을 허우적거리며 온다. 그들 뒤로 이제 더 이상 쓸모없어진 그들을 한시라도 빨리 이 땅으로부터 쫓아내려는 듯 메뚜기 떼와 모래알이 섞인 뜨겁게 달아오른 바람이 쉴 새 없이 불어와 하라다 일행은 제대로 얼굴을 들 수가 없었다.

"*하라타—*"

히로코는 거기서 하라다 군조의 모습을 보자 한껏 긴장되어 있던 기분이 갑자기 풀리는지 그의 곁으로 맥없이 몸을 던져왔다. 다른 여자들도 각각 노미야마 상등병과 히라이 일등병 쪽으로 자기들의 몸을 쓰러지듯이 기댔다.

"자, 승차!"

하라다는 힘껏 목소리를 높여 외쳤지만 목이 칼칼하게 말라있어 말꼬리가 갈라진 그 소리는 불다가 깨진 피리 같이 깜짝 놀랄만한 여운을 남겼다.

여자들도, 노미야마들도 승차했다는 것을 확인하고 하라다는 기관차 앞부분으로 달려가 "전원 승차, 발차해주십시오"라고 외치고 다시 뒤돌아 모두가 타고 있는 화물차에 뛰어 올랐다.

덜커덕, 차바퀴를 하나 크게 삐걱거리며 다시 열차는 천천히 움직이기 시작했다.

"제기랄, 어이없다. 그놈들 놀 거면 놀지 왜 돈 안 주는 거야? 돈 안 주고 뭐해."

텅 빈 유골함 사이의 원래 자리로 돌아온 그들을 내려다보며 하라다는 그들 저마다의 외침을 듣고 있었다. 군인들은 그들을 안고 싶을 만큼 안은 다음 마치 오물을 버리는 것처럼 미련 없이 그 장소에 내팽개쳤다.

"바보 같으니. 작전 중에 돈 같은 걸 가지고 있을라고"라며 군인들은 그들의 당연한 청구를 비웃었다.

"앗, 아야아야."

히로코는 슈미즈 자락을 넓적다리 위까지 걷어 올렸다.

"아파—"

마치코들도 모두 일제히 슈미즈를 마음껏 잘도 걷어 올렸다. 남자들의 시선이 그곳을 향하고 있다는 것을 전혀 신경 쓰지 않았다. 지방이 잘 오른 흰 넓적다리를 크게 벌리고 그들은 그 주변을 수세미로 문지르듯 양손으로 긁기 시작했다.

석유등 아래 노란 피부의 여기저기가 발그레하게 변색되어 있다. 마치코의 슈미즈 속에서는 큰 갈색 곤충이 잡혀 나왔다.

"이놈이, 아얏."

히로코는 그것을 철판 벽에 대고 힘껏 내던졌다.

"이 바보자식—."

살이 오른 흰 넓적다리의 피부와 그것을 긁은 부분의, 어지럽게 담홍빛으로 부어오른 자리가 굉장한 기세로 다가와 퍼져서는 크게 뜬 하라다의 눈을 가로막았다. 그리고 하라다는 그 순간 무심코 현기증을 느꼈고 몸의 하복부는 화끈한 열감으로 욱신거렸다. 눈꺼풀 뒤에서는 담홍빛으로 물든 애처로운 피부를 파먹어 들어갈 듯 여섯 개의 가시 돋친 다리를 벌리고 있는 메뚜기 한 마리가 지워지지 않았고, 그 장면이 그의 가슴에 동통을 느끼게 했다. 히로코도 그리고 다른 여자들도 그 부분에 아무 것도 들어있지 않다는 것이 당연하지만 그들이 하라다들의 눈앞에서 지금 그 부분을 그대로 노출하고 있다는 점이 그들의 욕망을 부추겼다. 보통 여자들이 그곳을 남자들 눈에 드러내 보이는 것은 남자들에 대한 도전이자 좀 더 정확히 말하면 여자들 자신에 대한, 그 일에 수치를 느끼는 것에 대한 저항이며, 그렇게 함으로써밖에 살아갈 수 없는 자기들의 삶의 방식을 자진해서 잊어버리고자 하는 적극적인 태도가 작용한 것이다. 지금의 경우는 그렇지 않았다. 그 부분을 하라다들의 눈으로부터 숨기고 덮으려는 육체적인 여력도 없는 것 같았다. 그들은 녹초가 되어 거기에 늘어져 있었다. 지금의 경우 더 이상 자기 것인 그 부분에 어떤 관심도 없는 것처럼 보였다. 그것은 **물체**로서 거기에 있었다. 석유등 불빛에 희끄무레 도드라진 굵은 두 대의 원통이 합쳐지는 장소에, 사실은 그다지 **빡빡**하게 나있지 않다는 것을 하라다는 잘 알고 있었지만 주위의 낮은 광도 때문에 아주 잔뜩 돋은 것처럼 털이 시커먼 덩어리가 되어 드러나 있었다. 그리고 그 시커먼 덩어리 속에 깊고 어두운 균열이 있는 것이다. 당장 눈앞에, 그 일에 굶주린 남자들을 꿀꺽 삼키고 다시 내뱉는 동작을 무한히 반복함으로써 짐승 같은 남자들의 욕망을 가라앉혀 온 불가사의한 능력을 갖춘 것이 거기에 있다. 그러나 지금, 하라다의 눈앞에서 일 미터도 안 되는 거리에 있는 그것은 그런 신비성을 감추고 있는 것 같지 않았다. 단지 **물체**로서, 숨 쉬는 것도 잊어버린 채 거기에 있다. 그것은 그 자체로 훌륭하게 완성된 하나의 조형물로서 지금 격렬하게 그의 중심을 뒤흔들었다.

　오랫동안 히로코는 그 모습으로 거기에 새겨져 있는 것처럼 움직이지 않았다. 그녀는 눈을 감고 약간 들린 콧구멍으로 이미 희미하게, 고통스러운 듯 코를 골고 있었다. 히로코뿐만 아니라 마치코, 미와코, 교코, 미도리 모두가 죄다 지칠 대로 지쳐 인간 이외의 뭔가 다른 존재로 군인들의 눈앞에 쓰러져 있었지만 인간이기를 포기한 듯한 그들의, 잔혹이라는 형용사도 넘어서버린 녹초가 된 모습이 한층 더 군인들의 욕망을 자극했다. 군인들은 자기 몸 안에서 거친 피가 아우성치는 것을 지금까지처럼 억제할 수 없었다. 이 여자들의 육체에 거칠게 덤벼들어 자기들도 인간이기를 포기하고 싶은 충동을 느꼈다. 그들이 인간일 필요는 없었다. 인간이기 때문에 억눌린 자기 마음을 떨쳐내 버리는 것이 여기서는 가장 행복이라는 생각이 들었다. 남자들의 눈앞에서 다리를 벌리고 그 치부를 거침없이 무더운 공기 중에 드러낼 수 있는 무심함을 그들은 자기 것으로 만들고 싶었다. 그렇게 할 수 있다는 것이 이런 환경에서는 강인함이었다. 그들은 강해지고 싶었다. 그런 강인함 없이는 이 전쟁터에서 살아남지 못한다는 것을 그들은 알고 있는 것이다.

"반장, 괜찮타 아잉교? 다른 부대는 실컷 멋대로 하라 캐놓고 와 우리만 몬하게 하능교? 반장 기분은 내사 알다가도 모르겠데이."

유골함 더미 반대편에 만든 군인들의 잠자리로 하라다가 돌아오니 누워 있던 노미야마 상등병이 반쯤 일어나 평소 때보다 진득한 간사이 사투리로 치근덕거리며 덤벼들었다. 노미야마와 하라다는 중대는 다르지만 같은 연차의 고참병이고 같은 연차일 경우의 군대 관습으로 하라다에게 허물없이 말을 했다.

"보소, 반장? 우리 인자는 못 참는데이. 겨우 조센삐들 아이가. 물론 우리가 쟈들을 우리 부대 있는 데로 운송해야 될 의무가 있는 기야 알지마는 사람 수만 맞추면 된다카이. 아까 그 장교가 대던 핑계는 아이지만, 마 닳는 것도 아인데 도중에 우리가 좀 쓴다꼬 머시 그리 나쁜교? 다른 군대는 써도 되고 우리는 안 된다카는 기 이치에 맞능교?"

"아무래도 못 참겠나?"

"반장, 부탁함니데이. 여까지 오는데 이런 일이 몇 번 있었능교? 남들한테만 한 턱 낼라꼬 운반하는 기, 마 인쟈는 빙신 같아서. 반장, 우리사 언제 총알 맞아 죽을지 모른데이. 죽어삐면 본전도 못 찾는데이. 그러타 아이가? 좀 하게 해도."

"황허를 건너서 며칠만 참으면 되는데."

"내사 모르겠데이. 지금 부대가 어디 있는지도 모르는데 며칠 만에 부대 있는 데까지 가겠능교? 황허를 건너면 당연히 적의 공격도 생각해야 되고 이 상태로는 점점 다른 부대도 가만히 안 있을 끼고. 또 쟈들을 무사히 부대에 넘긴다꼬 해도 인쟈 우리들은 몇 백 명 속에서 줄을 서야 된다카이. 쟈들하고 한 번 하는데 멧 시간이고 내내 서 있어야 된다꼬. 그런 문디 같은 일이 어데 있노."

"알았다. 그럼 너희 멋대로 해라. 나는 어쨌든 지금까지처럼 할 테니까. 그 대신에 너희는 너희 깜냥대로 여자들을 설득해 봐라."

하라다는 대답했다. 노미야마들의 불평도 모르는 바는 아니었다. 하라다 자신도 히로코의 탱탱한 흰 다리를 마음껏 껴안고 지금의 불안과 초조와 책임감을 그 순간만이라도 잊고 싶었다. 그는 그렇게 할 수 없었지만 그 자신이 할 수 없는 일을 두 부하에게 이 이상 강요하는 것은 잘못일지도 모른다고 다시 생각했다.

"감사합니데이. 그라문 가보자꼬, 히라이."

노미야마 상등병은 히라이 일등병을 재촉하여 꾸물꾸물 일어나 유골함 꾸러미의 산자락을 넘어 여자들이 있는 방향으로 걸어갔다. 하라다는 철판 벽에 손을 대어 똑똑 소리를 내고 있는 물방울을 털고 카이펑에서 정차했을 때 쑤셔 넣은 *바이주白酒*를 크윽, 하고 한꺼번에 들이켰다. 바이주는 여기 오기 전에 대부분 마셔버려 조금 밖에 남지 않았지만 단숨에 마시니 남은 분량만으로도 목의 점막이 타는 듯 화끈거렸다. 그리고 잠시 동안은 그 부분이 얼얼해서 불에 달군 철봉이라도 삼킨 듯 감각이 마비되었다.

그는 난폭한 몸짓으로 바닥에 깔린 거적 위로 드러누웠다. 차바퀴의 무거운 소리가 갑자기 높아진 듯 몸 마디마디가 울려왔다.

빈 유골함 꾸러미의 산더미 너머에서는 노미야마와 히라이가 여자들을 어떻게 구슬리고 있을까. 물론 이야기 소리는 들리지 않았고 거기서 아무 일도 일어나지 않은 것처럼 쇠바퀴가 돌아가는 소리만이 그의 귀를 막고 몸 전체를 울리고 지나갔다.

하라다는 눈을 감고 바로 누워 있었다. 군복을 벗지는 않았지만 점점 땀이 배어나와 가슴에서 옆구리에 걸쳐 미지근한 물속에 잠긴 것처럼 미적지근한 기분 나쁜 느낌이 기어 돌아다녔다. 그 가슴 위로 굉장히 무겁고 부드러운 것이 갑자기 덮쳐 왔다.

"*하라타……*."

귓불에 뜨거운 숨이 닿았다. 상대는 하라다의 목에 팔을 두르고 무거운 몸으로 덮쳐누르며 자기 입술로 하라다의 입술을 막았다.

도톰하고 언제나 촉촉한, 그리고 적당한 탄력을 갖춘 입술의 촉감, 그것만으로도 그는 그것이 누구의 것인지 금방 알아챘다.

"어떻게 된 거야? 그 자식들은 잘 하고 있나?"

"*그 자식들, 색콜이야. 사람이 피곤하다고 하는데도…… 순 색콜이야……*."

"히로코, 그 자식들도 동정해줘. 매일 다른 부대 군인들이 너희들과 노는 것을 손가락을 깨물면서 보기만 했으니까."

그들이 주둔했던 산시성 오지에도 철도연선의 마을에는 게이기 藝妓라 칭하는 일본의 매춘부들도 없지 않았다. 그러나 그녀들은 결코 철도연선의 마을을 나와 생명의 위험을 감수해야 하는 더 깊은 오지로는 가려하지 않았다. 마을의 그녀들은 장교 전용으로 세련된 방에 기거했고 군인들은 가끔 마을로 나간다 해도 거기는 출입 금지였다.

군인들은 오지의 지정된 장소에 있는 중국인 여자나, 또 다른 장소에 있는 조선인 여자들의 방을 다니기로 되어 있었다. 조선 아가씨들도 모두 국방부인회*에 들어 있어 천장절天長節(천황탄신일)이나 그 외의 기념일과 축일에는 양복을 입거나 일본 옷을 입고 어깨에 '국방부인회 유지지부'라고 검게 물들인 흰 띠를 걸치고 같은 복장을 한 게이기들과 나란히 섰다. 군인들이 느끼기에는 그때만큼은 불현듯이 최전선임에도 고국으로 돌아간 것 같은 야릇한 흥분이 감돌았다.

"남자는 전부 순 색콜이라니까. 나 동정 안 해. 누가 동정할까봐?"

"일본어를 할 줄 아는, 군인의 놀이 상대는 너희들뿐이다. 동정해줘."

"군인들은 그거뿐이야. 우리들과 논다. 그거 때문일 뿐야. 하라타, 너, 군인에게 동정하지마. 너, 히로코랑 잘 지내기만 하면 돼."

히로코의 작은 얼굴에 어울리지 않는 통통한 팔이 하라다의 목언저리를 둘러싸고는 놓지를 않는다. 하라다는 그녀가 흥분하고 있다는 것을 알았다. 그녀는 하라다를 안음으로써 자기 몸은 자기 것이라는 사실을 스스로 확인하고 싶은 것이다. 아까 그녀가 상대했던 몇몇 군인들의 행동은 히로코의 몸을 그녀의 마음으로부터 갈라놓는 역할을 했을 뿐이었다. 군인들이 그녀의 몸에서 떨어졌을 때

---

* 　1932년 오사카에서 결성되어 전국으로 확대된 군국주의적인 부인단체로 출정군인을 환송하는 등 전쟁에 협력했다. 1942년 모든 부인단체는 대일본국방부인회(大日本国防婦人会)로 통합되었고 조선, 대만, 만주 등 일본의 식민지에도 그 지부가 있었다.

그녀의 몸은 그녀로부터 완전히 떨어져 나갔다. 자기 몸은 자기 것이라는 것을 스스로 확인하기 위해 히로코는 하라다에게 안기지 않을 수 없는 것이다. 그러나 하라다의 팔은 움직이지 않았다.

"*하라타…… 응? 하라타…….*"

코맹맹이 소리를 내며 자기 몸을 바짝 갖다 댔지만 하라다의 몸은 경직된 것처럼 눈을 크게 뜨고 천장을 보고 누운 채로였다.

"*하라타 바보 자식―.*"

하라다는 자기 귓전에 대고 욕을 하는 히로코의 목소리를 들으면서 이를 악물고 내부의 충동을 견디고 있었다. 그녀의 솔직한 유혹에 응하지 않는 자기의 비겁함과 우유부단함에 히로코의 말보다 더 심하고 과격한 온갖 욕지거리를 퍼부어서 지금까지 자기의 자세를 겨우 지켜나가면서 그 순간이 지나가기를 빌었다.

열차는 황허 북쪽기슭까지밖에 연결되어 있지 않았다. 거기서부터는 열차에서 내려 모두 도보로 이번 작전을 위해 공병대가 황허에 놓은 가교를 건너지 않으면 안 되었다.

낮에 건너는 것은 언제 적의 전투기 P40〔국부군이 갖추고 있던 미국제 전투기〕의 총격을 받을지 모르기 때문에 위험했고 대부대는 야간에 행동하는 것으로 정해져 있었다. 지상은 일본군이 제압하고 있었지만 제공권은 적이 쥐고 있었다. 새벽이 되면 P40은 으레 남쪽에서 모습을 드러냈고 제 집인 양 거리낌 없이 일본군의 머리 위를 돌아다니면서 가차 없는 총격을 마음껏 퍼부었다.

야간에만 진격을 계속했기 때문에 일본군이 허난평야의 대부분을 점령하고 있는데도 해가 떠 있는 동안은 모든 행동을 정지하고 주민이 도망간 인적 없는 부락에 숨어있지 않으면 안 되는 기묘한 작전이었다. 전쟁터 생활이 긴 하라다 군조에게도 그런 작전은 처음 경험해 보는 것이었다. 그러나 그는 그것이 일본군이 전쟁의 전체 국면에서 퇴세頹勢를 보이기 시작했다는 의미라는 것을 아직 알지 못했다.

밤을 새는 행군 때문에 행군부대의 군인들은 밝을 때는 죽은 것처럼 누워 집안에서 자기 때문에 여자들이 그들에게 잡힐 염려는 없었지만 그럼에도 하라다는 여자들에게 숙박하고 있는 집에서 밖으로 나오는 것을 엄중히 금했다.

하라다들은 함께 행동하고 있는 군인들의 눈으로부터 여자들을 감추기 위해 야간 행군 중에도 신경을 썼고 그들이 말을 나누는 것도 금지했으며 새벽에 휴식을 위해 부락에 들어가면 되도록 부락 구석의 민가에 숨었다. 주민과 적이 한통속인 적지에서 그렇게 하는 것은 주민에게 들켜 적에게 통보될 위험이 항시 수반되는 것이지만 하라다는 그렇게 하지 않을 수 없었다. 그것을 피해 군인들이 숙영하고 있는 부락 중심부에 묵으면 여자들은 군인들에게 발각되는 즉시, 내일에 대한 생명의 보증이 없어 자포자기의 심정이 된 군인이라는 굶주린 짐승들의 육체의 습격을 끊임없이 받지 않으면 안 되는 것이다.

　빈 유골함은 트럭 세 대에 실렸는데 행군부대의 자동차대가 운송 책임을 맡아주었기 때문에 하라다는 때때로 그것을 확인만 하면 되었다. 정저우鄭州, 시에주잉謝莊, 비띠엔辥店, 허샹차오和尚橋로 경한선을 따라 남하하면서 쉬창許昌에서 서쪽으로 간 행군부대가 위시엔禹縣 근처의 이름 모를 부락으로 들어간 그날도 동이 틀 무렵이었다. 하라다 군조 일행이 있었던 군단의 소재는 아직 정확히는 알 수 없었다. 그러나 일주일 전에는 확실히 위시엔을 지났다는 것만큼은 확인할 수 있었다.

　이 작전의 완결이 뤄양 점령이라는 소문이 군인들 사이에 돌았다. 발해渤海, 황해黃海, 동지나해東支那海를 미군 잠수함에 제압당해 만주, 북지나北支那의 풍부한 물자를 남방에 보내는 해상 보급로를 봉쇄당한 일본군이 전쟁 초기에 국부군國府軍〔중화민국 국민정부, 즉 장제스의 군대〕이 파괴한 경한선을 타통하는 것이 궁극적인 목적이었다. 이를 위해 허난에서 적 최대의 요충지인 뤄양을 점령할 필요가 있는 것은 분명하다. 자기들 병단이 뤄양까지 진격할지, 아니면 계속 이 근처에 주둔할지는 모르지만 바로 지금 병단이 적을 쫓아 이 근처 지구地區를 이동하고 있는 것은 틀림없는 듯하다. 하라다 군조는 사령부까지 여자들의 신병을 무사히 넘기지 않으면 안 된다. 어느 쪽이든 병단의 소재는 곧 밝혀질 것이고 자기들이 벌써 병단과 그다지 멀지 않은 장소까지 왔다는 것은 확실하다. 도중에 몇 가지 사건이 있었지만 다행히 여자들 몸에는 이상이 없고 하라다의 이 기묘한 여행도 끝에 다다른 것 같다. 그처럼 때때로 큰 소동을 일으킨 군인들은 결국 여자들 몸속을 지나쳐 간 것뿐이었다. 그곳에 아무것도 남기지 않았다. 여러 얼굴의, 여러 몸집의, 여러 과거를 짊어진 군인들이기는 했지만 그 여자들의 신체를 통과할 때는 한 사람의 군인이었다. 불타올랐던 것은 군인 자신의 몸이고 여자들의 몸은 불타오르는 일 없이 단지 그들을 통과시켰던 것뿐이었다. 여자들의 몸속에는, 그리고 마음속에는 징을 박은 억센 군화 자국조차도 남겨서는 안 되었다.

하라다는 한숨 놓았고, 가슴의 긴장이 풀려나가는 듯한 훈훈한 평온을 느꼈다.

"*하라타, 나도 여기 잘래.*"

초여름 대륙의 하늘은 남빛으로 한 점 흐림 없이 개어 있었고 오늘은 일과처럼 찾아오는 적기의 폭음도 들리지 않았다. *위앤쯔院子*〔안뜰〕에 핀 석류의 자줏빛 꽃그늘 아래, 빛이 바래기는 했지만 아직 붉은 춘련春聯〔입춘에 써 붙이는 글씨〕이 붙어 있는 문짝을 떼어 와서 양끝에 겹쳐 쌓은 벽돌 위에 올려놓고 벌렁 드러누운 하라다 옆으로 히로코가 마찬가지로 떼어낸 문을 무거운 듯이 양손에 쥐고 다가 왔다. 하라다는 가늘게 눈꺼풀을 떴지만 별로 이의를 제기하지 않고 그녀가 하는 대로 놔두었다.

"*진짜 좋은 날씨다. 전쟁하고 있는 거처럼 안 보여. 어디 전쟁 있*

어?"

히로코는 하라다와 나란히 누워 입속으로 그런 말을 속삭이고 있었다. 하라다는 다시 눈을 감았다. 외계가 보이지 않게 되니 그늘의 건조한 공기가 기분 좋게 그의 피부에 밀착했다. 메뚜기들의 희미한 날개 소리가 응고된 듯 움직이지 않는 대기에 있는 듯 없는 듯 진동을 일으키고 있다. 그것은 아까부터 머리 위를 날고 있는 메뚜기들이라는 것을 하라다는 알고 있었다. 어젯밤에는 행군 중에도 얼굴과 손에 쉴 새 없이 부딪힐 정도로 많던 메뚜기 떼도 오늘은 훨씬 적어졌다. 적어도 그 집단의 중심부는 여기서 벗어난 것임에 틀림없다. 메뚜기들은 인간이 알지 못하는 메뚜기들의 의지에 의해 이동하는지도 모르지만 군인은 군인들대로 그들의 의지가 아니라 명령에 의해 이동한다. 황허 북쪽 기슭을 지나온 이래 집요하게 때로는 빽빽하게, 때로는 흩어지면서도 끊임없이 하라다 일행에 붙어 떨어지지 않던 메뚜기 대집단도 드디어 떨어질 때가 된 듯하다. 지금 머리 위에 드문드문 날고 있는 것은 그 대집단의 이동 뒤에 뒤쳐진 메뚜기들임에 틀림없다. 늙은 것인지, 지친 것인지, 부상당한 것인지, 아니면 뜻밖에도 기능 고장으로 방향감각을 상실한 것인지, 그 중 무엇이든 어디까지나 영원히 날 것처럼 보이는 대부분의 메뚜기들과 같은 강인한 모습을 벌써 잃어버린 메뚜기들임에 틀림없다. 낙오자 메뚜기들이다.

"아, 이렇게 좋은 날씨는 유지를 떠나와서 처음이다. 하라타."

히로코는 히로코대로 마음으로부터 그렇게 생각하는 것일 게다. 나란히 문짝 위에 누운 채로 히로코는 창백한 팔을 뻗어 하라다의 손을 잡으려 했다. 유지에 있을 때부터 매일 많은 군인들을 맞아들이고 보내는 그 여자들을 알고 있는 하라다는 여기로 올 때까지 번번이 일어났던 비슷한 사건도 그다지 그들 마음에는 부담이 되지 않을 것이라고 생각하려 했고, 그런 그에게 그녀의 평온한 탄식은 의외였다. 하라다는 지금 처음으로 히로코를 인간으로서 가깝게 느낀 듯 했다. 하라다의 손을 단단히 쥐고 있는 그 강한 압력에서 그에 대한 히로코의 애정의 깊이를 느낄 수 있었다. 거기에 있는 것은 많은 군인들을 밤낮으로 받아들였다가 내보내는 차가운 기계 같은 여체가 아니었다. 마음을 가지고 남보다 갑절 애증을 가진, 그것을 표현하는, 민감한, 그리고 틀림없이 호흡하고 있는 명백히 인간다운 여체였다. 이 광대한, 언제 끝날지 모르는 전쟁이 벌어지고 있는 넓은 전쟁터에서 그녀를 만난 것이 하라다는 자기 생애에서 무엇보다 의의 있는 아름다운 일처럼 여겨졌다. 그것은 한 인간의 일생에 그렇게 자주 있을 리 없는 하나의 우연한 만남이었다. 하늘은 바닥을 알 수 없는 깊이를 보이며 잘 개어 있고 공기는 건조하고 석류꽃은 얼굴 위에 피어 있다. 하라다는 이 시간이 지금 여기에 있다는 것을 충분히 마음으로 음미하려고 생각했다. 그것은 자기 생애의, 어쩌면 내일 끝날지도 모르는 시간 속에서 특별히 떼어낸 멋진 시간이다. 이 시간을 사람의 인생에서 귀중하다고 말하지 않고서는 무엇이 귀중하다고 할 수 있을까. 지금 하라다의 감개는 바로 그런 것이었다.

문에는 견고하게 빗장이 질러져 있다. 여기만은 별세계이다. 모두 각자 오늘 날씨를 기분 좋게 여기고 있는 듯 위앤쯔 여기저기에 적당한 장소를 찾아 제 나름대로의 자세로 드러눕거나 쪼그리고 앉아 꾸벅꾸벅 졸거나 곰실거리면서 뭔가를 하고 있다.

여기가 전쟁터 속이라는 것을 아무리 해도 자기 마음속에서 납득할 수 없다는 듯이 한가롭고 정숙한 시간이 거기에 있었다. 모두가 그 시간 속에 빠져 도취되어 있었다. 그때 하라다는 느닷없이 눈앞의 포석鋪石에 굉음과 함께 노란 불기둥이 일어나는 것을 보았고 무언가가 귀 주위를 후려치는 것을 느꼈다. 고막이 심한 충격을 받아 무감각해졌다. 문을 떼어내어 위앤쯔로 가지고 와 그 위에 누워 아까부터 기분 좋게 낮잠에 만끽하던 히로코의 몸이 튀어나가듯이 두 번, 세 번, 네 번 뒹굴더니 양 다리를 한껏 뻗고 조금씩 경련하는 것이 보였다. 그러나 그렇게 보였던 것은 하라다의 눈이 일으킨 착각이었고 오른다리는 왼다리처럼 뻗치지 않았다. 뻗치기는커녕 그것은 보통 누구나 알고 있는 다리의 형태가 아니었다. 무릎관절 밑 부분은 그저 매달려 있는 것에 지나지 않은 것 같았다. 그것을 보았을 때 그는 왠지 말할래야 말할 수 없는 불쾌감을 느꼈다. 거기 있지 않으면 안 되는 발 모양을 한 부분이 없고 다른 장소에 그 떨어져 나간 부분이 붙어있는 것이다.

"앗, 어떻게 된 거야? 히로코"라고 힘써서 말할 것까지도 없었다. 떨어져나간 것으로 보인 부분은 그렇지 않았고 피부와 근육 같은 것으로 무릎 윗다리에 붙어 있었다. 그런데 방향이 달랐다. 즉, 무릎 윗다리를 포함한 몸은 몇 번 회전을 했지만 무릎에서 아랫부분만은 몸을 따라 했어야 할 당연한 운동을 하지 않아 둘 사이의 부분은 정강이뼈가 부러져 그렇게 가래엿처럼 얇은 근육이 돌돌 꼬여있는 것이었다. 히로코는 아무 생각도 없는 것 같은 표정으로 멍하게 자기 오른다리의 그 부분을 내려다보고 있다. 다른 여자들도 믿을 수 없는 것을 보았을 때처럼 필사적으로 재빨리 그것을 머릿속에서 이해하려고 했기 때문에 얼이 나간 표정으로, 반쯤 입을 벌린 얼굴로 그것을 바라보고 있다. 상처에서는 아직 붉은 색도 배어나오지 않고 흰 살 생선 같은 색과 피부색이 여러 색으로 꼬인 가래엿 무늬와 같은 모양을 하고 있다. 그러나 그 붉게 되기 전의 흰색이 그들의 심장을 쥐어짰다. 무언가가 그 위앤쯔의 한복판에서 폭발한 것임에 틀림없었다. 그 폭발음 뒤 몇 초의 시간은 얼마나 기묘한 텅 빔으로 채워져 있는 것일까. 그 시간 속에는 아무것도 존재하지 않고 시간은 그 속에 정지되어 있었다. 모두의 눈에 확실히 그렇게 느껴졌다.

"히라이, 환자수용소에 가서 위생병을 불러와."

이 마을 주변에 산재하는 몇 개의 작은 부락 중 어느 한 곳에 숨어 잔류하던 적이 쏜 포탄 한 발이 하라다들의 눈앞에 지금 존재하는 장면을 펼친 것이다. 그리고 그 포격은 단 한 발로 끝났다. 하라다가 그렇게 말한 것은 잠시 뒤였다. 그는 목이 말라 쉰 목소리밖에 나오지 않았다.

30분 정도 뒤에 위생하사관 한 명이 군인 한 명을 데리고 히라이 일등병의 안내로 지붕이 다 쓰러져가는 문으로 들어왔다.

"수고하십니다."

하라다는 히로코 옆에서 한쪽 무릎을 꿇은 상태로 위생하사관을 맞이했다. 위생하사관은 거기에 나타났을 때 처음부터 짓고 있던 화난 표정 그대로 아무 말 없이 하라다 반대편으로 가서 히로코 옆에 쭈그리고 앉아 발목을 들어올렸다.

발목만이 올라왔고 히로코의 무릎 위는 조금도 움직이지 않았다. 그녀의 얼굴 표정은 죽은 자의 그것처럼 눈이 흐리멍덩할 뿐 아무런 반응도 없다. 이 정도로 큰 부상에 고통이 따르지 않을 리가 없지만 아직 고통이 그녀의 신경에 전해지지 않은 것 같았다.

"환자수용소에 빨리 데려갔으면 합니다만."

하라다는 그 위생하사관에게 말했다. 상대는 엎드려 히로코의 상처를 바라보면서 대답하지 않았다.

"단순한 부상이 아닌 것 같습니다. 데려가실 수 없습니까?"

"데려가도 방법이 없습니다."

상대는 변함없이 하라다에게 직접 시선을 주지 않고 상대하지 않으려는 듯 건성건성 대답했다.

"방법이 없다니요?"

"수용할 수가 없어요. 우선 이 행군부대에는 환자수용소 같은 것은 없다고요. 우리는 이 부대를 따라 순띠엔順店까지 가지만 이 부대 소속이 아닙니다. 그런데도 벌써 일곱 명이나 환자를 받아서 일손이 없어요."

들어보니 순띠엔에 그들의 부대가 있어 거기에 따라 붙기 위해 이 보급부대에 편의상 붙어 있을 뿐, 지도계통이 완전히 다르다고 한다.

"환자 일곱을 순띠엔까지 보살핀다는 약속이오. 나머지는 모른다니까."

"어떻게 안 될까요?"

"쿨리苦力(중국인 짐꾼)가 없으니까. 어떻게 해서라도 옮기고 싶으면 들것을 지고 갈 사람을 알아서 구해 봐요."

위생하사관은 그래도 일단 붕대는 감아두고 돌아갔다. 발목을 들어 부목을 대니 히로코는 처음으로 듣는 이의 창자를 도려낼 듯한 깊고 날카로운 신음 소리를 질렀다. 이제 감각이 돌아온 것이다. 그 뒤로는 일정한 짧은 간격을 두고 격통이 간헐적으로 엄습해오는 듯, 그때마다 무시무시한 신음 소리를 내었다. 그리고 점차로 그 간격은 한층 더 짧아졌다. 그녀의 신음 소리는 모두의 혼을 움츠러들게 했고 눈동자를 불안과 공포로 떨리게 했다.

하라다는 위앤쯔 안에 노미야마 상등병을 남겨두어 다른 여자들과 함께 히로코를 간호하게 하고 자기는 히라야마 일등병을 데리고 그 마을 안을 둘러보았다. 일본군에게 발각되면 난폭하게 죽임을 당하거나 끌려가서 무거운 짐을 지게 된다는 것을 알고 있기 때문에 어디에도 쓸 만한 남자의 그림자는 없었다. 끈기 있게 몇 번이나 돌아보았지만 한 명도 남자 같은 남자의 그림자를 볼 수는 없었다. 가끔 사람 그림자를 발견해도 살아 있는 것 자체가 불가사의할 정도로 허리가 굽은 노파들뿐이었다. 하라다가 제일 염려했던 저녁 때가 다가왔다. 그 시간에는 적의 비행기가 출동하지 않고 일본군이 행동을 개시할 시간이었다. 그 시간은 벌써 다가와 주변에는 어스름한 땅거미가 깔리기 시작했다. 출발 시각은 매일 정해져 있기 때문에 벌써 그 준비를 마친 자들은 분숙分宿 단위인 일개분대 정도로 모여 마을의 중심을 동서로 가로지르는 도로 위에 모습을 나타내고 있었다.

"반장님, 이렇게 됐는데 저 노파들이라도 끌고 올까요?"

시간에 쫓겨 하라다 군조의 초조함이 심해지는 것을 답답하게 느끼면서 히라이 일등병도 안절부절못하는 것 같았다.

"멍청한 놈!"

하라다는 히라이를 향해 욕한 것이 아니었다. 그때 그의 기분으로는 자신을 향해 욕하려고 했던 것이었다. 아까부터 하라다는 그 노파들의 힘으로 할 수 있다면 자기도 그렇게 해보려고 했다는 것을 깨닫고 있었다. 그 욕 속에는 여느 때와 마찬가지로 자기가 쉽게 짐승의 기분이 되어버린 것에 대해 그 어쩔 수 없음을 거부하려는, 아무리 해도 없애 버릴 수 없는 인간적인 무언가가 있었다. 그러나 다섯 명의 여자들 중에서는 큰 체격인 히로코를 실은 문짝을 그 여자들에게 지게 하면 한 걸음 떼기도 전에 비실비실 땅위로 쓰러질 것이 뻔했다.

"히라이! 어쨌든 남자를 찾는 거다."

하라다는 한길에서 골목으로 들어가, 골목골목을 누비면서 민가의 흙담을 넘거나 때로는 차부수면서 위험을 무릅쓰고 미친 것처럼 뛰어다녔다. 실제로 그것은 위험한 행동이었다. 한길의 상가와 뒷골목 여기저기의 민가에는 군인들이 분숙하고는 있었지만 그들이 없는 가옥은 휑뎅그렁하여 거기에 어떤 놈이 숨어 있을지 몰랐다. 행군 중 한길에서 부대가 잠깐 쉴 적에 휑뎅그렁한 민가의 뒷간을 빌리려고 했던 군인들이 그대로 돌아오지 못한 예도 있었다. 급행군으로 부락 안을 가로지르던 부대가 부락을 빠져나와 돌아보니 제일 뒤에서 처져오던 군인 몇 명이 모르는 사이에 사라져버린 일도 있었다. 땅거미는 점차 짙어져 갔다. 겨우 두 명에서 그 어둑하게 가라앉아가는 뒷골목의 민가를 남자를 찾아 속속들이 돌아다니는 것은 더할 나위 없이 위험한 행동이었다. 중국인의 큰 가옥에는 앞 위앤쯔, 뒤 위앤쯔가 있고 그 중에는 더 안쪽에 별도로 위앤쯔가 있는 가옥도 있다. 위앤쯔 사이에는 장벽이 있어 서로가 독립된 공간으로 만들어져 있다. 따라서 하나의 공간에서 다음 공간으로 사람이 들어갈 때 처음 공간은 다음 공간으로 간 사람의 체취를 지워버리는 마술적인 작용을 한다. 때문에 그들은 지금 일본군이 점령하고 있는 마을 속에 있으면서도 의지할 수 있는 사람은 결국 자기 자신들 두 명 밖에 없을지도 모른다는 불안감에 빠졌다.

"출발!"

도로 쪽에서 목소리가 울려왔다. 군화와 차량부대가 지면을 울리는 묵직한 소리가 전해져 왔다.

"반장님!"

"알고 있어."

하라다 군조는 히라이 일등병을 재촉하여 도로 위로 뛰어나갔다. 종렬 행진하는 군인들의 검은 그림자가 눈앞을 묵묵히 지나간다. 그 움직임에 역행하면서 그는 자신들이 숙영하고 있는 민가로 돌아갔다. 노미야마 상등병과 김정순, 여자들은 문에 모여 안절부절 그가 돌아오기를 기다리고 있었다.

"안 되겠어. 남자가 없다. 우리가 지고 가자."

하라다는 자기 자신을 향해 외쳤다. 문짝을 지려면 네 명의 인간이 필요하다. 여자들은 아무 말이 없었다. 군인들도 침묵했다. 적어도 밝을 때까지 여덟 시간은 그것을 견디지 않으면 안 된다. 자기를 포함해서 여덟 명이 그것이 아니더라도 장비와 짐만으로도 벅찬 중량을 어깨에 짊어지고 있는데 그 위로 더 라니, 과연 그것이 가능할 것인가. 하지만 하라다는 방금 전까지는 두 사람이든, 세 사람이든 중국인 남자를 발견하면 그 불가능에 가까운 가혹한 일을 그들에게 강요하려고 했다. 도중에 쓰러져도 쓰러질 때까지는 때려서라도 끌고 가려고 했던 것이다.

"반장, 저래 가지고는 더 이상……."

노미야마 상등병이 하라다 옆으로 와서 귀에 대고 작은 목소리로 속삭였다. 하라다는 위앤쯔를 돌아보았다. 그곳은 벌써 거의 형태를 구분할 수 없을 정도로 어두워져 있었다. 히로코가 누워 있는 문짝의 그림자가 회색 벽돌을 빈틈없이 깔아놓은 위앤쯔에 어렴풋이 그 윤곽을 드러내고 있었다. 거기서 인간이 잘도 그런 소리를 낸다고 할 만큼 으스러뜨리듯 거센, 땅을 울리는 신음 소리가 들려왔다. 때때로 휫하고 피리 소리와 닮은 기묘한 소리가 거기에 섞여 있었다. 그러나 그 신음 소리에는 아까처럼 신음 소리다운 강한 힘은 벌써 빠져있었다. 그녀의 몸 자체도 고통을 이기지 못하고 날뛸 만할 여력이 없어진 것이 분명하다. 검은 문짝의 그림자는 거기에 정지한 채였고 팔다리가 뻗친 것 같은 형태는 전혀 보이지 않았다.

"시간 문제라카이."

그러나 하라다는 이대로 히로코를 여기에 버리고 갈 생각은 아직 들지 않았다. 히로코는 그와 친숙한 여자인 동시에 분명히 그의 전우들의 여자이기도 했다. 군인들은 그녀를 안고 있을 때 하라다와 마찬가지로 언제나 자기가 그녀를 독점하고 있다고 느끼는 대신 많은 전우들과 그녀의 몸을 안음으로써 자기 것이 될 수 있는,

메뚜기

그녀만이 줄 수 있는 관능적인 도취를 통해 서로 연결되어 있다는 의식이 들었고 그 편이 오히려 군인들에게는 일종의 연대감과 비슷한 안심을 주는 것임에 틀림없었다. 그리고 그것은 다른 여자들 하나하나에게도 해당되는 말이기는 했지만, 그런 의미에서 그녀를 알고 있는 몇백 명의 군인들에게 그녀는 귀중한 존재인 것이다.

"도중에 죽어도 어쩔 수 없다. 차량부대에 어떻게든 부탁해보마."

트럭 무리에는 전선에 보급할 식량과 그 외의 물자가 산적해있어 인간 하나를 실을 여유가 없다는 것을 하라다도 알고 있었다. 유골함 꾸러미를 차에 적재해 달라고 부탁하는 것만으로도 하라다 군조는 이 운송부대 전체를 이끄는 운송지휘관에게 몇 번이나 가서 머리를 숙였는지 모른다. 그 운송지휘관은 이미 이 마을을 떠나 있었다. 차량부대의 대장과 하사관들은 완전히 다른 부대 소속이었고 군대 안에서 다른 부대 소속자라는 것은 사회에서 생판 남인 것 이상으로 서로 밀어내고 대립하는 존재라는 것을 알고 있는 하라다였기에 지금까지 부탁하지 못했던 것이었다. 총탄이 날아드는 일정한 공간을 많은 군인의 육체가 북적거리며 점하고 있을 때 그 명중률에서도, 식량의 절대량에서도, 전쟁터와 같이 한정된 상태에서는 전부 살아남을 수 없는 경우가 많기 때문에 모두가 서로 상대를 자기가 살아남기 위한 장해물로 느끼는 사고방식은 군인들에게서는 본능 같은 것이 되어갔다.

그러나 그것을 알면서도 하라다는 한길 도로로 나가 천천히 눈

앞에서 전진하는 트럭 무리 안에 있는 대장을 불렀다. 대장의 그림자는 운전대 조수석의 어둠에 묻혀 윤곽도 확실히 보이지 않았지만 그의 부름에 대한 대답은 소리가 울려서 되돌아오듯 숨 돌릴 틈도 없이, 명료 그 자체였다.

"거절한다."

조금의 망설임도 없는 그 발음에는 일종의 상쾌함조차 있었다.

"폐품은 빨리 버리고 간다. 언제까지나 그런 것을 끼고 있으면 전투는 못한다. 홀가분히 가자, 홀가분히."

"쳇, 다시 왔잖아."

새까만 어둠 속에서 꽤나 아픈 것이 자꾸만 얼굴에 부딪히기 시작했다. 얼굴만이 아니라 군복을 통해 어깨와 가슴도 기억이 있는 날카로운 충격감을 받아내고 있다. 모습은 전혀 보이지 않지만 사흘 정도 하라다 일행의 눈앞에서 사라진 메뚜기 집단이다. 황허 북쪽 기슭에서 처음으로 하라다 일행 앞에 나타났고 그 뒤로 계속 강을 건널 때도 그 충격감에 휩싸여 있었다. 그것은 정저우로 들어가기 직전에 갑자기 모습을 감추더니 정저우를 나오니 다시 어디서 오는지도 모르게 나타나 쉬창에서, 위시엔에서, 어떤 때는 두꺼운 층이 되어 또 어떤 때는 한 마리씩 그 모양이 확실히 보일 정도로 흩어져 그들에게 붙어 다녔다. 두꺼운 층일 때는 농밀한 검은 구름처럼 햇빛조차 가렸다. 낮 동안의 휴식시간에 그 농밀한 검은 구름과 미세한 모터가 수없이 돌아가는 듯한 날개소리에 둘러싸여 있으면 숨이 막혔다. 그늘에 누워 있어도 이마에서 땀이 흥건히 배어나왔다. 아무리 걸어도 며칠이 지나도 같은 것으로부터 벗어나지 못하니 머리까지 이상해질 것 같은 압박감에 심장이 죄여왔다. 그것이 위시엔을 벗어나니 귀신이 곡할 노릇이라고나 할까 갑자기 어딘가로 사라져버렸다. 요 며칠간은 오랜만에 평탄하게 행군할 수 있었다. 갑자기 포탄 한 발이 터져 여자 한 명을 잃어버렸지만 그 외에는 어깨를 파고드는 장비의 무거움에는 익숙해져서 거의 무감각할 정도였기 때문에 순조로운 행군을 계속했다. 몇 번에 걸친 메뚜기 집단의 내습은 언제 갤지 모르는 머리 위의 낮고 흐린 하늘처럼 모두의 기분을 울적하게 했다.

"아이고 지랄, 이번 작전은 드러분 꼴만 보내."

노미야마가 울컥해서 몇 번이고 혀를 찼다.

"반장, 야들이 황허 저쪽서부터 우리하고 같이 날라 왔능교?"

"글쎄, 그런가?"

하라다는 애매모호한 대답밖에 할 수 없었다. 사실 그도 알지 못했다. 지금 자기들의 얼굴과 몸에 작은 **돌팔매**같이 계속 부딪히고 있는 이 몸길이 5센티 정도의 곤충 떼는 자기들과 마찬가지로 황허를 건너 몇백 킬로나 비상을 계속하고 있는 건지, 아니면 황허 북쪽 기슭과 남쪽 기슭의 정저우, 쉬창에서 만난 집단과는 다른 집단인지 그로서는 도무지 알 수 없었다.

"이놈들은 대체 어데로 날라갈 작정이고? 목적이 있는 긴가?"

"글쎄, 그건 메뚜기한테 물어보지 않으면 모르지. 다만 내 생각에는 한 마리 한 마리는 아무 생각 없이 모두가 날아가니까 자기도 그쪽으로 날아가는 걸로밖에 볼 수 없어."

아마 자기만의 확고한 의지가 있는 것이 아니라 전부를 집단에 맡기고 자기 자신은 목적 없는 맹목의 비상을 계속하는 것일 게다. 그리고 그 목적지에는 분명 죽음이 기다리고 있는 것이다. 그것이 굳이 메뚜기뿐만이 아니라는 것은 확실하다.

"싫다, 싫어. 진짜 징글징글한 놈들아인교. 어데까지 따라올라카노."

"나도, 이제 미칠 것 같아."

이 짧은 여행 동안만 노미야마 상등병의 애인이 된 교코도 마음속에서부터 혐오감에 견딜 수 없다는 듯 몸서리를 치고 한숨을 쉬면서 노미야마를 거들었다. 아무도 거기에 답하지 않는다. 다시 묵묵히 어둠 속의 행군이 계속되었다.

군복 아래는 땀으로 찌는 것 같았다. 오늘밤은 바람이 없었다. 열풍이 있을 때는 바람이 없다면 얼마나 호흡이 편할까 생각하지만 열풍이 없어도 열기가 황토 땅을 덮은 채 움직이지 않기 때문에 열풍이 있을 때 못지않게 호흡은 고통스럽다. 밤 행군은 특히 소리를 내는 것이 금지되어 있다. 출발하여 서너 시간은 그래도 작은 목소리로 이야기하는 사람이 있지만 피곤해지면 이제는 밤 행군의 규

칙이 없다 하더라도 이야기를 꺼내는 사람이 없어진다. 행군 서열 속에서는 단지 서행하는 차량부대의 엔진이 움직이는 소리만이 둔하지만 묵직한 땅울림이 되어 군화 소리 사이로 전해져 온다.

아까부터 하라다는 왼쪽 어깨 끝에 메뚜기 한 마리가 앉아 있는 것을 느끼며 걷고 있었다. 이 일대는 웬일인지 흙이 부드러워 한 걸음씩 걸을 때마다 복사뼈 근처까지 군화가 푹푹 빠져서 상체의 움직임도 보통 땅위를 걸을 때와는 완전히 달랐다. 그래도 메뚜기는 그의 어깨에서 날아가지 않았다.

하라다는 거기서 메뚜기의 체중을, 그리고 메뚜기의 목숨을 분명히 느끼고 있었다. 하라다는 며칠 전 이름도 모르는 민가의 위 앤쯔에 버리고 온 히로코를 떠올렸다. 중국 특유의 검게 칠한 문짝 위에 뉘어진 그녀의 그림자는 윤곽이 희미해 보였고 그것도 얼마 뒤 차차 깊어지는 어둠 속에서 사라져갔다. 그곳에 그녀가 누워 있다는 것을 마지막으로 확인시켜 준 것은 유일하게 그녀가 살아 있다는 것을 증명해주는 절박한 숨결과 가냘픈 신음 소리뿐이었다. 그러나 어쨌든 그들이 그녀를 혼자 남겨두고 거기서 출발할 때까지 그녀는 아직 살아있었다. 그리고 아마 몇 시간이 지나 그녀의 심장은 박동을 멈추었음에 틀림없다.

어째서 자신은 화물차 속에서도 또 한낮의 휴식시간에도 노미야마와 히라이처럼 공공연하게 그녀를 안지 않았을까. 산시의 주둔지에서는 외출할 때마다 그토록 뻔질나게 히로코 곁을 드나들었고 자기 자신의 모든 것을 그 관능적 도취 속에 묻어버리곤 했었는데 왜 이 운송기간만큼은 사람이 변한 것처럼 그녀의 손가락 하나 건드리지 않았던 것일까. 히로코는 동료들과 마찬가지로 그것을 바라고 언제나 그를 기다리는 태세로 있었던 게 아닐까. 하라다는 히로코가 자기를 왜 그렇게 여기고 있는지 확실히 알지 못했지만 그녀는 하라다에 대해 한 사람의 군인과 그를 단골로 상대하는 **매춘**부라는 관계 이상으로 더 깊고 강한 인간적 사모를 간직하고 있었던 것 같다. 그녀에게는 그렇게 하는 것이 생명의 위험으로 가득찬 최전선으로 나아가는 자기 마음의 버팀목이 되었고, 설사 일시적이라 해도 그렇게 함으로써 자기가 살아있다는 것에 대한 확증을 얻을 수 있었던 것이 아닐까. 그런 그녀의 마음을 생각하지 못하고 하라다는 자기 자신의 위선적인 감정을 만족시키기 위해서 그럴 듯한 말과 그럴 듯한 행동을 취한 것이 아닐까. 그렇다면 그 자신이야말로 아무리 경멸해도 성에 차지 않는 야비하고 추악한 에고이스트일 뿐이다. 그리고 확실한 것은 하라다는 히로코와 이 세상에서 다시 만날 수가 없다는 것이다.

하라다에 대한 히로코의 멸시에 가득 찬 증오는 그가 가는 곳 어디까지든 따라올 것이 분명하다. 그는 자기 왼쪽 어깨에 앉아 움직이지 않는 메뚜기 한 마리가 섬뜩하다는 생각이 들었다. 그렇게 생각하니 그 메뚜기는 보통 메뚜기보다 유별나게 크고 체중이 나가는 것 같다. 그 곤충 한 마리의 체중이 갑자기 그에게는 큰 무게가 되었고 그 무게를 필사적으로 견디면서 그는 자기 앞과 옆을 걸어 가고 있는 사람의 얼굴조차 식별할 수 없는 끝없이 어디까지나 펼 쳐진 어둠 속을 한 걸음, 한 걸음 부드러운 황토 속에 복사뼈까지 빠져가며 앞으로 나아갔다.

두터운 눈썹이 붙은 뼈가 돌출해 있어 눈이 험악하게 보이는 햇 볕에 탄 얼굴을 마주하고, 이것이 간밤의 남자인가하며 하라다는 처음으로 상대를 뚫어지게 바라보았다. 중위 계급장의 금줄이 갈 색으로 바래있는 것을 보니 마치 역전의 용사인 듯 했다.

"여기를 찾느라 고생했다고. 샅샅이 민가를 엿보면서 돌아다녔 다니까. 아무쪼록 부탁한다."

지난밤 으슥한 곳에서의 목소리와는 다른 사람의 것 같이 그 목 소리의 어조에는 어딘가 아첨하는 듯한 울림이 있었다.

"군인들은 굶주려있어. 아기가 엄마 젖을 원하는 것과 같은 거 다. 헤아려줘야지."

"여자들도 피곤합니다. 모두 완전히 초췌해졌습니다."

그것은 사실이다. 익숙하지 않은 행군과 빈약한 보급에다 산시 와는 또 다른 습기 많은 불더위뿐만 아니라 끊임없이 덤벼오는 군 인들에 대한 경계심 때문에 누구 하나 눈이 푹 들어가고 볼 살이 내리지 않은 여자가 없었다. 낮의 휴식시간에는 누구나가 그늘에 서 죽은 듯이 녹초가 되어 늘어져 있다. 여자들은 지금도 위앤쯔를 피해 서늘한 실내로 들어가 쪽잠을 자고 있는 것이다.

"어떻게든 부탁한다. 군인들이 불쌍하지 않나. 내일 죽을지도 모르는 그 자식들을 생각해줘. 공짜로 하자는 것이 아니다. 선물을 갖고 왔다. 부탁한다."

중위는 데리고 온 당번병이 짊어진 삼베주머니를 내리게 하고 그 입구를 벌렸다. 파인애플 통조림과 쇠고기 통조림이 데굴데굴 하라다의 발밑까지 굴러왔다. 모두 열 개도 넘는 것 같다. 다른 부대라서만이 아니라 특히 하사관과 일반병밖에 없는, 게다가 지방 출신도 섞여 있는 하라다 군조의 반을 이 행군부대가 전혀 돌보지 않았기에 그들은 벌써 여러 날 이런 물건들과 멀어졌던 것이다. 위 앤쯔 구석에 앉아 이쪽을 훔쳐보고 있는 노미야마와 히라이의 눈에는 분명히 갈망하는 빛이 떠올랐다. 마찬가지로 가옥 입구에서 실내를 지키는 듯한 모습으로 앉아 있는 김정순도 탐내는 듯 눈을 빛냈다.

중위의 아첨하는 듯한 목소리의 울림과 마치 배를 주린 개에게 먹이를 줌으로써 자기 말을 듣게 하려는 듯한 얕잡아보는 태도에 하라다는 반감을 느꼈지만 단지 그뿐만이 아니라 무엇보다 그 남자는 간밤의 남자였던 것이다. 하라다에게는 그 장교가 마치 히로코를 죽게 내버려둔 범인처럼 생각되었다.

"여자들은 중위님 부대 소속이 아닙니다. 가만히 두세요."

"뭐라는 거야? 우리 부대에 들러붙어 행동하면서 그런 말을 하다니. 너희 부대의 유골함도 우리 부대가 운반하고 있잖은가."

"그것과 이건 다릅니다."

둘이 입씨름을 하고 있을 때 군인 대여섯이 들어왔다. 웃통을 벗었고 챙 윗부분에 땀과 황토로 찌들어 후줄근해진 햇볕가리개가 달린 모자를 쓴 수염투성이의 고참병들이다. 그들은 장교와 하사관의 모습을 보고도 그다지 기가 꺾이지도 않은 듯 왁자지껄 떠들면서 하라다들 옆을 빠져나가 실내에 들어가려고 김정순의 몸을 퍽, 하고 난폭하게 밀어젖혔다.

"기다려! 뭐하는 짓이야."

지금까지 하라다와 입씨름을 하던 장교가 날카롭게 외쳤다.

"갈보들을 찾고 있습니다."

표정에도 말투에도 뻔뻔스러움을 노골적으로 드러내며 한 군인이 대답했다. 다른 군인들도 같은 태도를 전신에 드러내며 차가운 눈으로 이쪽을 보았다.

"누구의 허가를 받고 여기에 왔나? 너희들은 어느 부대 소속인가?"

"이렇게 작전 중에 있는 군인의 행동에도 일일이 외출허가가 필요합니까? 여기는 전쟁터잖습니까."

"외출허가가 아니다. 여자를 찾아다니는 것이 문제다."

"여자를 찾으면, 안 됩니까?"

"물론이다. 너희들은 고참병인데도 그 정도도 모르는가?"

"상대는 돈으로 살 수 있는 **매춘**부이지 않습니까. 매춘부라는 것은 군인에게 서비스를 해주는 여자라고 생각합니다만."

"돌아가! 너희들만 멋대로 하게 둘 수 없어. 그때는 그때대로 다른 명령이 있을 거다."

"쳇, 다른 명령이라고?"

장교를 상대로는 어쩔 수 없다는 듯 마침내 군인들은 얼굴에 불만을 가득 담고 입을 삐죽거리며 문밖으로 나갔다.

"홍, 이래서는 *라오바이싱*老百姓〔일반인〕 여자가 강간당하는 것도 무리는 아니야. 우리도 모른다"라고 그들은 문 근처에서 하라다들에게 들으라는 듯이 막말을 던졌다.

군인들의 기척이 없어지자 중위는 "이보게 자네, 진짜 부탁하네. 출발할 때까지는 보내줄 테니까 어떻게든 해줘. 보다시피 이런 사정이란 말일세"라고 이번에는 오른손을 가슴께로 가지고와 한손으로 합장 자세를 하면서 애원조로 말했다. 하라다는 대답하지 않았다. 노미야마 상등병과 히라이 일등병은 잠자코 형편을 지켜보고 있다. 두 사람은 아마 아무래도 좋은 것이리라. 단지 이 일이 어떻게 수습될지에 흥미가 있을 뿐인 것이다.

맞은 편 햇볕 속에는 때때로 점점이 반짝이는 빛을 발하며 하늘 높이 날아가는 곤충의 검은 윤곽이 나타났다 사라졌다 했다. 위앤쯔 안에는 달궈지고 정지된 미칠 듯한 공기가 꽉 찬 공간이 있었다. 실내에 있는 여자들의 귀에 바깥의 남자들의 말다툼이 들리는지 안 들리는지 거기에는 침묵만이 있다.

메뚜기

그 침묵을 머리 꼭대기에서 나오는 듯한 김정순의 새된 목소리가 깨뜨렸다.

"반장님, 괜찮아요. 여자들, 데려가세요. 중위님, 어서."

바람을 탄 메뚜기 무리는 행군 중인 모두의 뺨에 싸락눈에 맞아 아픈 정도의 충격으로 부딪혀 온다. 그러나 모두 그것에 익숙해져 있었다. 메뚜기들의 모습은 보이지 않았다. 그날은 정오가 지나서 바람이 일더니 누런 흙먼지가 한 줄기 회오리바람처럼 빙빙 소용돌이치면서 하늘 높이 날아올랐고, 그 풍경을 기이한 느낌으로 쳐다보고 있는 사이에 순식간에 주변은 자욱하게 두꺼운 흙먼지 층으로 둘러싸여 버리고 말았다. 새벽에 부락에 도착하여 밤새도록 행군한 탓에 피곤에 절어 재빨리 반합에다 밥을 지어먹고 배를 불리고 나서 네 시간 정도 몸을 뉘었을 때, 갑자기 출발명령이 떨어졌다. 해가 질 때까지 늘 그렇듯이 푹 잘 수 있을 것이라고 생각한 군인들은 집합 때까지도 몹시 허둥거렸다. 이렇게 출발해서 이미 두세 시간은 지나 있었다. 누런 흙먼지 층은 점차 농밀해졌고 그 바람 속에 말려들어간 메뚜기 떼는 이제는 자기 날개로 날고 있는 것이 아니라 바람 부는 방향으로 각자 속도를 내는 한 개의 돌팔매가 되어 평행선을 그리며 군인들의 얼굴과 몸을 때렸다. 정면의 바람과 수 없이 많은 **돌팔매**의 충격에 맞서면서 군인들은 앞으로 나아갔다. 걷는 속도가 당연히 떨어지기 마련이지만 이런 대낮에 출발한 것은 흙먼지가 행군부대를 감추어 적기가 하늘에서 총격하는 것을 곤란하게 한다는 계산된 결과이다.

그러나 야간 행군 쪽이 차라리 어느 정도 불더위를 피할 수 있어 편했다. 땅위의 복사열은 밤새 누그러지지 않지만 그래도 낮보다는 덜했다. 군인들은 목이 말랐고 계속 불어 닥치는 바람의 무서운 속도가 만들어내는, 공기가 희박한 부분에 들어가면 금방이라도 폐가 찢어질 듯 고통스러웠다.

넓디 넓은 보리밭 속을 걸어가고 있을 때 갑자기 전방에서 고막을 찢는 듯한 엔진 소리가 들렸다.

"적기다!"

군인들은 양측으로 싹 흩어졌다. 그럴 때는 폭포수가 한꺼번에 쏟아지는 듯한 소리밖에 들리지 않는다. 드르륵 하는 소리가 섞인 사나운 소리가 머리 위를 지나치며 반대편으로 빠져나갔다. 군인들의 손이 닿을 정도로 낮은, 하늘 높이 올라간 흙먼지 아랫부분의 엷은 층을 적기는 큰 마물과 같이 지나갔다. 놀랄 틈도 없는 빠른 속도였다. 그때 벌써 보리밭 좌우로 흩어진 군인들이 응전하는 소총 소리가 여기저기서 들렸다.

적기는 그대로 떠나지 않았다. 적의 조종사는 여기가 승부처라 생각한 듯 몇 번이나 총격을 반복했다. 그럴 때마다 땅위에서 응전하는 총소리는 점차 커졌다. 승부는 흙먼지 속에 싸여 아무에게도 보이지 않았지만 적기가 떠날 무렵에는 하라다도 상당히 넌더리가 났다. 그도 계속 소총을 쏘았지만 막판에는 지겨워져서 보리밭 속에 앉아 있었다. 그냥 누워버릴까라는 생각도 했지만 적의 총격에 쓸데없이 자기 몸의 면적을 드러낼 뿐이라고 생각해 참고 있었다.

"어이, 노미야마— 히라이—."

적기가 떠났을 때 보리밭 속에서 하품하듯 두 손을 뻗어 그는 자기 부하를 불렀다. 어디에 누가 있는지 도저히 알 수 없었다.

"김, 여자들을 모아와, 어서 모여!"

다른 부대의 군인들도 원래 있던 장소로 이미 집합을 시작하고 있었다. 서로 자기 전우의 이름과 부대명을 부르는 소리가 흙먼지로 가득찬 바람 속에서 한바탕 떠들썩하니 울려퍼지고 있었다.

"출발—."

"출발—."

"출발—."

아득한 전방에서부터 차례차례로 가까워지며 같은 명령이 처음에는 희미하게 나중에는 점차 또렷하게 다른 목소리로 전해져 왔다.

"어이, 노미야마—"

하라다는 안절부절 주변을 돌아보고 있었다. 그와 함께 행동하고 있는 무리는 아직 아무도 그가 있는 장소로 돌아오지 않았다.

하라다 군조 일행의 군단 전투사령부는 바이샤진白沙鎭에 있었다. 넓은 한길에서 한 골목 들어간, 한길과 병행하는 좁은 길에 있는 그 마을 호족의 저택을 점령하고 있었다.

허우위앤쯔^{後院子}〔뒤뜰〕의 서쪽 방에 '부관부'라고 적힌 종이가 붙어있었다. 하라다는 그 옆방으로 부관부 소속 장교에게 이끌려 들어갔다.

"뭣이? 여자는 두 명뿐이라고?"

훈도시〔남성의 아래속옷〕 한 장만 걸치고 조각이 새겨진 자단^{紫檀}나무 의자 위에 책상다리를 하고 앉아있던 고급부관은 장교의 보고를 듣고 나자 타고난 위협적이고 낮은 목소리로 고함을 질렀다.

"군인 1만에 여자 두 명이라니, 어쩔 거야? 도대체 계산이 안 되잖아. 군인들은 여자가 온 냄새를 맡고 벌써 살기등등하다고. 누구 책임인가?"

마치 자기 눈앞에 직립부동 자세로 서있는 그 부관부 소속 장교와 그 장교의 뒤로 비껴 같은 자세로 직립하고 있는 하라다 군조 두 사람이 해당 책임자인 것처럼 눈을 크게 뜨고 노려보았다.

하라다가 여기까지 데려왔던 것은 결국 교코, 미와코 두 명이었다. 마치코와 미도리는 흙먼지 속에서 출격한 적기의 총탄에 맞았다. 김정순도 흉부 관통으로 즉사했다. 미도리는 오른쪽 귀 위의 관자놀이 부분이 뭔가 날카로운 날붙이로 뭉텅 도려낸 것처럼 구멍이 나있고 하얀 뇌척수가 생선 창자처럼 삐져나와 있는 걸로 보아 즉사였다. 마치코는 히라이 일등병과 보리밭 안에 포개져 있었는데 한 발로 두 사람 모두가 동시에 복부에 관통 총창을 입었다.

　　　　　　　　　　　　　　　　　메뚜기

히라이 일등병은 마치코를 보호하려고 그녀의 몸 위를 덮고 있었던 것에 틀림없었다. 아무튼 상대는 P40 전투기로, 거기에 설치된 기관총의 총탄은 어른 엄지손가락만큼 굵다.

"사흘 전 적기 두 기가 격추되었다는 보고가 와 있다. 어느 정도는 응전했구면."

"넷."

하라다는 처음으로 전투성과를 듣고 자신들의 행동이 전혀 헛수고는 아니었다는 것을 알았다.

"그런데 여자들은 모두 즉사인가?"

"한 명만은 복부에 상처를 입고 아직 살아 있습니다."

"멍청한 놈, 왜 사살하고 오지 않았지? 살아있는 동안 적의 수중에 떨어지면 우리 편의 정보가 적에게 곧바로 누설되잖아."

고급부관은 거기서 한층 더 큰 목소리로 다시 고함을 지르면서 눈을 부릅뜨고 하라다에게 호통을 쳤다. 그 표정과 고함치는 방식에는 천편일률적인 사고방식과 마찬가지로 오랫동안 지녀온 직업군인 특유의 익숙한, 사람을 깔보는 안이한 태도가 느껴져 하라다는 상대의 기대와 달리 조금도 무서움을 느끼지 않았다.

오늘은 얼마 전 그날과 마찬가지로 하늘이 높이 개었고 메뚜기집단의 비상은 적었으며, 그 작은 무리는 지상 근처를 날아다니고 있었다. 대부분의 메뚜기들은 땅위로 내려와 강렬한 햇빛을 피하듯이 그늘로 들어가 꿈틀거리고 있었다.

하라다 군조는 아까부터 벌써 두 시간이나 줄을 서고 있었다. 정면에는 가옥이 한 채 있고 그 왼쪽과 오른쪽의 방 두 칸에는 군인들이 들어가기 위해 줄을 서 있는 것이었다. 기름과 땀과 황토가 섞이어 얼룩진 군복의 대열은 마치 백년이나 그렇게 견뎌온 것처럼 집요하게 타는 듯한 포석 위에, 그래도 되도록이면 포석의 열기와 직사광선을 피해가며 가옥의 그늘 부분을 따라 이어져 있어 위에서 보면 꾸불꾸불 불규칙한 기하학적 모양을 그려내고 있었다.

"쳇, 빨리 좀 하지. 기다리는 입장이 되어 보라고. 저 자식 설마 각반 같은 거 풀고 있는 건 아니겠지?"

"어이, 각반 풀고 있거든 밖으로 나와서 다시 감으라고."

이따금 생각났다는 듯이 기성이 나오고 그것에 호응하는 소리가 있기도 했지만 대부분의 군인들은 더 이상 그런 마음의 여유조차 없었다. 단지 서로 마주보고서는 지금부터 같은 여체를 안는다는 사실에 일종의 친애감을 느끼고 안심과 닮은 어떤 기분을 느끼는 것이었다. 그 반면에 자기 속의 육체적 욕망만을 주시하는 것, 그리고 그것이 지금 자기들이 할 수 있는 전부라는 점에서는 모두가 고독했다. 죽음이 내일이라도 자기를 기다리고 있을지 모른다. 지금 이 순간에야말로 자기의 생을 펼침으로써 그것이 생의 증명이라는 만족감을 얻고 싶었다. 그 생의 증명을 지금 확실히 붙잡을 수 있다면 앞으로 자기의 생은 어떻게 되든 좋았다.

일단 방에 들어간 자는 야유당하거나 비웃음을 사거나 해도 쉽사리 거기서 나오지 않았다. 1초라도 길게 군인들은 거기서의, 거기밖에 없는 특유의 만족감에 빠져있고 싶어 했다.

하라다의 순서가 온 것은 지겨울 정도로 시간이 흐른 뒤였다. 그러나 지금부터 자기가 빠져들 수 있는 도취감을 생각하면서 그는 그 시간을 조금도 개의치 않았다.

"반장, 일찌감치 끝내주쇼."

등 뒤로 들리는 군인들의 야유를 못 들은 체하며 하라다는 꾀죄죄하고 마늘 냄새나는 퇴색한 쪽빛 천으로 된 막을 젖히고 오른쪽 방으로 들어갔다. 단단히 잠근 창 때문에 방안에는 어둑한 불빛과 먼지 냄새나는 축축한 공기밖에 없었지만 거적 위에 펼쳐진 얇은 중국 이불 위에서 그는 기괴한 형태를 한 창백한 덩어리를 보았다. 그것이 무엇인지 확인하려고 잠깐 동안 그는 거기에 서서 응시했다.

"이 자식아, 빨리 하라고. 꾸물거리면 못 하게 할테야."

그 흰 덩어리는 양측으로 확 펼쳐놓은 여체의 완곡한 두 넓적다리였다. 녹초가 되어 축 늘어져 있는 것 같지만 목소리만은 위세가 있었다. 그 목소리는 틀림없이 교코의 것이었다.

"뭐야, 반장이네. 너, 할 거야? 좋아, 빨리 하라고 빨리."

하라다는 군복 바지 앞을 벌리고 무릎까지 내린 뒤 죽은 동물 같이 움직이지 않는 교코의 늘어진 하얀 육체 위로 올라탔다.

"앗."

그 순간 그는 허벅지에 찌르는 듯한 날카로운 감각을 느끼고 몸을 뗐다. 그리고 지금 자기 허벅지에 찌르는 듯한 날카로운 감각을 준 것의 정체를 확인하기 위에 그녀의 그 부분에 자기 얼굴을 가까이 댔다. 세로로 검붉은 테를 두른 듯, 늘어질 대로 늘어진 부종에 싸인 깊고 큰 세로 균열이 거기에 있었다. 그리고 그 균열과 그녀의 오른쪽 넓적다리 사이에 한 마리 갈색 메뚜기가 자작거리며 붙어있는 것을 하라다의 눈은 확실히 보았다. 그러나 여자의 몸은 아까부터 인간 능력의 한계를 넘은 듯, 계속해서 그녀 앞에 나타나는 군인들과의 끝없는 격투로 그 부분이 완전히 마비되어 버린 것처럼 그것을 눈치 채지 못한 건지, 눈치 챘어도 손으로 쫓아버릴 기력조차 없는 건지, 마디가 진 여섯 다리와 단단한 날개를 지닌 곤충이 기어 다니는 것을 내버려둔 채 완전히 죽어버린 무엇처럼 거기에 축 늘어져 있었다.

김려실 옮김

체험의 무게, 재현의 가벼움

김려실

제2차 세계대전의 전쟁체험을 소재로 한 일본문학으로 국내에
는 일찍이 오오카 쇼헤이大岡昇平의『포로기』,『들불』,『레이테 전기』
가 번역된 바 있다. 모두 필리핀에서 종군했던 작가의 남방전선 체
험을 토대로 집필된 소설들이다. 그런데 중국전선에서의 체험을
다룬 작품은 아직 국내에 번역된 바가 없고 일본 내에서도 중국전
선의 기억을 소재로 작품을 남긴 작가들은 남방전선에 비하면 소
수에 불과하다. 왜 이런 편향이 나타나는 것일까?

마루카와 데쓰시丸川哲史 교수는『냉전문화론』에서 전쟁체험을 문
학적으로 형상화하기 위해서는 그에 걸맞은 문화자원이 필요한데
중국전선 경험자들에게는 그것이 부족했던 것이 아닌가라고 언급
한 바 있다. 교토제국대학 출신의 오오카 쇼헤이처럼 남방전선이
나 해군 계통의 이야기를 쓴 작가들 중에 엘리트 출신이 많았고 그
쪽에서 상대적으로 많은 기록이 나왔기에 그런 추측이 나온 것 같

다. 어쨌든 전후일본에서 중국전선에서의 군대체험을 문학화한 몇 안 되는 작가들 중 다무라 다이지로는 평단에서든 대중에게서든 가장 주목받은 인물이었다.

오오카처럼 다무라도 대학에서 불문학을 전공했고 두 살 아래의 동세대였으나 같은 시간이지만 다른 공간에서 전쟁을 경험한 두 사람의 체험적 글쓰기는 처음부터 다른 방향을 향한 것처럼 보인다. 1946년 중국전선에서 돌아오자마자 다무라는 "어떻게 살아왔는지 내 육친과 친구들에게 알리고 싶다는 기분"과 "전쟁의 실상과 그곳에서의 생활은 그때 그곳에 살았던 자 외에는 절대로 알 수 없다는 절망감"을 동시에 느끼며 전후 첫 소설 「육체의 악마」(1946)를 집필했다고 한다(다무라 다이지로가 1965년에 발표한 에세이 「파괴된 여자」에서). 포로가 된 팔로군 여군과 일본군인의 애증을 그린 이 소설을 요코미쓰 리이치橫光利一는 나쓰메 소세키夏目漱石상 후보로 추천했고 다무라의 대표작이 된 「육체의 문」(1947)보다 더 높이 샀다고 한다. 그러나 다무라는 「육체의 문」, 「춘부전」(1947) 등이 상업적으로 놀라운 성공을 거두고 영화화되면서 문사文士라기보다는 대중작가로 인식되기 시작했고 일본 사회가 전후를 벗어나자 그가 주창한 '육체문학'도 과대평가되었다는 비판에 직면하게 되었다.

귀환한 직후 다무라는 전쟁터라는 극한 상황에 놓인 일본군과 팔로군 여군 또는 조선인 위안부의 에로스를 전시하 규율화된 신체의 해방구로 묘사함으로써 천황이라는 관념을 비판했다. 그동안 오오카는 남방전선에서 미군의 포로가 된 일본군인에 대한 응시를 통해 GHQ 점령하 일본문학의 점령서사를 예기하는 자전적인 작품을 써나가고 있었다. 그 작품이 바로 1946년에 완성된 데뷔작 『포로기』로 미군에 대한 묘사가 문제가 될 것을 우려해 GHQ 점령 초기에는 발표되지 못하고 있다가 1948년에야 비로소 세상에 나올 수 있었다. 그리고 같은 해에 다무라는「육체의 문학肉体の文学」이라는 에세이를 발표하여 자신의 노선을 분명히 하고자 했다. 오오카는 『포로기』로 1949년 요코미쓰 리이치상을 수상했는데 한때 '소설의 신'으로 불렸으나 전쟁에 협력했던 요코미쓰는 이미 1947년 말에 사망했다. 즉, 전후일본의 새로운 문학은 오오카나 다무라와 같이 전선에서 돌아온 귀환자帰還者들로부터 시작되고 있었다. 패전 후 10년 동안 귀환자 작가들은 후방에서 펜으로 전의앙양에 협력했던 전전戦前의 대가들과 이시하라 신타로石原慎太郎(1955년 히토쓰바시대학 재학 중 발표한 『태양의 계절』로 다음해 아쿠타가와상을 받았다)와 같이 징집 대상이 아니었던 신세대 작가들 사이에 끼여 전후의 실존적 고뇌와 더불어 문단 내의 위치 설정에 대해서도 고민하지 않을 수 없었다. 그들이 자기 세대만의 경험인 전쟁체험으로부터 전후 문학을 전개해 나갔던 까닭이 바로 거기에 있었으며 다무라의 고백이 말해주듯 그들은 자기의 독보적인 체험을 증언하고자 하는 욕망과 체험자 외에는 그것을 아무도 진정으로 알지 못하리라는 절망 사이를 오가며 작업을 했다.

남방전선 체험에서부터 문학을 시작했던 오오카가 점차 그 주제로부터 멀어져갔지만 만년에 다시 『레이테 전기』를 통해 과거의 체험을 집대성한 것처럼 다무라에게 있어서도 중국전선은 문학적 원체험이었고 그 역시 상업소설을 쓰거나 영화감독으로 데뷔하는 등 다채로운 편력을 보이다가 만년에 「메뚜기」를 통해 「춘부전」에서 다루었던 소재를 다시 한 번 반복하며 중국전선 체험의 의미를 되물었다. 따라서 1964년에 발표한 「메뚜기」는 귀환 직후에 쓴 「춘부전」과의 관계 속에서 읽을 수밖에 없는 작품이 된다. 「춘부전」은 아직 국내에 번역이 되어 있지 않고 그것에 대한 해설은 앞으로 그 소설을 번역할 역자의 몫이기 때문에 여기서는 「메뚜기」와 관련한 부분만 간단히 언급하고자 한다.

「춘부전」의 '춘부春婦'가 가리키는 것은 조선인 위안부 '하루미春美'로 그녀의 본명, 즉 조선명은 알 수 없다. 소설의 주인공인 하루미는 생계 때문에 고향을 떠나 톈진의 유곽으로 흘러들어온 매춘부로 우리가 위안부라는 단어에서 떠올리는 강제 연행된 조선인 여성과는 거리가 있는 인물이다. 소설에서는 하루미가 일본인 매춘부들도 꺼리는 위안소 생활을 하게 된 것은 강제 연행이 아니라 일본인 애인에게 실연을 당한 것에 대한 반동인 것으로 설명된다. 소설의 한 구절을 인용해 보면 조선인 위안부는 "자기가 일본인적이라는 것에 어떤 부자연스러움도 자각하지 않는" 일본군인과 말이 통하는 존재인 동시에 "마늘과 고추를 먹는" "육체 그 자체가 하나의 격렬한 의지"인 이국적이며 야성적인 존재이다. 즉 식민지 여성으로서 조선인 위안부는 오리엔탈리즘과 젠더 구도에 포획된 존재인 동시에 제국 내부의 타자로 처리되어 있다. 「육체의 악마」와 「춘부전」을 비교해 본다면 그 점이 더 뚜렷이 드러나는데 일본 남성의 매력에 저항하는 팔로군 여군은 정복하고자 하는 적으로, 일본군인을 사랑하는 조선인 위안부는 이미 정복한 식민지를 표상한다.

「메뚜기」에서도 이런 설정은 반복된다. 이 소설에서 조선인 위안부들은 모두 일본어 기명妓名을 가진 매춘부로 설정되어 있고 오직 한 명, 포주이자 아편 밀매상인 조선인 남성만이 김정순이라는 조선명이 밝혀져 있다. 「춘부전」의 하루미를 연상케 하는 조선인 위안부 히로코는 원초적인 성적 매력을 발산하는 여성으로 묘사되고 하라다 군조를 향한 자기의 욕망을 솔직하게 드러낸다. 그런데 허난평야의 사령부로 유골함과 함께 조선인 위안부를 무사히 전달해야하는 임무를 띤 하라다는 여러 번 기회가 있었음에도 불구하고 히로코의 애정공세를 거절한다. 철도연선의 마을에서는 히로코의 방을 뻔질나게 드나들었던 그였음에도 불구하고. 주둔지로 돌아가는 여정 내내 하라다는 히로코를 거절한다. 그 가장 큰 이유에 대해 하라다는 스스로 인정하지 않으려 했지만 언제 죽을지 모르는 전쟁터에서 조선인 위안부들과 "모든 순간, 모든 장소에서 항상 기다리고 있는 죽음에 의해 어느새 공통의 운명을 지니게 된 자의 동족의식으로 연결되어" 버렸기 때문이라고 설명한다. 그러나 일본군 사병이 조선인 위안부에게 느꼈던 동족의식은 일본군 장교에 의해 부정당한다. 다리에 심각한 부상을 입은 하루미를 실어달라고 부탁했을 때 차량부대 대장은 "폐품은 빨리 버리고 간다"고 일언지하에 거절한다.

장교 전용의 일본인 위안부에 비해 조선인 위안부는 계급이 낮은 사병들과 직접 대면하는 존재라는 점에 주목했던 다무라는 「춘부전」에서 이미 비천한 인간 사이의 교정이 천황을 정점으로 하는 지배체제에 대한 저항으로 이어질 수 있다고 주장한 바 있다. 하루미는 자신을 학대하는 나리타 중위에게서 "일본인이라는 민족 전체의 사고방식에 대한 이민족의 불안"을 느끼고 그에 대한 복수로 미카미 상등병을 유혹한다. 미카미는 하루미와의 통정이 발각되어 영창에 갇히게 되고 전투에서 심각한 부상을 입고 팔로군의 포로가 된다. 그는 부대에 복귀했지만 전사하거나 자결하지 않고 포로가 되었다는 이유로 투옥되고 만다. 전우들이 부상당한 그를 버리고 갔다는 사실, 포로가 되어서도 군사기밀은 절대 발설하지 않았다는 사실 등은 전혀 고려되지 않는다. 하루미를 통해 수류탄을 확보한 미카미는 자살로써 자기의 결백을 증명하려 한다. 그런데 미카미의 만류에도 불구하고 하루미는 기꺼이 그에 동참한다. 이로써 결백을 증명하려던 미카미의 자살은 매춘부와의 동반자

살ᄂ中로서 황군 최대의 불명예가 된다. 하루미가 보기에 계급장으로 표상되는 권위를 정당화하기 위해 천황이라는 관념을 제멋대로 이용하는 나리타 중위보다 어떤 경우에도 상관을 거역하지 않으려고 하는 미카미 상등병은 머리뿐만 아니라 신체마저 천황에게 지배당한 더 지독한 일본인이다. 그런 미카미를 유혹하여 "자기 몸으로 박살내는 것"은 "천황에 대한 싸움과도 같은" 것이고 그녀의 죽음은 그 싸움에서의 승리이다. 그러나 하루미의 반어적인 승리는 미카미의 사망증명서를 급성폐렴으로 조작한 대대장에 의해 은폐되고 만다. '일본군-조선인 위안부 동지론'의 주장자들은 종종 체험문학이라는 이유로 「춘부전」을 근거로 삼지만 일본군 사병이 조선인 위안부에게 품은 판타지와 오리엔탈리즘은 간과하곤 한다. 또한 육체문학의 거창한 선언에 비해 이 소설에서 반천황주의는 일본군이 아니라 조선인 위안부의 입을 빌려 제한적으로 표현될 뿐이다.

거의 20년 뒤에 쓴 「메뚜기」에서 다무라는 다시 한 번 일본군 사병과 조선인 위안부의 에로스를 소재로 삼았다. 그러나 천황이 인간이 된지 꽤나 오래지난 시점에 쓴 소설에서 같은 장치는 다른 문제를 이야기하기 위해 원용되었다. 작가는 제목인 동시에 소설에서 중요한 복선으로 기능하는 '메뚜기'라는 곤충에 양가적인 의미를 부여하여 에로스와 타나토스가 교차하는 전쟁터를 감각적으로 묘사한다. 어디로, 왜 가는 것인지 알지 못하는 메뚜기 떼의 맹

목적인 모습은 "의지가 아니라 명령에 의해 이동하는" 일본군인들의 모습과 닮아 있다. 메뚜기 떼가 모여들 듯 그들은 언제 죽을지 모르는 극한 상황에서 "굶주리고 마른, 뿔 없는 곤충처럼" "덧없이 짧은 시간의 성性," "이 세상에서 맛볼 최후의 성"을 추구하며 조선인 위안부의 암부를 향해 떼 지어 모여든다.

한편으로 집단이 아니라 개체로서의 메뚜기는 죽은 히로코의 혼으로 묘사되기도 한다. 다리에 심각한 부상을 입은 그녀를 원대까지 운반할 수 없어서 버리고 떠난 하라다 일행은 다시 메뚜기 떼와 조우한다. "농밀한 검은 구름과 미세한 모터가 수없이 돌아가는 듯한 날개소리에 둘러싸여" 숨이 막히는 행군을 계속하던 그들이 겨우 메뚜기 떼에서 벗어났을 때, 하라다는 무리에서 떨어져 나온 메뚜기 한 마리가 날아가지 않고 자기 어깨에 언제까지나 붙어있다는 것을 알게 된다. 그는 "메뚜기의 체중을, 그리고 메뚜기의 목숨을 분명히 느끼"면서 "며칠 전 이름도 모르는 민가의 위앤쯔에 버리고 온 히로코를 떠올"린다. 행군 중에 모처럼만에 날씨가 좋았던 그날 하라다는 전쟁과 상관없는 별세계와 같은 위앤쯔에서 히로코와 오수를 즐기면서 그녀를 만난 것이 자기 생애에서 무엇보다 의의 있는 아름다운 일이라고 느꼈다. 그러나 다음 순간 고막을 찢는 듯한 굉음이 들리고 히로코의 정강이뼈 아래는 처참한 모습으로 떨어져나갔던 것이다. 그러니 하라다가 필사적으로 견뎌야만 하는 "곤충 한 마리의 체중"이란 바로 그가 느껴야 할 집요한 양심의 무게를 의미하는 것일 터이다. 그러나 그는 죄의식 대신 "히로코의 멸시에 가득 찬 증오"를 느끼고 "자기 왼쪽 어깨에 앉아 움직이지 않는 메뚜기 한 마리가 섬뜩하다는 생각"을 한다. 그리고 결말에서 끝없이 몰려오는 메뚜기와 같은 군인들을 감당하지 못해 감각이 마비되어 시체처럼 늘어진 조선인 위안부 교코의 오른쪽 넓적다리(히로코가 부상을 입은 것도 오른쪽 다리였다)에서 그는 또 다시 섬뜩한 메뚜기 한 마리를 본다.

　이와 같은 그로테스크한 결말은 아마 전작과 「메뚜기」의 가장 큰 차이점일 것이다. 「춘부전」이 천황제 비판을 감행하긴 했지만 위안부의 육체를 섹슈얼한 기호로 소비했다는 혐의에서 벗어날 수 없었던 것에 비해 「메뚜기」는 위안부의 육체를 조금 다른 각도와 맥락에서 조명하고자 한다. 소설 속에는 다음과 같은 구절이 있다. "군인들은 그녀를 안고 있을 때 하라다와 마찬가지로 언제나 자기가 그녀를 독점하고 있다고 느끼는 대신 많은 전우들과 그녀의 몸을 안음으로써 자기 것이 될 수 있는, 그녀만이 줄 수 있는 관능적인 도취를 통해 서로 연결되어 있다는 의식이 들었고 그편이 오히려 군인들에게는 일종의 연대감과 비슷한 안심을 주는 것임에 틀림없었다." 이처럼 「메뚜기」에서 조선인 위안부의 육체는 집단에 대한 일본인의 귀속의식을 확인하는 도구로 쓰였다고 볼 수 있다. 그런데 왜 중국전선의 일본군인은 왜 하필 일본인도 중국인도 아닌 조선인 위안부의 몸에서 귀속의식을 확인하고자 하는 것일까?

하라다가 "일본어를 할 줄 아는, 군인의 놀이 상대는 너희들뿐이다. 동정해"라고 히로코에게 부탁한 데서 알 수 있듯 조선인 위안부는 사병은 상대하지 않는 일본인 위안부나 말이 통하지 않는 중국인 위안부와는 다른 존재로 그려진다. 작가는 일본인 사병에게 동정하는 조선인 위안부를 그림으로써 가해자, 피해자의 구도를 무너뜨리고 우리 모두가 전쟁의 피해자라고 말하고 싶었던 것일까?

아마도 식민지 조선이 독립하여 한반도에 국민국가를 수립한지 수십 년이 지난 1964년의 맥락에서, 더구나 한일협정 비준을 목전에 두고 있는 상황에서 조선인 위안부라는 기호는 한때 '체험'을 문학적 원천으로 삼았던 다무라라는 작가의 내부에서도 불가피한 변용을 거치지 않을 수 없었던 것으로 보인다. "자기가 일본인적이라는 것에 어떤 부자연스러움도 자각하지 않는" 「춘부전」의 하루미와 달리 히로코는 애인의 이름조차 제대로 발음하지 못한다. 일본어의 탁음濁音을 발음할 수 없어 "はらだ"를 늘 "ハラタ"로 부르는 하루미를 비롯하여, 이 소설에서 조선인 위안부의 대사는 온통 가타카나(외국어를 표기할 때 씀)로 표기되어있다. 조선인 위안부의 일본어가 더 이상 '고쿠고国語'가 아니라 외국어로서의 일본어라는 것은 그녀들을 제국 내부의 타자로 보았던 전후의 시각이 변했다는 것을 의미하는 것이 아닐까.

또한 불가피한 변용은 조선인 위안부의 육체에 대한 기억에도 일어난다. "불타올랐던 것은 군인 자신의 몸이고 여자들의 몸은 불

메뚜기

타오르는 일 없이 단지 그들을 통과시켰던 것에 지나지 않는다"는 구절은 하루미에 대한 「춘부전」의 관능적인 묘사에 견주어 보았을 때 결국 육체문학의 시효가 다 했음을 작가 스스로 선언한 것과 다름없어 보인다. 이는 애초부터 관계란 없었고 연대감이란 상상의 차원에서만 가능했다는 고백일런지도 모른다. 왜냐하면 하라다와 히로코의 에로스는 계속해서 지연되며, 마치 전쟁이 멈춘 듯 평온한 위앤쯔에서 자줏빛 석류 꽃 그늘 아래 나란히 누워 그가 "처음으로 히로코를 인간으로서 가깝게 느끼"고 "넓은 전쟁터에서 그녀를 만난 것이 하라다는 자기 생애에서 무엇보다 의의 있는 아름다운 일처럼" 여긴 찰나 히로코의 육체는 돌이킬 수 없이 파괴되어 타나토스를 직면하기 때문이다. 소설의 마지막에서 그녀를 내버리고 부대로 귀환한 하라다는 다른 군인들처럼 위안소 앞에 줄을 서지만 조선인 위안부의 육체를 통해 일본인으로서의 귀속의식을 확인하는 데 실패하고 만다. 작지만 소름끼치도록 섬뜩한 존재, 히로코의 혼과 같은 메뚜기 한 마리가, 시체처럼 널브러진 위안부의 몸 위에서 여섯 개의 가시 돋친 다리를 벌리고 불모의 성性을 증거하며 그를 지켜보고 있기 때문이다.

이상과 같이 다무라 다이지로의 「메뚜기」를 「춘부전」과의 연관성 속에서 조선인 위안부의 표상의 변화를 중심으로 살펴보았다. 그동안 두 소설의 번역이 금기시되었던 까닭은 조선인 위안부를 강제 연행된 희생자가 아니라 매춘부로 그리고 있다는 사실 때문일 것이다. 그렇지만 이들 작품을 둘러싼 풍문은 이미 존재하고 있다.「춘부전」만 하더라도 마루카와 데쓰시 교수의『냉전문화론』을 통해 작품보다 비평이 먼저 번역이 되었고 스즈키 세이준이 감독한 영화 〈춘부전〉은 〈위안부 이야기〉라는 제목으로 이미 국내에 상영된 바 있다. 이에 비해「메뚜기」의 경우는 국내에 번역되지 않았기 때문인지 연구자에 따라 자의적으로 인용, 해석한 면이 있는 것 같다. 두 작품에 대한 풍문만 키울 것이 아니라 실제로 읽어 봄으로써 독자가 직접 판단할 수 있게 하자는 것이 번역의 몫이라면 우리를 불편하게 만드는 이 소설을 외면하지 않고 직시함으로써 냉철한 비판의 계기를 마련하는 것은 비평의 몫일 것이다. 물론 다무라 다이지로가「춘부전」과「메뚜기」만으로 설명될 수 있는 작가는 아니기에 종합적인 번역과 연구가 계속되어야 하겠지만 일단 첫 삽을 떴다는 데 의의를 두고자 한다.

성욕이 있는 풍경

가지야마 도시유키
梶山季之 1930~1975

가지야마 도시유키梶山季之, 1930.1.2~1975.5.11

    토목기사였던 아버지가 조선총독부에서 근무하고 있었기 때문에 가지야마 도시유키는 경성에서 태어났다. 남대문소학교를 졸업하고 경성중학교에 진학하였으며, 중학교 재학 시절에 일본의 패전을 맞이하여 1945년 11월에 부모님의 고향 히로시마広島로 귀환했다.

    히로시마 2중학교를 거쳐 히로시마 고등사범학교 국어학과에 진학한 가지야마는 동인지 『히로시마 문학広島文学』에 다수의 작품을 발표하며 작가활동을 시작하였다. 특히 그는 식민지 조선에서의 경험을 소설의 소재로 많이 삼았다. 창씨개명을 소재로 한 소설 「족보族譜」(1952.5)나 일본인의 조선인 학살을 다룬 「이조잔영李朝殘影」(1963.3) 등은 그 대표작이라 할 수 있다. 이들 작품은 각각 신상옥, 임권택 감독에 의해 영화로도 만들어져 공개되었다.

    한편 가지야마는 경제인물이나 산업스파이를 소재로 한 경제소설과 추리소설, 풍속소설 등을 발표하며 방대한 작품을 남겼고, 르포 작가이자 저널리스트로서도 크게 이름을 알렸다. 1975년 5월, 장편소설 『적란운積乱雲』을 쓰기 위해 취재차 홍콩에 갔으나 식도정맥류파열과 간경화로 현지에서 숨을 거두었다.

전쟁이 끝나던 날, 그러니까 1945년 8월 15일을 기억하면 나는 지금도 내심 부끄러움을 느낀다. 왜냐하면 급우들 모두가 동원된 공장에서 망연자실하거나 괜히 흘러나오는 눈물의 의미에 당황하고 있을 때, 동원도 빼먹고 한강에서 보트 놀이에 빠져 있다가 나중에는 영화관 어둠 속에서 패전 사실도 모르고 코딱지를 후비고 있었던 괘씸한 학생이 나였기 때문이다. 게다가 나는 돌아가는 길에 일본이 무조건 항복했다고 알려주는 친절한 급우를 건방지고 잘난 척하는 주제넘은 비국민이라고 꾸짖으며 실컷 때렸다.

그때 나는 왜 갑자기 흥분해서 히사다케라는 그 친구를 힘껏 때렸던 것일까. 십수 년도 더 된 일이라서 기억이 선명하게 떠오르진 않지만, 석양으로 붉게 물든 쇼와거리 위에 창백한 얼굴로 쓰러져

---

[*] 이 작품의 원제목은 「性欲のある風景」(1958.5)이며 『李朝残影─梶山季之朝鮮小説集』(インパクト出版会, 2002)에 수록된 것을 저본으로 삼았다.

있던 히사다케의 모습만이 하나의 장면처럼 선명하게 뇌리에 각인되어 아직도 나를 자책하게 만들었다.

일본의 패전을 한순간 믿을 수 없었기 때문이라고 그 동기를 상식적으로 해석해보았지만 애국자를 가장한 이 변명은 다소 타당성이 없는 것 같았다. 사실은 그날 아침 어렴풋이 나는 전국戰局이 최종단계에 몰리고 있다는 것을 알아채고 있었기 때문이다. 밤중에 ─아마 오전 세 시쯤이었다고 생각되는데 총독부 관리였던 아버지에게 전화가 왔다. 내 방은 전화기가 있는 곳에서 가장 가까웠고 식모는 잠에 깊이 빠졌는지 아무도 전화 받으러 나오지 않았기 때문에 내가 전화를 받아 이층에 있는 아버지를 부르러 갔다. 모포를 덮어쓰고 잠들려고 열심히 애쓰고 있던 내 귀에 아버지의 놀람이 섞인 대답이 중간 중간에 끊어지며 들려왔다. 그리고 잠시 후 자동차가 아버지를 마중 왔었다. 현관에 배웅 나온 어머니와 나에게 아버지는 경직된 얼굴로 "큰일이 났다"라고 한 마디 툭 내뱉고 분주하게 걸어갔다. 당시의 기록에 따르면 조선총독부에 포츠담선언을 수용하는 항복서 전문이 동맹통신 경성지국을 통해 수신된 것은 8월 15일 오전 0시이다. 물론 중대발표가 있을 오전 12시까지는 일본의 무조건 항복은 기밀에 속하는 것이었다. 원리원칙을 중요하게 생각하던 나의 아버지는 그 중대한 뉴스를 가족들에게도 알리지 않고 다만 "큰일이 났다"라는 말밖에 할 수 없었던 것이다. 하지만 매사에 냉정하고 과묵한 아버지는 평소와 다르게 허

둥거리고 있었고 그 모습으로 보아 예사롭지 않은 사태라는 것만
은 민감하게 짐작할 수 있었다. 그래서 히사다케의 입을 통해 일본
이 졌다는 말을 들었을 때, 나는 순간 움츠러들긴 했지만 놀라지도
않았고 동요하지도 않았던 것 같다.

나는 어느 쪽인가 하면 중학생 시절부터 좀 노는 편에 속해 있었
다. 여학생에게 연애편지를 보낼 정도의 담력은 없었지만 영화관
에 출입하거나 담배를 피우거나 하는 정도의 불량학생이었다. 그
러나 싸움과 같은 주먹다짐을 일으키는 것은 그것이 어떤 일이든
지 싫어했다. 중학교 시절 머리 나쁜 강경파의 무리들이 왠지 우국
지사처럼 말하고 행동하며 동급생의 약점을 찾아 힘으로 제압하
고 쾌재를 외치는 야만스런 풍조를 나는 불쾌하게 생각했다. 그렇
다면 히사다케를 때려눕힌 사건은 그럴만한 사정이 있었던 것임
에 틀림없다.

혹시, 동원을 빼먹었다는 도덕적인 꺼림칙함을 그런 난폭한 행
위를 통해 얼버무리려고 했던 것은 아니었을까? 그게 아니면 히사
다케에게 개인적인 원망 따위가 있어서 감정이 격해져 화가 폭발
한 것이었을까? 아무래도 그렇게 생각하는 편이 납득하기 쉬울 것
같기도 하지만, 뇌리에 감돌고 있는 그 당시의 상황을 생각하면 이
러한 이유들로는 설명되지 않는 엄청나게 이질적인 충동이 존재
했다. 그 충동이 어디서 기인하는 것인지 찾아내지 못한 채 나는
몇 년 동안 초조하게 살아왔다. 물론 불쾌한 기억을 들추고 싶어

성욕이 있는 풍경

하지 않는 인간의 슬픈 습성이 초조한 시간을 지금까지 연장시켰던 것인지도 모르지만.

그런데 최근, 정신분석에 흥미를 가지고 있는 친구와 연상놀이를 했을 때 "종전"이라는 제시어에 나는 순간적으로 "소!"라고 대답했다. 이 놀이는 제시어를 보고 처음 연상된 단어를 바로 대답하고 나서 5초 후에 연상된 마지막 단어를 대답하여, 그 처음에 연상한 대답과 마지막 대답 사이에 어떠한 이행심리가 작동하고 있는지를 추리해서 비교하는 놀이이다. 물론 제시어로부터 연상되는 최초의 답이 추리의 열쇠가 되는 것인데 순식간에 내 입에서 무심코 내뱉어진 이 단어에 친구들은 껄껄 웃기 시작하며,

"왜 소를 연상했지? 종전과 소가 무슨 관계가 있는 거지?"라고 말했다.

이 뜻밖의 연상된 단어는 나 자신에게도 다소 의외였지만 그 덕분에 그날 저녁 나는 히사다케를 때려눕히게 만들었던 그 묘하게 몽롱했던 어두운 충동을 문득 상기할 수 있었던 것이다. — 원인은 소에 있었다.

종전 즈음, 우리 학교 학생들이 동원되었던 곳은 경성 교외에 있는 노량진역에서 약 1리 정도 떨어진 산기슭에 위치한 S활공기제작소滑空機製作所였다. 소문에 그 해 봄쯤 건설되었다는 이 글라이더 공장은 육군성지정이라는 간판문자가 그야말로 위엄 있어 보였지만, 부지만 쓸데없이 넓고 가건물만 몇 동인가 줄지어 있을 뿐인

빈약한 공장이었다. 적기의 눈을 속이기 위해 갈색이나 국방색으로 칠을 해서 위장한 그 경박한 지붕 모양이 우리들의 노동의욕을 먼저 빼앗아갔다.

지각이나 조퇴를 신고하러 가는 감독관의 사무실에는 "죽음 속에서 삶을 구하라"는 현판이 내걸려 있었다. 하지만 몇 번이나 시험 제작한 후 간신히 양산체제에 들어갔던 신형 활공기는 조립해놓으면 뱀이 개구리를 허겁지겁 삼킨 것 같이 아무리 좋게 말해도 경쾌하다고는 말할 수 없는 보기 흉한 모양이어서 과연 이것이 '죽음 속에서 삶을 구하라'는 말처럼 전쟁 국면을 호전시키는 데 충분한 비밀병기가 될 수 있을지 의문이었다.

어쨌든 반 톤을 적재할 수 있다는 그 활공기는 금붕어 똥과 같이 여러 대가 줄줄이 예항되어 적의 진지를 폭격하거나 아군에게 식량을 투하하는 성능이 있어서 본토결전의 새벽에는 매우 큰 공헌을 할 것이라고 했다. 하지만 불행하게도 육군이 자랑하는 그 신병기는 대동아전쟁사를 빛내지 못하고 모처럼 생산된 7대의 글라이더도 헌납식을 하루 앞둔 어느 날 밤 남조선을 덮친 폭풍우 때문에 조립공장 밑에 깔려 허망하게도 참혹한 시체가 되었다. 그리고 우리들은 그 다음날부터 종전 날까지 무너진 조립공장에서 파편들의 흔적을 치우는데 사역당하지 않으면 안 되었던 것이다.

조선인 징용공에 섞여 공장의 대들보나 글라이더의 잔해를 운반하면서 우리들은 경계경보 사이렌을 은밀하게 계속 기다렸다.

성욕이 있는 풍경

넓은 공장 한 구석에 항아리 모양의 방공호가 파여 있었는데, 동원된 학도들은 경보와 동시에 이곳으로 대피할 수 있는 특전이 주어져 있었다. 여름풀이 우거진 그 한쪽 구석으로 포복 전진해서 철조망 바깥으로 빠져 나가면 참외밭이 있는 것도 매력적이었다.

방공호 속은 숨 막힐 듯이 더웠지만 예비역에서 복귀한 늙은 대위의 잔소리를 들으면서 일하거나 휴식시간 숲속에서 정신강화훈련을 받거나 하는 일에 비하면 훨씬 더 즐겁고 유쾌한 시간이었다. 그러나 그 무렵 찌는 듯한 더위 속에서 육체노동이나 정신강화훈련을 하는 것보다 나에게 고통이었던 것은 공장과 집 사이의 왕복 거리였다. 신당동에 있었던 나의 집에서 노량진역까지는 빨리 가더라도 한 시간 사십 분은 족히 걸렸다. 예전에는 장충단공원까지 버스가 다니고 있었지만 그마저도 부족한 연료 때문에 목탄에서 아세틸렌으로 바뀌자 노선이 아예 폐지되어 버렸다. 그뿐만 아니라 장충단과 황금정 6정목을 연결하는 단선열차도 운행이 중지되었다.

나는 매일 아침 여섯 시쯤 일어나 그야말로 밥알을 씹는 둥 마는 둥하면서 서둘러 각반을 두르고 가방을 낚아채 집을 뛰쳐나와야 했다. 삼십 분 걸려서 겨우 도착한 황금정 6정목 정류소에는 이미 끝없이 긴 행렬이 이어지고 있었다. 그리고 비 오는 날을 제외하고는 그 정류소에서 십 분 이상 기다리지 않고 전차를 타는 경우가 거의 없었다.

만원전차에서 한 시간 남짓 흔들리는 것은 상상 이상의 고통이었다. 나는 심심풀이로 몸빼 차림의 F여고 여학생을 곁눈질로 마구 쳐다보거나 가방에 숨겨둔 볶은 콩을 다른 사람 모르게 씹는 기술을 익혔다. 단지 질려 버린 것은 조선인 공원의 도시락에서 숙성되어 퍼져 나오는 마늘냄새였다. 겨울에는 좀 낫지만 어쨌든 빽빽한 콩나물시루 같은 전차 안에서 도시락을 코앞에 들이대면 피할 도리가 없었다. 노량진 행의 전차에는 특히 공원이나 노동자가 많아 고약한 냄새만으로도 나는 완전히 지쳤다.

노량진역 앞 집합 지점에 오전 여덟 시까지 대기하지 않으면 우리들은 두 가지 징벌을 받아야했다. 정각 여덟 시가 되면 트럭이 우리를 마중 나와 1리 앞에 있는 공장까지 동원학도들을 난폭하게 운반했는데 집합시간에 늦은 사람은 그 벌로 외로운 산길이나 호박 밭을 가로질러 여덟 시 삼십 분까지 공장에 도착해서 보고해야만 했다. 운이 나빠 여덟 시 삼십 분을 지나 공장 문을 기어들면 엄청난 일이 기다리고 있었다. 원인이 비록 전차의 고장 때문이라고 해도 책임감이 부족한 탓으로 몰려 늙은 대위로부터 호되게 꾸짖음을 당했다. 그리고 지각한 사람에게 내려진 또 다른 징벌은 휴식시간인 세 시에 지급되는 죽을 얻어먹을 수 없다는 것이었다. 유치한 이야기지만 우리들은 하루 종일 배를 주리고 있어서 그 소금으로 간을 한 죽이 정말 맛있었다. 지각한 탓에 남들이 콧망울에 구슬땀을 흘리면서 죽을 후루룩 먹는 모습을 멍하니 바라 볼 때의 허

　　　　　　　　　　　　　성욕이 있는 풍경

망함은 이루 말로 표현할 수 없었다.

역 앞의 조선인 마을을 지나면 새롭게 닦인 붉은 점토질의 도로가 배후에 산을 두고 가로막고 있었다. 비가 온 날이면 특히 미끄러지기 쉬운 이 급경사의 도로는 트럭의 타이어 자국을 새기며 느슨하게 선회하면서 산 중턱을 누비고 있었다. 맑게 갠 아침은 역시 상쾌한 기분이었지만 길 양쪽을 뒤덮은 소나무 숲에서 들려오는 유지매미의 짜증나는 합창소리는 지각한 사람의 신경을 거슬렸다. 매미는 마치 늙은 대위가 보낸 감시관 같았다. 나는 괘씸해서 작은 돌을 주워 소나무 숲에 던지곤 했다.

유지매미 소리에 골치를 썩이며 고즈넉한 산을 헐레벌떡 넘으면 이번에는 엄청나게 넓은 호박밭이 눈 아래에 끝없이 펼쳐져 있다. 저 호박밭 너머 산기슭에 지금부터 달려 도착해야 하는 S활공기제작소가 있다고 생각하는 것만으로도 우울해지는 무척 넓고 오르락내리락하는 언덕이 많은 호박밭이었다.

솔직히 이글이글 내리쬐는 햇볕이 더해가기 시작하는 8월의 태양에 목덜미를 태우며 똑같은 모양의 조선호박이 데굴데굴 굴러다니는 단조로운 외길을 흙먼지 일으키면서 달리는 기분은 뭐라이를 데 없었다. 쓸쓸함을 넘어서 그것은 견딜 수 없는 슬픔이 가슴의 밑바닥에서부터 북받치는 비참한 기분이었다.

더위에 지친 피곤한 몸과 늙은 대위의 설교가 마음의 부담이 된 탓도 있겠지만 이 호박밭이 있는 외길을 뛰어가는 사이 계속 따라

올 것 같은 그 쓸쓸함, 비참함 등의 무게를 상상하는 것만으로도 나는 벌써부터 도망치고 싶어진다. 그래서 동원을 빼먹는, 안이하지만 어딘가 영웅심리가 있는 듯한 부도덕한 수단을 쉽게 선택해 버리곤 했다.

······ 또 하나 나를 불성실한 동원학도로 만드는 데 일조한 것은 아버지의 서재 벽에 붙어있던 5만분의 1 축적의 경성 주변 지도라는 것을 고백해두어야 할 것 같다.

어느 일요일, 서재에 담배를 훔치러 들어간 나는 무심코 지도 옆에 잠시 멈춰서 보고 문득 뜻밖의 것을 발견했다. 지도를 보니 매일아침 고생스럽게 다니던 S활공기제작소의 위치가 정말 우리 집 바로 뒤쪽에 닿아있는 것 같았다. 나는 자로 거리를 계산하니 지도 상으로는 불과 4킬로미터도 채 안 된다는 것을 확인했다. 이때 놀란 나는 온몸에서 힘이 빠져 버리는 것 같았다. 그러니까, 나는 일직선으로 갈 수 있는 지점을 구태여 ㄷ자형으로 세 변을 왕복해서 다니고 있었던 것이다.

그리고 이런 쓸데없는 낭비를 어쩔 수 없이 하게 만든 원흉은 경성부의 중앙에 우뚝 솟아 위용을 과시하고 있는 남산공원이었다. 그렇지만 나는 결국 ㄷ자형으로 왕복할 수밖에 없었다. 지도 위에 지름길이라고 생각되는 4킬로미터도 채 안 되는 직선 사이에 해발 고도 천 미터의 대연산과 푸른 물을 가득 담은 한강 등이 존재했기 때문이다.

성욕이 있는 풍경

이 발견은 나를 실망시켰고 기묘한 불평으로 우울하게 만들었다. 트럭을 타고 지각했을 때나 호박밭을 눈앞에 두고 꽁무니를 뺄 때 나의 변명은 으레 정해져 있었다.

'내가 나쁜 게 아냐. 경성부의 지형이 나를 지각시키고 있어. 그리고 — 오늘 내가 동원에 빠진 것쯤은 아마도 일본의 전세에는 대단한 영향을 주지 않을 거야!'

그런데 8월 15일 아침, 나는 결코 지각하지 않았다. 오히려 두 시간이나 먼저 노량진 집합지점에 모습을 드러냈다. 물론 여기에는 나름의 이유가 있었다.

이 날 정오를 기해 고금미증유의 중대발표가 있을 것이라는 뉴스를 이틀 전부터 신문이나 라디오에서 예고하고 있었다. 내가 좀 더 어른이었더라면 아마 이 의미심장한 고금미증유라는 형용사에서 일본의 패전을 눈치 챘을지도 모른다. 그러나 우리는 소학생 무렵부터 화약 냄새 나는 분위기에서 자라, 신주불멸이라든가 팔굉일우라든가 하는 일본을 신격화하는 유희에 길들여져 이 기괴한 습성을 뼛속까지 새겨 따르고 있었다.

그날 아침 아버지가 내뱉은 말에서 어쩌면 나는 어둡고 막연한 불안을 감지하기는 했지만, 그 큰일에서 일본의 무조건 항복이라는 답을 즉각 이끌어 내지는 못했다. 거기에는 마음 한구석에 일본의 항복을 상상조차 할 수 없게 만드는 잠재의식이 있었던 것도 부인

할 수 없다. 오키나와의 옥쇄, 히로시마·나가사키에 작렬했던 신형폭탄, 그리고 잇따른 소련의 만주침입 등 생각해보면 한없이 비극적인 재료가 모이고 있었을 것인데도, 나는 아직도 군함 행진곡으로 시작하는 대본영에서 발표하는 기분 좋은 뉴스를 기대하고 있었다.

—특공대가 워싱턴을 폭격했다는군.
—아마, 본토결전의 중대지령이겠지.
—소련이 북조선까지 들어온 걸까?

그 전날 우리들은 돌아오는 길에 그런 시덥잖은 예상을 해보기도 했지만, 누구도 일본의 패전을 상상하지 않았다. 신국 일본의 패배만큼은 우리들의 계산에서 제외되었다. 일본의 패전을 입 밖에 내는 것이 금기며 헌병대에 잡혀갈 우려가 있었기 때문만은 결코 아니었다. 어쩌면 생각하는 것조차 무서웠던 것인지도 모른다. 우리들은 충실히 길들여진 개와 같았기에 일본의 패전은 뇌리 속에 존재조차 없었던 것이다.

"하여튼, 고금미증유의 중대 발표라고 하니까. 도대체 뭘까?"

산부인과 병원의 차남인 나나시마가 내 얼굴 가까이에 자신의 얼굴을 들이밀며 그렇게 말했을 때, 내 마음 속에는 "고금미증유"라는 말이 기묘한 감동을 동반하면서 파문을 일으켰다.

　　　　　　　　　　　　　　　성욕이 있는 풍경

나는 대나무 손잡이에 체중을 실으면서 문득 어떤 계획을 생각해냈다. 그 계획은 지각상습범으로 이미 동료들의 정평을 얻고 있는 나였지만 내일 아침만은 누구보다도 빨리 집합지점에 도착해서 나의 기지를 자랑하고자 하는 것이었다. 아마 급우들은 제일 먼저 도착한 내 모습을 발견하고는 눈을 크게 뜨고 놀라거나 빈정거리며 야유라고도 할 수 없는 인사를 내게 던질 것임에 틀림없다. 그것을 예상한 계획이었다. 그때 나는 가슴을 젖히고 유연하게 그들에게 응수한다. "고금미증유" 하고 -.

이 인사는 정말로 시의적절하게 뛰어난 경구로서 급우들로부터 갈채를 받아 다른 학교에서 온 무리에게도 일약 나의 존재를 각인시키는 데 도움이 될 것이다. 계획은 서서히 형태를 가다듬기 시작해 영락정에서 나나시마와 헤어질 무렵에는 계획에 완전히 몰두해 나나시마의 집에서 분만 사진을 보기로 한 약속조차 깜빡 잊어버릴 지경이었다. 옛날에 한 수의 단가를 만들기 위해 몹시 애를 쓰며 진실성을 부여하려 했던 법사가 있었다고 하는데 우습게도 나는 그 법사를 흉내 내려 했던 것이었다. 기쁨에 넘쳐 우쭐해진 나는 그날 밤 저녁식사를 끝마치자마자 이불 속으로 재빨리 미끄러져 들어갔다.

한밤중에 아버지가 관공서로 호출되는 드문 장면도 있었지만 그 덕분에 나는 평소보다 한 시간이나 먼저 집에서 나올 수 있었다. 아침 공기는 서늘해서 상쾌했다. 나는 황금정 6정목까지 달음

질해서 갔다. 평소 같으면 긴 행렬로 꽉 차있던 정류소도 오늘 아침은 한산해서 어쩐지 불안하기조차 했다. 그리고 노량진에 도착했을 때 드디어 태양이 관악산 꼭대기를 연보라색으로 물들이기 시작했다.

노량진의 집합지점은 조선인 마을 입구에 있는 거대한 느릅나무 앞이었다. 나는 느릅나무에 기대어 시시각각 변하는 아침 해를 넋을 잃고 바라보거나 지면에서 활동하기 시작한 흑개미의 움직임을 쫓거나 하면서 친구들의 모습을 손꼽아 기다렸다.

만원전차 안에서는 금세 지나버리는 심술궂은 시간이 무슨 까닭인지 느릅나무 밑에서는 더디게 지나갔다. 소학생 시절 집합시간을 잘못 보아 애타게 계속 기다렸던 기억이 불현듯 되살아나 나를 더욱더 불안하게 했다. 참을 수 없었던 나는 손목시계가 정확한지를 알아보기 위해 역 구내까지 가보기도 했다. 일곱 시가 되어도 일곱 시 십 분이 되어도 누구도 모습을 아직 드러내지 않았다. 애가 탄 나는 조금 후회하면서 저 능인법사의 고통을 몸소 체험하고 있었다.

태양이 전신을 붉게 드러내며 조선인 마을의 초가지붕을 비추고 세탁물 바구니를 든 노파가 한강 쪽으로 발걸음을 내디딜 무렵이었다. 무료함을 느끼던 나의 시야에 급우인 듯한 사람의 그림자가 단숨에 들어왔다. 순식간에 나는 기운이 났다. 가슴이 두근거렸다. 하지만 느릅나무를 향해 다가오던 사람의 그림자를 주시하던

성욕이 있는 풍경

나는 설레는 기분이 사그라지는 것을 느꼈다. 그 그림자는 벽창호라는 별명으로 불리는 가네모토 고쇼쿠의 그림자였기 때문이다.

가네모토 고쇼쿠는 조선에서 명문가로 불리는 대부호의 아들이었다. 체격은 보통 아이들보다 훨씬 컸으며 입학시험 때 유일하게 영어에서 만점 받은 것으로 유명한 인물이었다. 망토나 게다의 착용은 허락되지 않았지만, 학생들 사이에서는 폐의파관으로 멋을 내는 방카라*의 유행이 오랫동안 이어지고 있었다. 하지만 그는 학생모마저도 샀을 때 그대로의 모양으로 몸에 반듯하게 착용했다. 이 고루한 복장은 숨이 막힐 것 같았다. 땀을 닦을 때도 그는 허리에 수건을 매달지 않고, 바지주머니에서 끄집어낸 명주 수건으로 점잖게 얼굴이나 목을 닦곤 했다. 어학이나 교련을 잘 하지 못했던 나의 자격지심 때문이었을까. 거짓말하지 않고 나는 그날 아침까지 가네모토를 경멸하고 있었다.

'저 벽창호 녀석은 놀릴 가치도 없어!'

나는 완전히 실망했다. 그리고 갑자기 기운이 빠져 준비했던 대사를 철회해 버렸다. 그리고 나는 가네모토 고쇼쿠를 향해 일부러 불편한 표정을 지으며 단지 "어이!"라고만 말했다. 가네모토는 미소를 지으면서 다가왔다. 그는 덩치 큰 남자 특유의 조금 부끄러워하는 것 같이 눈을 깜빡이면서 나를 지켜보고는 마치 내 마음 속을

---

* 방카라(ばんカラ)는 복장이나 언행이 거칠고 품위가 없음을 이른다. 일제 강점기 학생들 사이에 유행하였다.

들여다 본 듯이 단도직입적으로 말했다.

"엄청 빨리 왔구나. 이런 걸 – 고금미증유라고 하는 것이지?"

순간, 나는 내 귀를 의심하며 크게 비틀거렸다. 이래서는 이야기가 전혀 반대가 아닌가. 무엇 때문에 나는 한 시간이나 일찍 일어나 노량진에 왔는가! 이럴 줄 알았다면 아낄 필요없이 내가 먼저 써버릴 걸 그랬다.

교묘한 역습을 당해 씨름판에 쓰러진 씨름꾼이 많은 미련이 남아 고개를 떨어뜨리고 있는 그런 비참한 정경이 떠올랐다. 고지식한 한편 융통성도 없고 유머도 알지 못하는 남자라고, 내심 바보라고 생각했던 상대인 만큼 가네모토의 이 기습은 내 자존심을 호되게 손상시켰다. 분한 마음에 목덜미가 떨리는 것을 느꼈다.

아연실색한 나의 얼굴을 가네모토는 의아한 듯이 쳐다보고는 천천히 느릅나무 밑둥치에 걸터앉았다. 그리고는 작은 영일사전을 상의에서 꺼내는 것이었다. 혀를 차고 싶은 듯한 분한 기분에 나는 가네모토 고쇼쿠의 튼튼할 것 같은 넓은 어깨 품을 노려보았다. 어떻게든 통렬히 응수해두지 않으면 그날 하루 종일 불쾌한 기분으로 지낼 것 같은 그런 불길한 예감이 들기 시작했지만 아무래도 적당한 시기를 놓친 것 같았다. 승부는 완전히 가네모토 고쇼쿠의 것이었다. 나무랄 것이 하나도 없는 완벽한 승리 …….

갑자기 화가 나기 시작한 나는 초조해서 외쳤다.

"그만둬! 적국의 언어공부 따위는"

성욕이 있는 풍경

가네모토는 놀라 의아한 시선으로 쳐다보았다.

"왜 하면 안 되지?"

"아아, 마음에 안 들어. 근로동원 와서까지 영어 공부할 필요 없잖아."

고압적인 나의 어조에 가네모토는 당황한 것 같았지만 점잖게 그리고 순순히 사전을 상의에 집어넣었다. 그러자 이번에는 내가 공연히 김이 빠져 재미가 없어졌다.

가네모토 고쇼쿠은 내 말이 불합리한 명령이라는 것을 알고 있었지만 내가 일본인이기 때문에 다투려 하지 않았던 것일까. 힘으로 한다면 나는 가네모토 고쇼쿠의 상대가 되지 못했다. 그리고 내가 화가 난 원인을 그는 이해할 수 없었을 것이다. 나라면 이러한 상황에서 순순히 상대의 억지스런 명령에 복종할 수 있을까. 그는 자기가 조선인이라고 하는 부채 때문에 지배계급에 있는 나에게 저항하지 않았던 것은 아닐까?

가네모토가 나에게 저항하는 듯한 태도를 조금만 더 보여주었더라면 그렇게까지 복잡한 기분은 되지 않았을 것이다. 하지만 그가 잠자코 내 명령을 따랐기에 왠지 기분 나빴고 한편으로는 내가 일본인이라는 부분에 신경 쓰고 있구나 하는 묘한 탐색을 할 수밖에 없었다. 그들에게 조선인이라는 것은 모든 면에서 마이너스를 의미했다.

식민지에서 자란 우리 일본인 자제들에게는 "조선인 주제에!"

라는 아주 요긴한 말이 준비되어 있었는데, 이 말은 대동아전쟁이 시작될 무렵까지는 전지전능한 위력을 발휘했다.

내선일체라든가 일선동인이라든가 하는 말이 선전되고는 있었지만 어린 시절부터 익숙해진 조선인을 멸시하는 감정은 김씨, 박씨가 창씨개명 해서 가네모토나 기노시타가 되어도 좀처럼 사라지는 것은 아니었다. 게다가 우리들은 일본이 어떤 비열한 농간을 부려 조선을 침략했는지도 알지 못했고 그들이 얼마나 가혹한 착취를 당하고 탄압받아 왔는지에 관해서도 무엇 하나 교육받지 못하고 자랐다.

진학이나 취직을 할 때도 그들은 당연히 일본인과 다른 차별대우를 받았다. 내가 같은 일본인이라고 가르침을 받은 그들에게 의식적인 동정을 느끼기 시작한 것은 중학생이 되고 나서였다. 아마도 '청소년 학도에게 내리는 칙어'를 받는 기념식 날이었을 것이다.

그날, 조선총독부 앞 광장에는 소학생을 제외한 경성의 모든 학생이 교기를 선두에 두고 정렬해 있었다. 칙어를 받든 후 우리들은 남대문까지 분열행진 해서 남산 중턱에 있는 조선신궁에 참배 한 후 해산하게 되어 있었다.

단상에 나타났던 미나미 지로 조선총독에 대해 "받들어 총!"이 호령되었을 때 나는 일본인과 조선인 사이에 보기 좋게 선을 그어 차별대우하는 모양을 물끄러미 바라보았다. 우리들이 손에 쥔 것은 검푸르고 무거운 철의 표면을 가진 삼팔식 보병총이거나 나쁘다고 해도 기병총이나 무라타총이었는데, 옆 열의 조선인 중학생이 지닌 것은 나무로 된 총 모양에 솜뭉치를 덧댄 목총뿐이었다.

철로 된 진짜 총과 나무로 된 가짜 총으로 기묘한 조합을 이룬 이 '받들어 총'은 대단히 우스꽝스러웠다. 우리 쪽은 소리 죽여 웃음을 참는 기색이 역력했다. 그러나 그들은 모두 수치스러움에 어깨를 떨어뜨리고 있었다. 나는 가슴이 답답해져서 급우들의 표정을 살폈다. 동료들은 얼굴에 우월감을 노골적으로 드러내면서 일본인으로서 가지는 특권을 과시하듯이 가슴을 펴고 어깨를 부풀리며 으스대고 있었다. 그때 나는 갑자기 참을 수 없이 감정이 심하게 가라앉는 것을 느꼈다. 그 날 집에 도착한 나는 이때 느꼈던 의문을 아버지께 물었다. 아버지는 "바보로군, 그놈들이 총포를 가진다면 당장에 폭동이 일어나지 않겠는가!"라고 말했다. "그렇지만 같은 일본인 아닌가요?" 나의 질문에 아버지는 이해할 수 없는 답을 했다. "지금, 일본은 전쟁 중이야"

이러한 모순은 주의하기 시작하면 한없이 눈에 들어온다. 나의 무수한 경험이 말해주듯이 가네모토 고쇼쿠도 마찬가지로 수 많은 굴욕을 체험하고 입술을 깨물었던 경험이 있었을 것이다. 그러나 나는 결코 그들을 동정만 했던 것은 아니었다. 동정이란 원래 물이 아래로 흐르듯이 상대보다 우위에 서 있지 않으면 베풀 수 없는 것이다. 그러니까 예를 들어 조선인 식모가 우리 가족과 친해져서 허물없이 굴고 주제 넘는 소리를 하거나 아버지에게 놀러온 조선인 손님이 잘난 체하는 말투로 아버지와 대등하게 대화를 나누거나 하는 경우에는 나는 내심 부끄러움을 느끼면서도 반드시라고 해도 좋을 만큼 반감을 품었던 것이다. 물론 그것은 상대가 단지 조선인이라는 이유 때문이었다.

가네모토가 순순히 사전을 감추었을 때 내 가슴 속에 움트기 시작한 것은 이와 같은 까닭으로 발생했던 자기혐오였던 것 같다. 무릎 위에 턱을 괴고 무료함에 허공을 응시하고 있는 가네모토의 모습을 의식하면서 한편 나는 스스로를 혹독하게 책망했다. 두 사람 사이에 감돌기 시작한 일종의 서먹함은 시간이 갈수록 점점 더해갔다. 그렇지만 나는 굳게 입을 다물고 느릅나무에 기댄 채 동료들의 모습이 나타나기를 계속 기다렸다.

신설된 군용도로를 사이에 두고 조선인 마을은 나뉘어져 있었다. 그 군용도로를 가로질러 조선인들이 종종걸음으로 오른쪽 마을로 비집고 들어갔다. 그 숫자가 시간이 지남에 따라 점점 더 증가하는 것을 깨달은 나는,

"뭐지?"

혼잣말처럼 중얼거려보았다. 가네모토는 손가락으로 개미를 가지고 놀고 있었다. 나는 다시 한 번 더 "뭐지? 뭔가 있는 걸까?" 라고 말해 보았다. 가네모토는 눈을 들어 마을 쪽을 바라보다가 별 관심 없다는 듯이 시선을 돌리고는 아무 말도 하지 않았다. 서먹함은 최고조에 달해 있었다. 가네모토의 반응이 나에 대한 분노에 기

인하는 것이라고 해석한 순간, 나는 기분이 가벼워졌다. 나는 천천히 다리에 의지하면서 일어나 산기슭의 마을로 걸음을 옮겼다. 가네모토의 옆에서 멀어지고 싶다는 소망과 저 마을에 빨려들어 가는 것으로 그를 도와주고 싶다는 소망을 내심 간직하면서 나는 가능한 한 위엄 있게 발길을 옮겼다. 마을에 갔다 와도 트럭이 도착할 시간까지는 충분히 여유가 있는 것을 손목시계로 확인하면서.

산기슭의 넓은 골짜기를 개척한 마을은 의외로 깊숙하게 뻗어 있었다. 마을 사람들이 모여 있는 곳은 깊숙이 자리 잡은 농가의 바로 코앞이었다. 나는 까치발을 해서 원형의 진 안을 들여다보았다. 조잡하게 만든 울타리 같은 것이 있고 이 울타리 안에서 적갈색의 가축이 숨을 가쁘게 쉬며 격하게 몸을 다짜고짜 불쑥 들이밀고 있었다. 처음 나는 '투우다'라고 생각했다. 그러나 투우와는 조금 상황이 다른 기색이 느껴졌다. 나는 모여 있는 무리의 뒤를 돌아 사람 수가 적은 곳을 찾아 겨우 헤집고 들어가 한 번 더 들여다보았다.

…… 그것은 정말로 용장한 광경이었다. 육탄상박이라는 표현이 있는데 완전히 이 표현에 딱 들어맞는 정경이었다. 평소 느릿느릿 마차를 끌거나 끈적끈적한 침을 흘리며 천천히 계속 되새김질을 하는 소의 굼뜨고 둔한 몸놀림밖에 보지 못했던 나에게 울타리 안에서 눈앞이 어지러울 정도로 빙빙 돌며 달리는 두 마리 소의 모습은 의외이기도 했다. 암소는 몸의 어디에 그토록 민첩함과 교활

한 지혜를 숨기고 있는 것일까.

암소는 토끼같이 뒷다리로 깡충깡충 뛰면서 공격을 피하며 뒤에서 덤벼드는 황소의 목이나 가슴을 가리지 않고 그 굵은 발굽으로 간단히 물러쳤다. 한편, 암소에게 발길질을 당한 고통이 오히려 황소의 정욕을 돋우고 투지를 불러일으키는 도구인 것 같았다.

무뚝뚝한 암소는 지치지도 않은 듯 계속해서 거절했다. 그렇지만 황소는 조금도 물러서는 기색이 없었고, 발기한 음경을 제멋대로 쿡쿡 찌르고 또 찌르고 하는 것이었다. 황소는 점점 지쳐갔지만 암소는 지극히 냉정했다. 그때 군중 속에 누군가가 신경질적인 높은 목소리로 황소에게 성원을 보냈다. 그 조선어는 어쩐지 외설스런 의미인 듯했고, 군중은 와- 하고 웃었다. 그랬더니 황소는 놀라서 암소에게 달려들어 옆구리를 힘껏 걷어차 올렸다.

나는 귓불이 달아올랐다. 묘하게 부끄럽고 시선은 고정되어 떨어지지 않는, 말하자면 호수비에 대한 반발이 뒤섞여 나를 괴롭히기 시작했다. 처음으로 나는 손목시계가 신경 쓰였지만, 야릇한 흥분에 불타오른 나는 울타리 안의 투쟁에 몰입되어 시간 따위는 흔적 없이 사라지고 마른침을 삼키며 주시할 뿐이었다.

조숙했기 때문에 성에 관한 지식은 풍부했지만 이 같은 장면에 맞닥뜨린 것은 태어나서 처음이었다. 나는 주먹을 움켜쥐며 숨죽이고 있었다. 정수리에 피가 치솟기 시작해 오장육부가 독기로 가득 찬 것처럼 마비되고 오줌이 마려 울 정도로 재촉당하는 기분

성욕이 있는 풍경

이 되었다. …… 그러자 어느덧 순식간에 나는 나 자신이 황소로 변해 집요하게 암소를 공격해 돌진하는 것 같은 기괴한 환상에 빠져들기 시작했다.

암소로부터 가슴팍을 걷어차인 그 고통은 그대로 나의 가슴 살갗에 전해져와 굴욕으로 피가 튄다. 암소가 교묘하게 몸을 비키면 나의 몸은 앞으로 넘어지고 핏발이선 눈은 상대의 모습을 헐떡거리며 끝까지 본다. '바보 취급하는 것도 적당히 해두지!' 암소의 농락에 지친 나는 눈앞이 깜깜해지고 완전히 지쳐서 무의식중에 이를 갈고 있었다.

'더는 놓치고 싶지 않아' 하고 나는 결심했다. 하지만 심장은 마치 소의 살갗처럼 크게 철렁거려 발걸음조차 불안했다. 그런 나를 비웃는 것인지 도발하는 것인지 암소는 일부러 땅에 뒹굴며 몸부림치는 것 같은 몸짓을 해보였다. 나는 이성을 잃었다. 긴장으로 몸이 떨려 완전히 머리가 혼란스러워졌다. 미칠 것 같은 격렬한 충격이 전부를 잊게 했다. 나는 더욱더 집중했다. 그리고 "탕" 하고 한 발.

'제길! 어디 두고 보자, 아무리 발버둥 치더라도 너는 나의 것이다.'

이미 트럭 시간은 염두에도 없고 야릇한 흥분만이 나를 지배했다. 허탈한 자세로 나는 이 눈물겹도록 웅장한 교미 풍경을 탐욕스런 시선으로 계속 쳐다봤다. 그러다 황소가 겨우 정복자의 지위를 점했을 때 나는 사타구니 사이가 뜨거워지고 욱씬거리는 것을 느껴 얼굴이 붉어졌다.

뭐라고 할까. 나 자신이 한심스럽게 생각되자 순간 흥분은 차갑게 식어버렸다. 군중의 무리에서 떨어져 나온 나는 다리가 풀린 것 같았다. 이제는 응원하는 소리를 내지르는 사람도 없이 군중의 무리는 기분 나쁘게 조용해지고 있었다. 그러나 짐승의 흥분한 가쁜 숨결만이 황량한 공기를 휘저으며 몽유병자 같은 나의 발걸음을 뒤쫓아 왔다.

뇌리에는 끈적끈적한 영상이 겹쳐 뒤엉키고 있었다. 현기증마저 느낀 나는 멈춰 서서 숨을 가다듬었지만 가슴 깊은 곳에서는 정념을 불러일으키면서 불타는 검붉은 덩어리가 빛나기 시작했다. 그 덩어리를 떨쳐버리려고 나는 충동적으로 달리기 시작했다. 빠르게 달리는 만큼 끈덕진 망념이 희미해지는 것 같은 생각이 들어 나는 열심히 쉬지 않고 계속 달렸다.

집합지점에 도착해서 느릅나무에 기대어 다리를 아무렇게나 뻗어도 나의 흥분은 아직도 가라앉지 않았다. 그리고 잠시 후 나는 동료가 한 사람도 보이지 않는다는 것을 깨달았다.

'트럭은 출발해 버렸다!'

나는 당황해 소스라쳐 놀랐다. 틀림없다. 손목시계는 여덟 시 십 분을 가리키고 있었다. 그리고 오늘의 혹독한 더위를 예고하듯이 태양은 맑게 갠 하늘에서 햇볕을 눈부시게 비춰 느릅나무의 그림

성욕이 있는 풍경

자를 지면으로 검게 드리우고 있었다. 나는 못마땅해 혀를 차지 않고는 견딜 수 없었다. '이야말로 고금미증유의 지각 모습이구나' 하고 마음속으로 익살을 부려보았지만 기분은 나아지지 않았다.

다시 힘이 빠져 풀썩 나무 둥치에 앉은 나는 의기소침해져 움직일 힘도 없었다. 어느 누구와도 마주치지 않았다면 몰라도 융통성 없는 가네모토 고쇼쿠와 얼굴을 마주본 이상, 나는 동원을 빠져서는 안 되었다. 쨍쨍 내리쬐는 태양을 쳐다보면서 나는 지금부터 걸어가야 하는 호박밭 길 위의 더위를 떠올리며 이런 어릿광대의 처지에 몰아넣은 것은 그렇다, 가네모토 그 자식 때문이라고 생각해 이를 갈았다.

한 시간이나 일찍 일어나 고심을 거듭하면서 시행하려 했던 나의 중요한 계획을 예고도 없이 엉망으로 만들어 버렸던 남자 ─ 가네모토 고쇼쿠. 모두 그 녀석 탓이다. 아주 건방진 녀석이다, 그놈은. 나는 마음속으로 가네모토에 대한 험담을 늘어놓았다. 그리고 일어날 기력도 없어서 머리를 감싸 안은 채 앉아 있었다.

"트럭, 떠난 것 같아"

느긋한 소리가 머리 위에서 들려왔을 때 나는 깜짝 놀라 소스라쳤다. 발음이 이상한 그 말은 얼굴을 볼 것도 없이 이때껏 앙심을 품고 있었던 가네모토 고쇼쿠의 목소리였기 때문이다. 꿈을 꾸는 듯 여우에 홀린 것 같은 기분으로 나는 바쁘게 눈을 깜박였다.

놀람을 숨기면서 나는 물었다.

"너도 소들의 그 짓을 보았니?"

"응, 뭐 그래."

가네모토는 애매하게 말을 얼버무리며 얼굴을 약간 붉혔다. 그것을 목격한 나는 몸 안에서 기쁨이 소용돌이쳐 폭발할 지경이었다. 큭큭하고 웃음소리를 높이면서 나는 다시 기분이 좋아져서 외쳤다.

"자, 이 고금미증유의 지각을 기념해 보트나 저으러 가자구!"

우리들은 휘파람을 불면서 한강 대철교를 향해 걸어갔다. 나는 유쾌했다. 벽창호로 알고 있었던 가네모토 고쇼쿠를 오늘의 공범자로 얻은 기쁨이 비밀리에 가슴을 들뜨게 하고 있었다. 신성한 것을 오염시키는 것 같은 매우 잔인한 쾌감마저 느껴졌다. 상대의 수치심을 벗기고 없애서 즐거운 공범자로 만들기 위해 나는 일부러 좀 전의 교미 풍경을 노골적으로 묘사했다. 그러나 그것은 나의 쓸데없는 걱정이었다. 가네모토 고쇼쿠는 상상 이상으로 소위 말이 통하는 남자였다.

보트를 타자마자 가네모토는 윗옷 안주머니에서 담배를 한 줌 꺼내 담뱃대에 넣고 솜씨 좋게 불을 붙였다. 그리고 깊숙이 빨아들이며 그는 눈을 가늘게 뜨고 말했다.

"맛 좋구나 전문은."

전문이라는 것은 지나산의 고급 연초로 우리들은 좀처럼 가질 수 없는 물건이었다. 가네모토는 중학생 시절에 전문을 소지한 채 복장검사를 받다가 들키자 배속장교를 교묘히 속인 이야기를 해주었다. 전문을 들킨 그는 아버지가 귀한 연초니까 배속장교에게 좀 나눠주라고 했다며 태연스럽게 말했다고 한다. 그러자 배속장교는 싱글벙글하며 "그렇군 좋아!" 하고 간단히 풀어줬다고 했다.

"그것도 전문 덕택이야, 다른 담배라면 어림도 없어 ……"

나는 가네모토의 교묘한 기지에 감탄했다. 적발된 담배로 귀신보다 무서운 배속장교를 매수한 것은 굉장한 수완이었다. 그렇다면 그의 고지식한 복장도 교사의 눈을 속이기 위한 소품이라고밖에 생각하지 않을 수 없었다. 가네모토 고쇼쿠는 내가 상상했던 것 이상으로 나쁜 남자였다.

"나는 말이지 나쁜 짓을 할 때는 대부분 혼자서 해. 단독범이 가장 발각되기 어려우니까. 그래서 내가 담배를 피운다거나 게으름 피며 영화를 본다거나 하는 것을 다른 사람들은 잘 알지 못 한다구!"

나의 유도 질문에 갑자기 달변가가 되기 시작했던 가네모토 고쇼쿠를 주의 깊게 지켜보면서 나는 어이가 없었다. 정말 대단한 벽창호였다. 그의 설명에 의하면 경성 안에서 감시의 눈길이 가장 미치지 않는 곳은 창경원이라고 한다. 과연 그토록 넓은 이왕가의 정원이라면 사람 눈을 피하기 쉽고 게다가 동물원과 식물원 그리고 박물관 등의 시설도 있어 지루하지 않을 것이다. 나는 가네모토를 다시 보지 않을 수 없었다.

그러나 그저 감탄만하고 있자니 체면이 말이 아니었다. 그런 까

닭에 나는 순간 그의 기세를 꺾기 위해 음흉하게 웃으며,

"여자 맛은 좀 아니?"

하고 질문했다. 가네모토가 모른다고 말하면 나는 내가 알고 있는 모든 지식을 까발리며 허풍을 떨 작정이었다. 그런데 예상했던 반응이 나타나지 않았다. 가네모토는 잠자코 능글능글 웃었다. 쑥스러운 것인지 부끄러운 것인지 묘하게 음험한 웃음이었다. 나는 얼굴색이 변했다. 본능적으로 재빠르게 나는 그가 이미 알고 있다는 것을 알아챘다.

나는 부러운 나머지 숨이 가빠서 엉겁결에 말문이 막혀버리고 말았다. '이자는 모르는 게 없구나!' 그것은 어느 쪽인가 하면 부럽다기 보다는 질투에 가까운 감정이었다. 나는 물끄러미 상대의 얼굴을 주시했다. 보면 볼수록 자신감이 충분히 가득 차 넘쳐흐르는 가네모토 고쇼쿠였다. 그에게서는 내가 가진 성에 대한 고민도 미지에 대한 동경도 발견할 수 없었다.

'이 녀석은 어른이다 ……' 얼굴이 붉어진 나는 머뭇거리며 물었다.

"매춘굴인 거야, 아니면 …… "

그러자 가네모토는 눈을 재빠르게 깜박이며 희미한 웃음을 띤 채 "여기서만 말하는데 나는 벌써 아내가 있어" 하고 우울하게 내뱉었다. 거짓말 하지 않고 정말로 그는 아내가 있는 것 같았다. 물론 호적에는 실리지 않았지만 조선의 풍습으로는 아내가 있다.

조선에서는 귀족을 양반이라고 칭하는데, 그 양반의 가정에는 대를 이을 자식이 태어나기 이전부터 혼처가 정해져 있었다. 가네모토도 그러한 숙명을 몸에 지니고 태어났던 것이다. 이 나라에서는 결혼하지 않은 남자는 총각이라고 부르고 성인으로 취급하지 않았다. 조혼 풍습이 강해 가네모토는 열세 살 때 열여덟 살의 여성을 아내로 맞아들였다. 그의 첫 번째 아내는 소학교 육학년의 지아비를 정숙하게 섬겼다.

담담히 말하는 가네모토 고쇼쿠의 입가를 응시하면서 나는 선망과 질시의 포로가 되어 버렸다. 침이 고임에도 불구하고 목구멍이 바싹바싹 마르는 것 같은 기분이 들었다. 그리고 가네모토의 몸은 별안간 눈이 부시게 부풀어 올라 나를 제압했다.

"그럼 동정을 잃은 것은 언제?"

"그만두자, 이런 얘기는……"

가네모토는 따분한 듯 무심한 어조로 말했다. 열아홉 살이라고 생각되지 않는 그 침착한 언행에서 미지의 세계를 탐색한 어른만이 가진 헤아리기 어려운 신비한 권태감이 풍겨 나왔다. 애원하듯이 다시 질문의 화살을 던지는 나를 불쌍히 여기는 눈빛으로 물끄러미 바라보던 그는 조용히 쓴웃음을 흘리며 이제 두 번 다시 대꾸하지 않았다.

정오를 넘긴 후 나는 용산역 앞에서 가네모토 고쇼쿠와 헤어졌다. 실컷 배를 저으며 돌아다닌 후라서 나는 완전히 지쳐 있었다. 전차로 본정 입구까지 간 나는 땀을 닦으면서 상점가를 빠져나와 희락관喜樂館*이라는 영화관에 들어갔다. (여담이지만, 내가 이 극장의 손님이었던 것은 이 날이 마지막이었다. 왜냐면 후일 이 희락관에 소년 활공병이 비행기를 몰고 돌진해, 자폭으로 극장이 날아가 버렸기 때문이다. 이 외에도 가네모토 고쇼쿠와도 그날이 마지막이었다. 친일 부호로 알려진 그의 일가는 종전 후 얼마 안 있어 폭도에게 습격당해 처참하게 죽었다)

극장의 내부는 평소와 다르게 한산했지만 그 덕분에 시원한 것은 의외의 소득이었다. 하지만 전압이 낮은 탓인지 영화는 몇 번이나 중단되면서 상영되었다. 영화는 왕에게 충성을 바치는 것과 연관있는 내용으로, 유랑하는 도박꾼에 관한 이야기였다. 그러나 나는 가네모토 고쇼쿠의 의미 있는 묘한 미소나 소가 격렬하게 싸우는 모습이 눈에서 떠나질 않아 솔직히 영사막에 몰입되지 않았다.

어두운 가운데 나는 문득 오늘 아침 목격한 암소와 황소의 정욕을 생생하게 떠올렸다. 그랬더니 눈꺼풀에 달라붙은 정경 한 장면 한 장면이 놀라운 속도로 회전하기 시작하며 순식간에 대뇌의 주름 사이사이에 박혔다. 이윽고 그 정경은 가네모토 고쇼쿠가 연상의 아내를 애무하는 음란한 공상으로 부풀어 올랐다.

---

* 1915년 유락관(有樂館)이란 이름으로 만들어져 운영되다 1918년 희락관(喜樂館)이란 이름으로 개칭되었다. 1945년 화재로 소실된 일본 닛카츠 계열의 극장이다.

성욕이 있는 풍경

영화가 중단될 때마다 끈덕지게 따라오는 망상의 포로가 된 나는 그냥 의자에 허리를 묻고 눈을 감고는 체념한 채 그 망념을 거스르지 않으려고 했다. 퇴학 처분도 도덕도 법률도 그리고 수치심도 염두에 두지 않고 다만 지금 나는 마법사의 지팡이에 닿아 스스로 소나 말이 되어 본능이 시키는 대로 자유롭게 행동하는 짐승의 세계에 빠지고 싶다고 진심으로 원했다.

저 짐승의 거친 숨결이 고막 깊숙한 곳에서 헐떡이고 있었다. 교태스럽고 노회한 암소의 치부가 칠흑같이 어두운 세계에서 붉은 꽃잎을 벌려 미칠 것 같은 달콤한 유혹의 향기를 발산하고 있었다. '아아, 알고 싶다!'라고 나는 생각했다. 그것이 미지의 것인 만큼 그리고 금단의 과일인 만큼 내 정념은 터무니없이 불타올라 내 몸의 심지를 쑤시는 것이었다. ― 이 정념은 온종일 나를 붙잡고 놓지 않았다. 그것은 내가 놓인 상황과는 상관없이 언제 어디서나 당장에 나를 그 세계로 이끌어 칠전팔도 번뇌의 함정에 빠트렸다. 나는 다른 사람보다 곱절로 강렬한 것 같은 나 자신의 건강한 몸을 주체하지 못해서 저주했다. 그러나 잘 생각해보면 내 번민의 정체는 육체적인 것이 아니라 오히려 나 스스로가 만든 망상이 낳은 것이었다.

나는 여체를 갈망했다. 그것은 마치 굶주린 이리 같은 탐욕스러운 욕망이었다. 우리들 또한 내일이라도 당장 전장으로 차출될 지도 모른다. 소이탄에 맞아 한 시간 후에 즉사하지 않는다고 누가 장담할 수 있을까. 이미 소련군이 북만을 석권하여 관동군은 고전을 면치 못하고 있다는 소문이 있지 않은가.

오늘 이른 아침 분주하게 출근 채비를 하고 나가던 아버지가 구두주걱을 손에 들면서 흘린 말이 떠오른 나는 그 '큰일'이라는 것이 소련군의 만주 점령이라면 어떻게 되는 것이지 하고 멍하니 생각했다. 그러자 그러한 상상은 나의 초조함에 기름을 끼얹는 결과를 가져왔다. 우람한 체구와 짙은 수염이 있는 용모를 가진 소련 병사. 공상의 세계에서 그들은 카자흐스탄 기병처럼 검고 두터운 모자를 쓰고 붉은 피로 물든 은색의 서양 검을 지닌 채 날쌔고 용맹한 말울음소리와 말발굽 소리를 동반하며 등장하는 것이었다.

'그래, 시간이 없어!' 새로운 하나의 정경이 떠오르면서 갑자기 격해지기 시작한 초조함과 함께 나는 마음속으로 중얼거렸다. 그것은 병사들이 매음굴 앞에서 행렬을 이루고 있는 광경이었다…….

본정 5정목에서 동오헌정으로 빠지는 고개 위에 고야산 별원의 대가람과 조선인 매춘부가 사는 유흥가가 등을 맞대고 있었다. 절과 매춘굴이라는 얄궂은 대조 때문에 언제부턴가 이 고개를 극락고개라고 속칭하게 된 것 같다. 어느 일요일 오후 내가 헌책을 뒤지러 나갔을 때의 일이다. 극락고개에는 여느 때와 같이 병사들의 행렬이 이어지고 있었다. 그다지 드문 일도 아닌 지극히 익숙한 풍경이었으므로 나는 특별하게 생각하지 않고 고개를 내려가려 했다. 그러나 행렬의 후미 근처에 섞여 있는 한 사내를 발견한 나는 강한 충격을 받아 엉겁결에 멈춰 서서 시선을 고정시키지 않을 수

성욕이 있는 풍경

없었다.

그는 갈색 점퍼에 흰 비단 머플러를 무심하게 두르고 반장화를 신은, 의기양양하게 팔짱을 낀 채 서 있는 소년활공병이었다. 나이도 나보다 두세 살 적어 보였고 붉은 장미를 연상시키는 뺨은 그가 아직 소년임을 정직하게 말해주고 있었다. 그는 야스쿠니특별공격대의 기지인 김포비행장에서 놀러 나온 것임에 틀림없다. 촌스러운 군복을 착용한 중년의 보충병밖에 없는 행렬 가운데서 그만은 씩씩하고 늠름해서 애처로울 정도로 젊음이 넘치고 있었다.

나는 순간 반감을 느꼈다. 어른들과 나란히 공공연하게 매춘부를 사기위해 까치발을 하고 서 있는 소년활공병의 자세에서 선망과 반발을 느꼈던 것이었다. 나는 세차게 동요했다. 그런 나의 기색을 알아차렸던지 그는 뜻밖에 도전하는 듯한 시선을 나에게 던졌다.

그의 입가에는 대담한 미소마저 감돌고 있었고 단박에 싸움이라도 할 것 같은 난폭한 눈빛을 띠고 있었지만 내가 시선을 피해 걷기 시작하자 행렬에서 갑자기 한발 내딛으며,

"어 - 이. 뭐하고 있는 거야! 좀 더 빨리! 빨리!"

하고 앞줄을 향해 소리쳤다. 그의 고함에 앞줄 어디에선가 야유 섞인 어조로 크게 대답했다.

"나이를 먹으면 길어지기 마련이지요 - !"

행렬의 보충병들은 와 - 하고 웃었다. 그 음란한 웃음소리 가운

데는 자조와 쑥스러움이 뒤섞여 있는 것을 나는 알아차렸다. 나는 소년활공병 쪽을 돌아보았다. 그때 그는 앞줄을 향해 달려 나가려 하고 있었다. 주변에서 황급히 그를 저지하자 불만을 풀길이 없다는 표정이 뒷모습에 역력했고 이를 악문 것 같은 말투로 절규했다.

"이런 멍청이! 시간이 없다고!"

그 소년활공병의 항의는 다시 나의 발을 붙들었다. 나와 보충병들은 결코 그를 비웃을 수 없었다. 그것은 감동이라기보다는 오싹함이라고 말하는 쪽이 정확한 표현일 것이다. 타들어 가는 양초가 마지막 순간에 남아있는 모든 힘을 다해 번쩍하고 강한 빛을 내며 마지막을 장식하는 것과 같이 그 소년활공병의 몸에서는 필사적인 몸부림이 애처롭게 빛나고 있는 것을 알아차렸기 때문이다.

'— 그 활공병은 동정이었을까'

어둠속에서 나는 그 활공병의 도전하는 듯한 눈빛, 대담한 미소, 젊음을 상징하는 붉은 뺨, 그리고 그의 절규를 반추하고 있었다. "시간이 없다." 그것은 우리들의 암호가 아니었던가. 점점 희끄무레해지는 영사막을 응시하면서 나는 견딜 수 없이 초조해졌다.

나는 결코 총을 잡고 죽음에 직면하는 것이 두려웠던 것은 아니었다. 그저 죽음에 대해 사유를 거듭하거나 의의를 찾는 것이 내키지 않았다. 나에게 죽음이란 한바탕 휘몰아치는 바람과 같았다. 눈만 감고 있으면 몸 안에 바람이 불어 쏴 - 하고 혼을 낚아 채가는 것이다. 신기한 것은 내가 죽음에 대해 고민할 때, 그 고민 이면에는 반드시 여체의 야릇한 전율이 느껴지는 것이었다. 나도 모르는 사이 내 무의식 속에 그 소년활공병의 말과 행동이 잠재되어 있어 은밀하게 극락고개의 매음굴에 줄서는 것을 내심 바라고 있었는지도 모른다.

시시각각 나빠지는 전쟁의 상황 속에서 나는 거대한 소용돌이를 느끼고 있었다. 우리들은 터무니없이 거대한 전쟁의 소용돌이에 말려들고 있는 것이요, 그 속에 떠도는 나뭇잎과 같은 존재에 지나지 않는 우리들이 그 소용돌이의 성격이나 방향을 탐색하거나 분석해 보아도 결국은 헛수고라고 본능적으로 느끼고 있었다. 소용돌이를 정지시켜 방향을 바꿀 수 없다면 보다 적은 피해를 바라는 편이, 남아 있는 생명에게 보다 많은 향락을 주는 편이, 현명한 것 아닌가. 그리고 나는 아직도 경험하고 싶은 것이 산처럼 남아 있었다. 이성에 대한 미련 ─ 아니 집착은 그 가운데서도 특별한 것이었다.

그러나 우리들의 그 시절에는 연애에서부터 발전하는 정규 코스는 허락되지 않았고 그렇다면 남아있는 것은 감정을 무시한 지극히 쉬운 길만 있었다. 상념 속에 몹시 매혹적인 빛을 발하는 극락고개의 매음굴도 결심하고 막상 나서면 나를 겁쟁이로 만들어 그냥 지나치게 할 뿐이었다. 등화관재로 아주 깜깜한 그 매음굴 주변에서는 불결한 악취가 풍기는 것 같은 느낌이 들어 흥분된 감정은 사그라 들었다. 아마도 나는 그 소년활공병과 같은 상태에 놓이지 않는 한 용기를 내서 결단을 내리지 못할 것이라고 생각했다. 그 상태가 도래하는 것은 두려웠지만 용기를 얻어 미지의 것을 체험하는 편이 가치가 있을 것 같다는 생각도 들었다.

눈을 감고 앞좌석에 구두의 뒷꿈치를 기대어 세우면서 나는 그때 전개될 정경을 가능한 한 끈질기게 마음속으로 그려보았다. 그러나 어느 선까지 오면 상상력은 힘을 잃어 갈피를 잡지 못한다. 그리고는 추상적인 상념만이 나를 지배하는 것이었다. 그것은 칠흑의 어둠속에서 형태가 확실치 않은 붉은 주름과 같은 것이 숨 쉬는 불꽃처럼 흔들리는 그러한 상상 같은 것이었다. '아아, 소가 되고 싶다.' 나는 숨이 가빠지며 설령 죽음과 마주하더라도 상관없다. 나는 알아야만 한다고 생각했다. 오늘 아침의 그 황소와 같이 씩씩하고 분방하게 수치심도 버리고 미지의 것을 눈으로 확인하고 손으로 만져보는, 그저 관능에 모두 맡기고 싶다 ⋯⋯.

영화가 중단될 때 마다 나는 이성의 힘으로는 제어할 수 없는 어떤 망상의 세계로 이끌려 들어갔다. 귓전에서는 황소와 암소의 가쁜 숨결이 맴돌고 가네모토 고쇼쿠의 어른스러운 표정이 눈앞을 가로막았다가 사라졌다. 빌어먹을 가네모토조차도 여자를 알고 있지 않은가. 나는 스스로도 납득이 안 되는 초조한 감정에 휩싸여 이제야말로 극락고개의 매음굴로 가야한다고 생각했다. 이 결심은 서서히 굳어져서 영화관을 나올 때에는 거역하기 어려운 지상명령으로 나의 마음에 깃들고 있었다. 다행히 정기권 케이스 안

성욕이 있는 풍경

에는 공습 등의 긴급한 경우를 대비해 어머니가 가져가라고 준 백 엔짜리 지폐가 있다. 소련 병사가 쳐들어온다. 내일이라도 우리는 강제로 소집될 것이다. 더 이상 주저해서는 안 된다. 의기양양하게 눈썹을 치켜뜨고 극락고개에서 줄서지 않으면 안 된다. 나는 부글부글 끓어오르는 욕정에 휘둘려 마음은 벌써 저녁노을로 붉게 물든 극락고개의 풍경 속으로 달려가고 있었다.

영화관을 나왔을 때 나는 짐승처럼 몹시 거친 남자로 변해 있었다. 스쳐지나가는 사람 아무에게나 다짜고짜 어깨를 힘껏 부딪치고 싶은 충동을 나는 몇 번인가 참았다. 전장으로 나가는 병사와 같이 나는 비장한 기분으로 주머니 속 백 엔짜리 지폐를 움켜쥐면서 어깨를 치켜 올리며 걸어갔다.

그때, 쇼와거리 모퉁이에서 히사다케와 우연히 만났던 것이다.

"여 – 뭐 했니, 오늘은?"

나의 이 짧은 인사 말 속에는 여러 가지 의미가 담겨있었다. 의뭉스럽게 가네모토와 내가 동원을 빼먹은 것이 탄로 났는지 어떤지를 묻는 말이었다. 그러나 히사다케는 인사에는 대답도 않고 잠자코 싸늘한 눈으로 나를 노려보았다. 그 시선을 마주한 나는 움츠러들고 말았다. 히사다케의 그 표정은 불쾌한 기억을 떠올리게 했다.

히사다케와 내가 졸업한 중학교에서는 점심시간에 옷을 벗고 체조를 하는 유명한 전통이 있어서 전교생도는 물론 교장선생님까지도 팬티 하나로 15분간을 보냈다. 히사다케와 같은 반이었던 3학년 가을이었다. 체조가 끝나고 해산 호령이 내려졌을 때 히사다케가 능글능글 웃으면서 게다가 급우들의 귀에 들리도록 큰 목소리로,

"어-이! 모두들! 이 자식은 지난 밤 몽정했다고!" 하고 외쳤던 것이다. 나는 당황했다. 건강한 중학생이라면 누구나 있는 생리현상이지만 대놓고 까발려지니 역시 수치스러웠다. 히사다케는 체조시간 도중에 내 속옷을 관찰하며 눈치 빠르게 지난밤의 흔적을 발견했던 것이다. 사실 나는 그 수치스런 오점을 누구의 눈에도 들키지 않으려고 제법 주의해서 15분을 소비하고 있었던 것이다. 그렇지 않아도 밤새 더러워진 속옷을 세탁바구니에 넣어야 해서 아침부터 우울한 기분이었다. 그런데 히사다케로부터 오점을 지적받았을 때 당황스러움은 극에 달해 이윽고 그것은 노여움으로 변했다. 나는 맹렬한 기세로 외쳤다.

"어이쿠, 히사다케 녀석에게는 몽정이 드문 일이구나! 히사다케를 벗겨 보자!"

급우들은 장난으로 도망 다니는 히사다케를 뒷산 사격장까지 쫓아가 그 둑에서 억지로 옷을 벗겼다. 상반신을 누르고 있는 내 팔 아래에서 갑자기 저항을 멈췄던 히사다케는 분노로 이글이글 불타올랐다. 그리고 그 싸늘한 눈을 나에게 고정시키고 있었던 것이다…….

성욕이 있는 풍경

히사다케는 차가운 눈으로 나를 보며 잠시 동안 말을 하지 않았다. 그의 입장에서 생각해보면 일본의 패전도 알지 못한 채 무사태평한 질문을 하고 있던 내게 화가 났던 것이다. 그는 창백한 얼굴이었다. 그리고 눈도 충혈되어 있었다.

"너 같은 놈 때문에 일본이 진 거야!."

잠시 후 히사다케의 입에서 흘러나온 말은 그런 것이었다. 나는 몹시 놀랐다. "뭐라고? 다시 말해 봐." 나는 교활한 웃음을 준비하면서 말했다. 악질적인 농담이라고 생각했던 것이다. "농땡이만 피고 있기 때문에 이런 큰일도 모르는 거야! 전쟁은 끝났다고!" 히사다케의 말이 채 끝나기도 전에 나는 웬일인지 난폭한 폭풍우에 휩쓸려 눈앞이 붉게 작렬하는 것 같은 기분이 들었다. 헛소리처럼 "비국민!" 하고는 "끝난 것인가!"라고 나는 말했던 것 같다. 나에게는 그때 일본이 전쟁에 졌다는 청천벽력 같은 사실보다도 전쟁이 끝났다고 하는 현실이 분했다. 그것은 오늘 아침 이상한 견문에서 시작되어 영화관의 어둠속에서 방자한 망상을 거듭하다 단호한 결의에 이르기까지, 나를 막다른 경지로 몰아넣은 어떤 계획의 좌절을 의미했다.

혼돈 속에서 정신을 차리니 히사다케는 위를 향한 채 도로에 쓰러져 왼쪽 손바닥으로 턱 근처를 만지고 있었다. 아무래도 나는 그를 후려갈긴 것 같았다. 석양은 플라타너스 가로수의 그림자를 길게 도로에 늘어뜨리며 히사다케의 창백해진 얼굴을 불안하게 비추고 있었다. 다시 나는 혼란스러웠다. 나는 이유도 알지 못한 채, "야, 너 이자식!" 하고 소리쳤다. 다음 말은 떠오르지 않았다. 나는 당황해서 한 번 더 "야, 너!"라고 말하고 말문이 막혔다. 쓰러진 채 히사다케는 꼼짝도 하지 않았다. 흥분해서 말도 할 수 없는 모양인지 분노어린 눈동자만이 빛나고 있었다. 나는 어깨를 치켜 올리고 히사다케를 노려보면서 겨우 말했다. "어떻게 전쟁이 끝날 수 있어!"

그렇지만 말꼬리는 가냘프게 떨리고 있었다. 아버지가 중얼거린 **큰일**의 정체가, 고금미증유의 중대발표라는 의미가 비로소 선명하게 이해되었기 때문이었다. 그러나 일본이 전쟁에서 졌다는 사실을 알고 나서도 나는 동요도 못 느끼고 슬픔도 전해져 오지 않았다. 모든 것이 끝났다고 하는 안도인 듯한 감정이 봇물 터지듯이 몰려들긴 했지만 이상하게 기회를 잃어 버렸다는 애석한 생각이 솟구쳐서 공허해진 나를 계속 우두커니 서 있게 했다. 낮에 그토록 나를 학대한 어두운 정념의 불꽃이 나에게 미련스런 응어리로 남아 있었다. 나는 황소의 거친 숨결을 똑똑히 듣고 있었다. 암소의 세찬 발길질을 가슴이나 넓적다리의 피부로 느끼고 있었다. 나는 극락고개의 매음굴을 그리고 가네모토나 소년활공병의 얼굴을 떠올리며 "전쟁은 절대 끝나지 않아!"라고 중얼거렸다. 하지만 그 음성은 참으로 미약했다!

임회록 옮김

성욕이 있는 풍경

종전, 소가 생각나다

임회록

1. '조선/한국', '이민', '원폭'

가지야마 도시유키는 자신이 창간한 월간지 『소문^噂』(1972.9)에서 자신의 "라이프 워크"로 세 가지를 꼽고 있다. 그 중의 하나는 "한일합방 전후부터 한국전쟁에 이르기까지의 시기를 그려보고 싶은 것"이고 다른 하나는 "이민이라는 것"을 그려보고 싶은 것이고, 마지막은 "원자폭탄이 시민들에게 끼친 영향을 작품으로 그려보고 싶다"는 것이다. 그는 이를 통해 궁극적으로는 "민족의 피란 도대체 무엇인가"를 탐구하는 것을 자신의 평생의 과제로 삼고 싶었다고 한다. 첫 번째 주제 조선/한국에 대한 관심은 가지야마의 생애와 관련이 깊다. 그는 1930년 1월 2일 조선의 경성에서 아버

지 가지야마 유이치侗ー와 어머니 노부요ノブョ의 둘째 아들로 태어
났다. 아버지가 조선총독부 관리였기 때문에 가지야마는 새롭게
조성된 고급주택지인 성동구 신당동의 넓은 집에서 부족한 것 없
이 자랄 수 있었다. 당시 상층계급의 일본인들이 그랬듯이 가지야
마 또한 일본인들만의 폐쇄적인 사회 안에서 부유층 자제들만 입
학한다는 남대문소학교와 경성중학교에 다녔다. 가지야마는 경성
중학교 4학년에 다닐 무렵 일본의 패전으로 인해 1945년 11월 부
모님의 고향인 히로시마로 귀환하였다. 이로 인해 자신이 나고 자
란 고향은 이제 갈 수 없는 곳이 되어 버린다. 이러한 이력 때문에
가지야마는 자신이 태어나고 자란 조선에 대한 관심이 많았다. 이
는 그의 초기소설 「족보」, 「이조잔영」, 「경성·소화 11년」, 「무궁화
꽃이 필 때」 등이 대부분 조선을 소재로 하고 있는 것에서도 알 수
있다. 또한 그는 소설뿐만 아니라 「경성은 나의 혼」과 같은 수필을
통해서도 조선에 대한 관심을 보였다.

　두 번째 주제인 이민은 어머니 노부요와 관련이 깊다. 가지야마
의 고향이자 어머니의 고향인 히로시마현 사에키군 지고젠무라広
島県 佐伯郡 地御前村는 해외이민장려정책에 의해 메이지시대 때부터 미
국과 브라질 등으로 이민을 많이 간 곳으로 유명한 지역이다. 노부
요의 부모님 또한 하와이로 이민을 갔었기 때문에 노부요는 하와
이 오하우섬에서 태어났다. 이른바 이민 2세인 것이다. 그녀는 9살
이 되던 해 친척집에 양녀가 되어 다시 일본 히로시마로 돌아와 살

　　　　　　　　　　　　성욕이 있는 풍경

다가 유이치와 결혼을 했던 것이다. 그리고 가지야마의 아버지 유이치는 총독부에서 토목에 관계된 일을 하는 기술자여서 조선뿐만 아니라 또 다른 식민지인 대만에서 일을 한 경험도 있다. 이러한 부모님의 영향과 더불어 가지야마 또한 조선에서 태어나 일본으로 귀환한 경험 때문에 그가 이주 또는 이민에 관심을 가진 것은 어쩌면 당연한 것으로 보인다.

세 번째 원폭에 대한 관심은 일본의 패전 후 그가 귀환한 곳이 부모님의 고향인 히로시마였다는 것과 관련이 깊다. 고향이라고 생각했던 조선의 경성은 더 이상 가지야마의 고향이 될 수 없었다. 현해탄은 단지 물리적인 장애물일 뿐만 아니라 이제 생각해서는 안 되는 심리적인 장애물이기도 했다. 그래서 가지야마는 자신의 고향은 히로시마이고 경성은 제2의 고향이라고 말한다. 히로시마로 귀환한 가지야마는 이곳에서 히로시마 2중학교에 편입하였으며, 졸업 후 히로시마 고등사범학교 국문과에 입학하였다. 대학시절 가지야마는 남대문소학교 동창인 사카타 미노루坂田稔와 함께 동인지『천사귀天邪鬼』(1950)를 창간하고, 1952년 5월에는『히로시마문학廣島文學』에「족보」를 싣기도 했다. 또한 가지야마는 히로시마 출신으로 피폭을 당한 시인 하라 다미키原民喜와도 친분이 있었는데, 1951년 그가 자살하자 그를 추모하는 시비 건립을 추진하기도 했다. 이처럼 가지야마 도시유키는 히로시마에서 대학시절을 보내면서 그의 문학적인 열정을 싹틔우는 한편, 원폭으로 피해를 입은 일본인들에 대한 관심도 함께 키우고 있었다. 원폭을 소재로 한 가지야마의 작품으로는 「홀린 여자」(1970), 「켈로이드 정사」(1971), 「실험도시」(1973) 등이 있다.

조선/한국, 이민, 원폭에 대한 가지야마의 관심은 이렇게 일본 제국주의 시대에 식민지에서 태어나 살았고 패전 후에는 일본으로 돌아가 미군정기를 거치며 경제부흥을 이끌었던 격동기의 일본 현대사를 오롯이 겪은 그의 경험이 투영된 것이다. 이는 식민지 조선에 대한 관심이자 나아가 식민지를 통치했던 제국 일본에 대한 관심이고, 패전 후 일본을 점령했던 미국에 대한 관심이라고 할 수 있을 것이다. 다시 말해 '조선/한국, 이민, 원폭'에 대한 가지야마의 관심은 식민, 제국, 점령에 대한 관심의 또 다른 이름이라 할 수 있다.

이처럼 가지야마 도시유키는 조선, 이민, 원폭에 관심을 바탕으로 '민족'에 대해 고민을 했지만 그의 이런 문학적인 성취를 일본문단에서는 그다지 인정하지 않았다. 그가 조선을 배경으로 한 작품들을 묶어서 펴낸 『이조잔영』(1963)이 나오키直木賞문학상 후보에 오른 것이 일본 문단에서 이룬 성취의 전부라고 알려져 있다. 꼼꼼한 취재를 바탕으로 현장에서 발로 뛰는 저널리스트이자 르포작가로 활동하던 가지야마가 대중들의 뇌리에 그의 이름을 각인시킬 수 있었던 작품은 「검은 시승차」(1962)이다. 이 작품을 통해 그는 기업·스파이 소설 장르의 선구자로 알려지게 된다. 이후 그는 정경유착을 소재로 사회비리를 파헤치는 작품들을 많이 창작하였다. 그러나 작품들에 표현된 수위 높은 성 묘사로 인해 그는 '포르노 작가'로 불리기도 했으며, 한편으로는 그의 작품을 직장인들이 신칸센에서 많이 읽는다고 하여 일명 '신칸센 작가'로 불리기도 했다.

한국에서 가지야마의 작품은 70~80년대에 가장 많이 번역되어 한국의 독자들과 만났다. 한때는 미우라 아야코, 무라카미 하루키, 무라카미 류에 이어 가지야마 도시유키의 소설이 한국에서 4번째로 많이 번역되어 무려 57편의 소설이 쏟아져 나오기도 했다. 그러나 조선/한국 관련 소설 몇 작품을 제외하고는 번역된 소설들의 대부분이 기업·스파이소설 장르로 주로 19금 도서였다. 가지야마는 한국의 독자들에게 B급 대중작가로 소비되고 있었던 것이다.

반면 문학연구자들 사이에서 가지야마는 일본의 잘못된 과거를 반성하는 양심 있는 '친한파' 작가로 알려져 있다. 그러나 대부분 연구의 초점은 「이조잔영」과 「족보」에 집중되어 있다. 「이조잔영」은 일본인으로서 제암리학살사건을 다룬 몇 안 되는 작품이라는 점에 많은 의의를 부여하고 있으며, 영화로도 만들어졌던 「족보」는 일본인의 시선으로 창씨개명의 부당함을 비판하고 있다는 측면에서 많이 언급되고 있다. 하지만 가지야마의 작품세계를 좀 더 폭 넓게 이해하기 위해서는 조선에 관련된 다른 작품들도 함께 연구할 필요가 있다. 그래서 이 글에서는 가지야마가 창작한 조선을 배경으로 한 소설 중 「성욕이 있는 풍경」에 주목하였다.

2. 식민지 조선의 기억, 첫 번째

「성욕이 있는 풍경」은 제목부터가 자극적이며 낯설다. 가지야마는 이 작품 외에도 비슷한 제목의 「홍등이 있는 풍경」, 「식욕이 있는 풍경」 등의 일명 풍경시리즈를 남겼다. 이 중 「성욕이 있는 풍경」이 종전 날의 기억을 다루는 것이라면 나머지 두 작품은 종전 후의 일을 다루고 있다. 여기서 다루는 「성욕이 있는 풍경」은 작가의 경험을 바탕으로 쓴 자전적소설로 알려져 있다.

종전이 된 지 10년도 더 지난, 1958년에 창작된 이 작품에서 가지야마는 종전/패전의 혼란스러운 기억을 공적인 기억으로 소환하는 것이 아니라 지극히 사춘기다운 소년의 사적인 기억으로 소환해 풀어내고 있다. 「성욕이 있는 풍경」의 주인공 '나'는 일본의 무조건 항복으로 전쟁이 끝난 이후 수년 동안 종전 날만 떠올리면 이유 없이 부끄러움을 느낀다. 그 부끄러움의 근원을 우연한 기회에 알게 되는 것에서 소설은 시작한다.

종전 날 '나'는 학도 동원을 빼먹고 한강에서 보트 놀이를 즐겼다. 그리고 영화관에서 영화를 보다가 우연히 길에서 만나 일본이 전쟁에 졌다는 소식을 전하는 '친절한' 급우를 주먹으로 때려 눕혔다. '나' 하나쯤 동원에 빠져도 전쟁에는 아무런 영향을 끼치지 않을 것이라고 생각했던 그날 하필 전쟁이 끝난 것이다. '나'는 석양이 붉게 물든 소화거리에서 전해들은 일본의 패전 소식에 황망함을 감출 수 없었다. 그리고 왜 친구를 때려눕혔는지 도무지 생각나지 않았던 그 이유가 떠오른 것이다.

대동아전쟁이 끝나던 그날 나는 일본이 전쟁에 졌다는 사실을 알지 못한 채 백 엔짜리 지폐를 들고 매음굴로 달려가고 있었다. 주인공이 매음굴로 가려했던 이유는 그날 아침 조선인 마을에서 본 소들 때문이었다. 한창 성에 민감한 사춘기 소년의 눈앞에 펼쳐진 난생처음 보는 소들의 흘레붙는 장면은 '나'의 혼을 빼놓기에 충분했다. 시간 가는 줄 모르고 정신없이 소들의 야릇한 모습에 심취해 있던 '나'는 결국 동원된 학생을 실어 나르는 트럭이 이미 떠났음을 알게 되고, 이에 낙심한 '나'는 급기야 동원을 가지 않기로 작정한다. 그리고 같은 이유로 트럭을 놓친 조선인 급우 가네모토 고쇼쿠와 함께 보트놀이를 하러 간다. 한강에서 가네모토와 보트놀이를 즐긴 후 '나'는 닛카츠 계열의 영화관인 희락관에서 영화를 보는 것으로 하루를 마무리하려 했지만 머릿속에 맴도는 소들의 모습 때문에 영화에 도통 집중이 안 된다. 결국 '나'는 어머니께서 비상시에 사용하라고 주신 백 엔짜리 지폐를 손에 쥐고 극장을 나서 다급히 매음굴로 향했던 것이다. 그리고 그 길 위에서 만난 친구의 '전쟁이 끝났다'는 말에 주먹을 날린 것으로 소설은 끝난다.

3. 식민지 조선의 기억, 두 번째

「성욕이 있는 풍경」에서 '나'를 포함해서 조선에서 태어나고 자란 식민지 2세들은 "일본이 어떤 비열한 농간을 부려 조선을 침략했는지도 알지 못했고, 그들이 얼마나 가혹한 착취를 당하고 탄압받아왔는지에 관해서 무엇 하나 교육받지 못하고 자랐"기 때문에 조선인 차별은 당연한 것이라고 생각했다. 조선인을 멸시하는 말로 종종 사용되었던 "조선인 주제에"라는 말은 식민지 2세들에게는 전지전능한 위력을 발휘하는 마법과도 같은 말이었다. 그래서 내선일체라든가, 일선동인이라든가 하는 말이 선전되고는 있었지만 "조선인 멸시"의 감정이 하루아침에 사라지는 것은 아니었다. 그것은 식민자로서 가진 오래된 습속과도 같은 것이었다.

그랬던 '나'는 언제부턴가 이 차별에 대해 의문을 갖기 시작한다. 그 의문은 천황의 칙어를 받드는 의식자리에서 시작되었다. 미나미지로 총독 앞에서 "받들어 총"이 호령되었을 때 '나'는 일본인 학생과 조선인 학생 사이에 그어진 차별의 양상을 직접 목도한다. 식민지의 아이들에게 진짜 총을 쥐어주는 것은 위험하기 때문에 그들에게 지급된 것은 총의 기능을 하지 못하는 "가짜 총"이다. 나무를 깎아 총 모양을 만들고 그 위에 솜뭉치를 덧대어 만든 것을 총이라고 가지고 있는 조선인 아이들의 모습은 우스꽝스럽기 그지없다. 그 모습을 본 일본인 아이들은 우월감을 드러내며 노골적으로 비웃는

다. 하지만 '나'는 정확히 말로 설명할 수는 없는 부자연스러운 감정을 느낀다. 느티나무 아래에서 만난 조선인 가네모토에게 내가 불합리한 명령을 했을 때도 그가 순순히 내 말을 따르는 것처럼 보이자 '나'는 자기혐오를 느낀다. 내가 일본인이기 때문에 가네모토가 순순히 '나'의 말에 따른다고 생각했기 때문이다. 이처럼 주인공은 식민자로서 자신의 모습을 서서히 자각하면서 모순을 느끼기 시작한다.

하지만 주인공이 이러한 모순에 대해 깨닫기 시작했다고 해서 곧바로 자신의 행동을 변화시키지는 않는다. 그가 식민자로서의 자신의 모습을 깨달을 수 있었던 것은, 역설적으로 조선인과 일본인 사이의 위계가 바뀌지 않는다는 전제가 있기 때문이다. '나'는 자신이 어떠한 경우에도 조선인보다 절대적인 우위에 있다고 생각했다. 불합리한 처지에 놓인 조선인에게 동정의 눈길을 보낼 수 있었던 것도 동정이란 "상대보다 우위에 서있지 않으면 베풀 수 없는 것"이기 때문이다. 그래서 주인공은 집에서 일하는 식모가 스스럼없이 굴거나 아버지에게 놀러온 손님이 "잘난 체하는 말투로 아버지와 대등하게 말을 하"는 경우에는 상대가 조선인이라는 이유만으로 "반드시라고 해도 좋을 만큼 반감을 품었"다. 즉, 주인공은 식민지 조선에 살면서 일본인으로서 누리는 특권에 대해 의문을 가지기는 했지만 그 특권을 부정하지는 않았다. 그것이 비록 어릴 때부터 몸에 체득된 습관이라 해도 주인공은 제국의 질서에 복종하고 있었던 것이다.

이처럼 주인공 '나'는 모순적인 면을 지니고 있다. 일본이 조선인을 차별하는 것에 대해서는 반감을 느끼고 있지만 한편으로는 건방진 조선인은 두고 볼 수 없는 것이다. 「성욕이 있는 풍경」에는 일본인인 '나'의 특권을 보증해주지 않는 건방진 조선인이 등장한다. 조선인 가네모토 고쇼쿠가 바로 그러한 인물이다. 한강 보트놀이에 동행하게 된 가네모토 고쇼쿠는 조선에서 이름난 명문가의 아들이다. 뜯어진 모자를 삐딱하게 쓴다든지 하는 약간은 불량한 옷차림이 유행하고 있던 그 시절에 고루한 그의 복장 때문에 평소 그를 꽉 막힌 벽창호라 생각했던 '나'는 종전 날 아침까지도 그를 경멸하고 있었다. 그런데 그와 보트놀이를 하면서 예상치 못했던 그의 불량스런 면모에 '나'는 놀라움을 느낀다. 어느 정도는 놀 줄 안다고 자신했었는데 가네모토는 자신보다 한 수 위였던 것이다. 생각해보면 내가 일본인이라는 것을 제외한다면 조선인 가네모토보다 내세울 것이 별로 없다. 돈 많은 명문가의 자제인 가네모토는 체격도 나보다 크고 우람했으며, 그는 입학시험에서 영어를 만점 받은 것으로 유명할 만큼 학업에 있어서도 '나'보다 앞선다. 그리고 무엇보다 그의 기세를 꺾을 요량으로 던진 "여자 맛은 좀 아니?"라는 '나'의 말에 음침하게 웃는 그의 반응을 보자 나는 기가 죽는다. 그는 이미 결혼을 해서 아내가 있었던 것이다.

일본인 내가 조선인인 가네모토보다 우위에 있어야하는 것은 '나'의 입장에서는 너무도 당연한 일이다. 그런데 '나'와 가네모토와의 관계에서는 이러한 위계가 성립하지 않는다. 주인공이 친구를 후려갈긴 원인은 소에 있다고 고백하지만, 이는 표면적인 이유다. 표면적으로는 종전/패전 소식도 모른 채 욕정에 사로잡혀 매음굴로 향하고 있었던 자신이 부끄러워 친구를 때린 것으로로 보이지만 사실은 다른 이유가 있다. 성적으로 조숙하다고 자부하고 있던 나보다 가네모토의 경험이 우위에 있다는 것을 아는 순간 나는 묘한 반발과 질투심을 느낀다. 그것은 내가 조선인 가네모토보다 우위에 있지 않다는 것에 대한 반발이고 성적으로 나보다 조숙하다는 것에 대한 질투이다. 더구나 전쟁이 끝난다면 이러한 관계는 모두 깨진다. 전쟁 중이기 때문에 조선인 아이들을 맘껏 비웃을 수 있는 특권을 누렸지만 전쟁이 끝나 세계의 질서가 뒤바뀌면 더 이상 이전과 같은 삶을 누릴 수 없다. 그래서 어쩌면 '나'는 패전 소식을 알리는 친구에게 자신도 모르게 주먹을 날린 것일지도 모른다.

4. 종전/패전과 '부끄러움'

「성욕이 있는 풍경」은 제국의 식민지 경성에서 황국의 소국민으로 착실하게 성장하고 있던 가지야마와 비슷한 또래의 아이들에게 종전/패전이 어떤 의미였는지를 보여주는 소설이다. 그들에게 종전/패전이란 한마디로 그들이 가진 모든 특권을 상실한다는 것을 뜻한다. 그 특권 상실을 가지야마는 어린 소년의 성적 경험의 좌절을 통해 풀어낸 것이다. 성적으로 조숙하다고 자부했던 어린 '나'는 자신보다 더 조숙한 조선인 가네모토를 만나 한번 좌절했고, 그 좌절감에서 벗어나고자 매음굴로 향했지만 패전 소식을 알리는 친구를 우연히 만나, 그 시도 역시 성공하지 못한다. 표면적으로는 이것이 부끄러움의 이유일 것이다. 그래서 원인은 소에게 있다고 말한다. 하지만 소로 인해 촉발된 나의 정념이 부끄러웠다기 보다 성에 있어서도 또래 조선인들보다는 우위에 있어야 한다는 식민자로서의 자신의 태도가 부끄러웠던 것이지도 모른다. 그리고 아마도 그 부끄러움은 어른이 된 가지야마의 시선일 것이다. 어른이 되어 식민지가 무엇인지 제국이 무엇인지 그리고 전쟁이 어떤 의미였는지를 알게 된 가지야마는 종전 날을 부끄러움으로 기억하고 있는 것이다.

성욕이 있는 풍경

갈채

오에 겐자부로
大江健三郎 1935~

오에 겐자부로大工健三郎, 1935.1.31~

1935년 1월 31일 에히메愛媛에서 출생하였다. 고교 시절부터 문학에 관심이 많았던 그는 도쿄대학 불문과 재학 중이던 1958년에 흑인병사와 일본 소년과의 우정을 그린 「사육飼育」으로 아쿠타가와상을 수상하였다.

1960년에는 영화감독 이타미 만사쿠伊丹万作의 딸 유카리와 결혼하여 1963년에 장남 히카리를 낳았다. 지적장애를 안고 태어난 아들 히카리의 탄생은 오에 자신에게도 커다란 정신적 전환점이 되었다. 이후 오에는 장애인 아들을 가진 아버지로서의 '개인적 체험'과 히로시마·나가사키 피폭, 그리고 전쟁이라는 '인류 고유의 비극'을 문학적 주제로 심화시켜나갔다.

1994년에는 『만연원년의 풋볼万延元年のフットボール』로 노벨문학상을 수상하였다. 이는 가와바타 야스나리川端康成에 이어 일본인으로서는 두 번째로 노벨문학상을 수상한 결과였다. 당시 그는 가와바타의 수상 기념 연설 '아름다운 일본과 나'에 대한 회의적 시선을 담아 '애매한 일본과 나'를 주제로 기념 연설을 하였으며, 일본 정부가 수여하는 문화훈장을 거부하기도 했다.

여러 차례 절필선언을 했으나 2000년대에 들어서도 왕성한 집필활동을 하고 있으며, 2004년에는 가토 슈이치加藤周一, 쓰루미 슌스케鶴見俊輔, 오다 마코토小田實 등과 함께 '9조회'를 결성하여 헌법 9조(전쟁 포기)를 지키기 위한 강연회를 개최하고 있다. 2011년 동일본대지진 발생이후에는 탈핵운동에도 나서는 등, 일본 사회가 직면한 여러 문제점에 대해 발언을 이어나가고 있다.

　나쓰오夏男가 문학부 건물 뒤편에 서 있는 멋진 소나뭇과 상록수의 어두운 그늘을 지나가자, 한 남자가 불쑥 뛰쳐나와 그를 불러 세웠다.

　"아?" 약간의 두려움에 휩싸인 나쓰오는 강하고 건장한 턱과 볼을 가진 남자에게 이렇게 대꾸했다.

　"당신은 이 대학 학생입니까?" 남자는 어려운 듯한 목소리로 물었다.

　"네." 나쓰오는 그와 나란히 걷기 시작한 빈약한 어깨를 가진 남자에게 대답했다.

　"그렇군요." 남자는 이렇게 말하고 생각에 빠진 듯이 잠시 입을 닫았다.

　나쓰오와 남자가 걸어가며 일으키는 가벼운 바람이 나무들의

---

* 이 작품의 원제목은 「喝采」(1958.9)이며 『大江健三郎全作品』 2(新潮社, 1966)에 수록된 것을 저본으로 삼았다.

두껍고 튼튼한 잎과 바늘처럼 얇은 잎을 흔들리게 만들었다. 잿빛 잔 비늘이 있는 나무껍질은 금빛 저녁노을의 반짝임 속에서 광물과 같이 아름다웠다.

"학생복과 모자를 구하고 싶은데요." 남자는 마지못해 입을 열었다.

"어디서 살 수 있을까요?"

나쓰오는 깜짝 놀라 남자 쪽으로 돌아서며 멈춰 섰다. 자세히 보니 남자는 꽤 젊었지만 윤기라고는 찾아 볼 수 없는 특이한 피부색을 가지고 있었다.

"학생처럼 옷을 입고 싶은 기분이 들어서요." 남자는 급히 말을 덧붙였다.

"정문 앞에 양복점이 나란히 있어요." 나쓰오가 말했다.

"학생이 아니라도 살 수 있을까요?"

"네?" 나쓰오는 당황했다.

"저는 학생이 아닙니다." 남자는 열심히 설명했다. "창부의 기둥서방으로, 상담 역할을 해 주고 있죠."

나쓰오는 자신이 대학에 입학했을 무렵 창부의 애인이 되고 싶어 했던 것을 떠올리며 빈약한 입술을 실룩거리는 눈앞의 남자를 바라보았다.

"제 여자가 말이죠, 학생복을 권하는 겁니다. 그것도 이쪽 대학의 옷으로요."

나쓰오는 실로 어른스러운 쓴웃음을 보이는 남자에게 호의를 느끼며 그를 쳐다보았다.

"헌 옷을 파는 가게가 있어요." 나쓰오가 말했다. "가게 앞까지 같이 가 드릴까요?"

그들은 어깨를 나란히 하고 은행나무 가로수 사이를 지나 일본 풍의 문을 나왔다. 남자는 끊임없이 흐르는 목줄기의 땀을 닦았다. 더웠다. 대기에는 습기가 가득하여 배어 나오는 땀은 마르지 않고 피부 표면 전체에 미끈미끈한 막을 만들고 있었다. 정말이지 정신이 아찔해질 정도로 더웠다. 남자는 나쓰오가 일단 자신의 부탁을 들어주자, 마치 상식적인 일을 부탁한 듯이 태연하게 말없이 따라왔다. 그것은 남자다운, 바람직한 느낌이었다.

나쓰오와 남자는 헌 옷 가게 앞에 멈추어 서서, 동복과 하복이 마구 섞여 걸려 있는 학생복과 모자를 바라보았다.

"꽤 많군." 남자는 멍하니 말을 뱉었다. "졸업할 때 파는 거죠?"

"네." 나쓰오는 애매하게 말했다.

남자는 그 가운데 안감이 없는 상의를 골랐다. 그리고 나쓰오와 남자 점원 앞에서 입어 보려 했다. 셔츠를 벗은 남자는 빈약하고 꾀죄한 알몸이 되었다. 그 옆구리에는 희미한 근질거림을 유발하는 땀이 흐르고 있었다. 남자는 단추를 똑똑히 잠그고는 나쓰오를 향해 겸연쩍은 듯이 웃어 보였다. 그는 마치 사환이나 역무원 같았고 안색이 검푸르게 변한 것처럼 보였다.

"어울리지는 않는군." 남자는 이렇게 말하며 천천히 단추를 풀고 다시 알몸으로 돌아왔다. 학생복을 벗자 뜨거워진 피부에는 굵은 땀방울로 가득했다.

"저기, 학생. 대단히 고마웠어요." 남자가 나쓰오에게 말했다. "옷은 사지 않으려고요."

옷 가게 점원은 뚱하게 입을 다물고만 있었다. 나쓰오와 남자는 그대로 전차 길로 되돌아갔다.

"저런 옷을 입으면 엉덩이까지 땀범벅이 돼." 남자가 말했다. "고마웠습니다. 그 여자에게는 옷을 살 수 없었다고 말하죠 뭐."

나쓰오는 남자가 지하철역 방향으로 언덕을 내려가는 것을 눈으로 쫓았다. 그러자 희미한 웃음이 피어올랐다. 나쓰오는 더위에 허덕이며 소리 없이 웃었다. 하늘은 진회색의 좋은 색감을 나타내고 있었다. 그 하늘에서 비를 머금은 세찬 바람이 불기를 바라며 그는 한동안 걸음을 멈추고 하늘을 올려다보고 있었다.

나쓰오는 그러한 종류의 작은 희망밖에 가지지 못하는 성격이었다. 친구들과 어울리지 않고 소소한 일상 속에서 미미한 희망만을 발견하길 고집했다. 마흔 살의 외국인 남색가와 사는 그는 미래에 관한 희망을 가지는 것이 쉽지 않았고 또 억지로 희망을 찾으려고도 하지 않았다.

다시 학교 문을 빠져 나온 나쓰오는 그곳에 있는 공중전화에서 F 대사관에 전화를 걸었다. 루시앙으로부터 전언이 있다며 일본인 여자 비서가 그를 기다리게 했다. 공중전화 부스 안은 점점 더워지기 시작했고, 그는 온몸에 땀을 흘리며 서 있었다.

루시앙은 긴자銀座의 식료품점 앞에서 그와 만나고 싶다고 했다. 그는 공중전화 부스에서 나와 문학부 건물 아케이드를 지났다. 그리고는 창부의 기둥서방이라 했던 남자에게 붙들린 지점까지 되돌아갔다. 그러자 돌연히 비가 내리기 시작하고 거친 바람이 일어났다. 소나뭇과의 상록수 잎을 떠들게 만들던 비와 바람이 순식간에 세차졌다. 나쓰오는 갑자기 생기가 넘치기 시작하는 것을 느끼며 빗속을 넓은 보폭으로 걸었다.

비에 젖은 루시앙의 은회색 자가용이 서 있는 곳까지 도착하자 거리는 완전히 어둠 속에 묻혀 있었다. 차에 루시앙은 없었다. 나쓰오는 안개처럼 옅어진 비를 피하기 위해 여벌의 열쇠로 차 문을 열고 뒷좌석에 앉아 루시앙을 기다리기로 했다.

사람들이 천천히 지나갔다. 여기저기에서 창부들이 나와 걸음을 멈추기도 하고 지나다니기도 했다. 나쓰오는 셔츠 단추를 풀고 가슴과 배를 쓱쓱 닦았다. 혀로 윗입술을 핥아보니 땀과 비 맛이 났다. 창부들은 손님을 유혹하려고 기를 쓰고 있었다. 열여덟 살 정도의 큰 어깨를 가진 한 창부가 양품점 쇼윈도 앞에서 느긋하게 머리를 움직이며 끊임없이 주변을 살피는 것이 보였다. 생기가 도는 창부는 즐거운 듯 했다.

나쓰오는 멍하니 꽤 오랫동안 창부를 바라보고 있었다. 실로 열

갈채

심히 자신들의 직업에 임하는 모습이 기특하게 여겨졌다. 그는 창부를 사 본 적은 없었지만, 같은 반의 어느 여학생들보다도 저 길거리를 돌아다니는 창부들에게 호의를 가지고 있는 것만큼은 분명했다.

당당한 체구의 창부가 부피가 큰 종이봉투를 가슴에 안고 식료품점 안에서 걸어 나오는 것이 보였다. 그녀는 젊은 창부가 양품점 앞에서 반갑게 인사하자 살찐 턱으로 끄덕여 보이고는 그 자리에 서서 동행자를 기다렸다. 뒤이어 두꺼운 유리문을 밀고 나오는 사람도 종이봉투를 안고 있었다. 루시앙이었다. 나쓰오는 운전석 문을 안쪽에서 열기 위해 허리를 일으키려 했다. 그 순간 그는 너무 놀라서 소리를 지를 뻔했다. 종이봉투를 든 그 덩치 큰 창부가 루시앙에게 바싹 붙어 따라오는 것이었다.

"기다렸어?" 루시앙은 창부에 대해서는 말 한마디 하지 않은 채 담담하게 나쓰오를 대했다. "3인분의 식료품을 사느라……"

그리고 루시앙은 턱으로 뒷좌석 문을 열라는 시늉을 하고는 좌석 위에 종이봉투를 내던졌다. 그 사이 여자는 호흡을 할 때마다 종이봉투를 위아래로 움직이면서 가만히 기다리고 있었다. 그녀는 조금 튀어 나온 배 위에 짐을 올리고는 그것을 양 팔로 감싸 안은 자세를 취하고 있었다. 루시앙은 그녀의 짐을 받아들고 방금 전과 같이 좌석 위에 놓았다. 그 순간 종이봉투가 찢어졌고 그 사이로 흰색과 남색 반점을 가진 소 마크가 붙은 통조림이 보였다.

운전석에 앉은 루시앙은 조수석 문을 열고 여자에게 손짓했다. 창부를 자가용 안으로까지 들일 모양이었다.

"루시앙." 나쓰오는 구슬리듯이 불렀다. "루시앙, 어찌된 거야."

창부는 나쓰오를 보고는 주저하면서도 차에 탔다. 루시앙이 차를 출발시키자 풍압 때문에 종이봉투가 밖으로 날아가려 했다. 나쓰오는 황급히 막았다. 멀리 거리에 서 있는 창부가 이쪽을 바라보고 있었다.

"저기, 루시앙." 나쓰오는 치미는 화를 꾹 참으며 말했다.

"우리 집에 여자 손이 없잖아." 운전하면서 루시앙이 답했다. "이 여자가 있어 줄 거야."

창부는 뒤쪽으로 몸을 돌려 상냥하게 웃어 보였다. 진한 기미에 굵은 눈매, 처진 턱이 특징인, 전형적인 중년 부인의 얼굴이었다.

"소개할게." 루시앙은 여전히 앞을 주시하면서 말했다. "영국 양모 바이어에게 소개받은 사람인데."

"그렇지만." 나쓰오는 어쩔 수 없이 창부에게 웃어 보이며 말했다. "이 사람은 창부야. 그래도 괜찮아?"

"poule(매춘부를 가리키는 말)이라고 해도 좋아요." 창부는 훌륭한 발음으로 프랑스 속어를 아주 고상하고 중후하게 말했다.

당황한 나머지 얼굴이 붉어진 나쓰오는 어찌할 바를 몰라 했다. 창부는 여유가 있었고 실로 즐거운 듯이 웃었다. 웃을 때마다 그녀의 붉고 윤기 나는 목에 맺힌 땀방울이 가슴과 좌석에 의지한 굵은 팔 위로 천천히 흘렀다. 루시앙도 즐거운 듯이 웃었다.

"미안합니다." 나쓰오는 더듬거리며 말했다. "저는 당신이 불어를 모른다고 생각했어요."

"그게 더 나쁘죠." 이번에는 일본어로 창부가 말했다. "그렇지 않나요?"

"네." 나쓰오가 답했다.

"여자 분께 실례되는 말을 해서는 안 되지." 루시앙이 말했다.

"아직 젊어서 분별도 없겠지만요." 창부는 화가 난 듯한 시늉을 하면서, 그러나 우스워 죽겠다는 얼굴을 하였다.

"야스코·포가트를 소개하지." 루시앙은 밝게 말했다.

"포가트라는 늙은이와 결혼했었다는군."

"그 늙은이는 죽었어요." 야스코가 재빨리 덧붙였다. "지나치게 정력을 소비해서 말이야."

"아?" 이번에는 루시앙이 말했다.

"나를 너무 사랑했던 거지." 야스코가 불어로 말했다.

"오오." 루시앙이 어깨를 움츠려 보였다.

"술 마셨구나." 나쓰오는 루시앙과 야스코에게 말했다.

야스코는 몸을 뒤로 돌려 나쓰오를 집요하게 쳐다보았다. 숨 쉴 때마다 풍기는 술 냄새가 나쓰오를 메스껍게 만들었다. 루시앙의 굵은 목덜미도 술이 올라 검붉게 변해 있었다.

"집에 가서 또 마실 거예요." 야스코가 들뜬 목소리로 말했다.

"아가도 술 마실 수 있나요?"

화가 난 나쓰오는 창문 쪽으로 고개를 돌려, 그의 옆얼굴을 빤히 쳐다보는 야스코를 무시하려 했다. 나쓰오와 루시앙은 세이죠成城에 위치한 외국인 부부의 집 이층을 빌려 살고 있다. 그리고 식사 및 기타 가사 일은 아래층 외국인 부부의 집에서 일하는 가정부에게 부탁하고 있다. 그러나 그 부부가 가정부와 함께 가루이자와輕井沢로 여름휴가를 떠났기 때문에 지금 나쓰오와 루시앙은 절실하게 여자 손이 필요했다. 그렇다고는 하지만 서른 살을 훌쩍 넘긴 창부를 주워 온다는 게 말이나 되는 것인가, 하는 생각이 나쓰오에게는 들었다.

"오늘 너희 학교 학생들이 찾아 왔었어." 루시앙이 말했다. "프랑스문학이 전공이라 하더군."

"응." 나쓰오가 말했다.

"내가 말했던가?"

"프랑스는 왜 식민지를 포기하지 않는가에 대해 묻는 거야." 루시앙은 웃음 때문에 숨이 가빠졌다. "그래서 내가 어떻게 대답했을 것 같아?"

"대답했어? 친절하게?"

"프랑스는 식민지가 없으면 안 돼. 일본도 네 곳이나 가지고 있잖아? 하고 말했지." 루시앙의 웃음은 더욱 거세졌다. "네 곳이나 말이지."

루시앙 앞에서 격분하는 학생들의 얼굴을 떠올리며 나쓰오는 루시앙의 기분을 맞추듯 웃어 보였다. 그의 반에도 화를 곧잘 내는 젊은이들이 득실득실했다. 그들은 영국이나 프랑스, 미국에 이르기까지 온갖 나라의 대사관을 찾아 성명서를 들이밀었다. 대사관 정원에 돌을 던져 붙잡힌 남학생도 있었다.

"프랑스의 정치가 그 녀석들에게, 그 작은 황색 녀석들에게 무슨 상관이 있다고." 루시앙이 말했다. "실제로 프랑스인인 나조차 관계가 없는데."

"모두 정치에 몰입되어 있으니까." 나쓰오가 말했다. "특히 프랑스의 정치에는 눈에 핏발을 세우지."

"추접스러운 학생 녀석들, 일본인 학생 녀석들, 지들 엉덩이나 핥으라지." 노래를 부르듯 루시앙은 말했다. "바다 건너편 일에 신경 쓸 처지나 돼?"

"바다 건너편의 일로 죽기라도 할 듯이."

"아가는 친구들을 싫어하는구나." 야스코의 얼굴이 진지해졌다. "어째서? 네가 다니는 학교 친구들이잖아."

"친구?" 나쓰오가 말했다. "그 녀석들이 내 친구?"

그는 같은 반 학생들이 그에 대해 이야기하는 것을 교실 맨 뒷자리에 엎드려 앉아 들은 적이 있었다. 프랑스인이 키우는 저 놈은 같이 자기도 한다는군. 어떻게 하는지 알아? 어쨌든 저 놈이 치질에 걸려 프랑스 녀석이 병원비까지 내고 있는 것은 확실해. 어쩜 ……

일부러 동정하는 듯한 목소리로 여학생이 대꾸했다. 저 아이는 **진짜** 불어를 배우려고 함께 방을 쓰는 거야. **진짜** 프랑스와 접하기 위해서 말이지. 그래서 **진짜** 프랑스와 엉덩이로 접촉하는 건가? 그리고는 흥분된 감정이 묻어나는 비웃음이 일었다. 하지만 그는 맹렬한 기세로 일어나 학생들에게 달려들지 못했다. 굴욕적인 나머지 입술을 깨물고 몸을 숨기듯 엎드린 채 그저 학생들이 교실에서 나가기만을 기다렸다.

"친구들을 소중하게 생각해야지." 야스코는 몇 번이나 열심히 말했다. "내 생각에는 말이야, 친구들을 소중하게 여겨야 할 것 같아."

"나쓰오는 나를 소중하게 여기는걸." 루시앙이 말했다. "친구는 바로 나야."

"프랑스인이 친구가 될 수 있을까." 야스코는 일본어로 말했다. "아가, 학교 친구들을 소중하게 여기지 않으면 후회하게 될 거야."

"네네." 나쓰오는 귀찮다는 듯이 답했다. "소중하게 여기고 있다니까요."

나쓰오는 소나뭇과 상록수 그늘에서 홀연히 나타나 말을 걸던, 얼굴이 작고 낯빛이 심하게 검던 그 남자에게 우정을 느끼며 그를 애타게 떠올렸다. 그 남자는 좋은 사람이었다. 그 남자의 주소도 묻지 않고 헤어진 것이야말로 후회할 일이다.

"이 아가는 애인이 있어? 루시앙?" 다시 나쓰오의 얼굴을 찬찬히 들여다보며 야스코가 물었다.

"애인?" 휘파람을 불면서 루시앙이 말했다. "저기, 나쓰오. 애인 있냐고 하는데? 있지?"

"아가는 아직 미성년인가?"

"제길." 나쓰오가 낮은 목소리로 말했다.

"나는 일본어도 잘 알아." 야스코가 침착하게 대응했다.

"부탁이니까 가만히 좀 있어 줘요. 우리 대화에 끼어들지 말라고요." 아주 화가 난 나쓰오는 일본어로 말했다.

"세상에." 이번에는 확실히 기분이 언짢아진 모양이었다. 야스코는 앞을 보고 고쳐 앉으며 "나쁜 아가군."

"한동안 집안일을 해 줄 거야." 루시앙만큼은 여전히 기분이 좋았다. "요리든 뭐든 말이야. 싸워서 집안을 엉망으로 만들면 안 돼. 둘 다 일본인이잖아. 사이좋게 지내 달라고."

"집안일은 내가 하고 있잖아." 나쓰오는 원망스럽다는 듯이 말했다.

"요리는 내가 더 잘 하지 않겠어?" 거드름스레 야스코가 말했다. "남자와 자는 것보다는 잘 못하겠지만."

"유감스럽게도 나는 여자와 자는 것이 거북해서." 루시앙이 응수했다. "아무튼 여름휴가 동안 당신 손에 모두 맡길게."

"그건 그렇고 너나 아가를 두고 휴가를 떠난 집 주인과 가정부가 참으로 무심하군." 루시앙의 어깨에 무거운 머리를 기대면서 야스코는 투덜거렸다.

"나도 그 사람의 소개가 아니었다면 가정부 일을 대신하지는 않았을 거야. 매음하는 것이 훨씬 몸에는 좋지."

그러나 야스코의 요리솜씨는 훌륭했고 식탁을 차리는 것도 능숙했다. 그녀는 석 달 정도 일본에 머무르며 '가정적인' 생활을 시도해 보려는 외국인 바이어들에게 그 기간만큼 주부가 되어주는, 그러한 종류의 창부인 것 같았다. 그런 여자가 존재한다는 것은 일본이 지금은 이탈리아나 프랑스와 견줄 만한 문화국이 되었다는 뜻이겠지, 하고 나쓰오는 화를 내는 와중에 생각했다. 그렇지만 저녁 식사가 시작될 무렵에는 그도 기분을 풀고 대학에서 만났던 창녀의 기둥서방, 즉 학생복을 사려했지만 결국 사지 않은 그 남자에 대해 이야기를 들려 주었다. 루시앙은 물론, 야스코도 웃긴 나머지 몸부림을 쳤으며 그 때문에 음식을 흘릴 정도였다.

식사를 마치고 그들이 술을 마시고 있을 때 검게 빛나는 장수풍뎅이가 맹렬한 소리를 내며 날아 들어왔다. 그것은 윙윙거리며 식탁 주변을 맴돌았다. 그들은 장수풍뎅이를 잡기 위해 정신없이 뛰어 다녔다.

결국 장수풍뎅이가 야스코의 희고 두꺼운 큰 손바닥에 잡혔을 때, 취기는 단숨에 모두의 몸 구석구석에까지 퍼지고 말았다. 자리로 돌아온 야스코는 어깨로 큰 숨을 쉬며 열심히 장수풍뎅이를 살펴보았다. 장수풍뎅이를 잡지 못한 루시앙과 나쓰오는 스스로에게 화가 났다.

"이 녀석, 죽여 버리자." 야스코가 힘주어 말했다. "우리들은 매일 제대로 반응을 느낄 만한 것들을 죽여야 해."

"그래." 루시앙이 말했다.

"해치우자." 나쓰오도 말했다.

야스코가 이를 꽉 깨물고 끝까지 죽이려 했지만, 손가락 사이에서 장수풍뎅이는 여전히 다리를 끊임없이 움직이고 있었다. 야스코는 분한 나머지 곧 심음소리를 낼 듯 보였다.

"술을 마신 뒤, 다시 한번 시도해 보자." 루시앙이 야스코에게 제안했다.

야스코는 장수풍뎅이를 손에 쥔 채, 단맛이라고는 없는 포도주를, 루시앙이 롯폰기ㅊㅊㅊ의 프랑스 요리점에서 사 온 훌륭한 포도주를, 이 역시 더할 나위 없이 훌륭하고 두꺼운 입술 사이로 흘려 넣고, 졸린 눈으로 장수풍뎅이 다리의 미세한 움직임을 바라보고 있었다.

"그냥 놓아주지?" 나쓰오가 말했다. "그 녀석은 이미 죽을 만큼의 괴로움을 맛보았다고."

"놓아주면 정원의 장미 잎을 먹어 버릴 거야." 루시앙이 말했다.

"이렇게 건강한 녀석은 마구 먹어 치울 거야."

"그렇다면" 무거워진 머리를 흔들며 야스코는 결심한 듯이 말했다. "입을 쥐어뜯어 주자."

은색 매니큐어를 바른 야스코의 손톱이 끊임없이 움직이는 장수풍뎅이의 입을 억지로 잡아 뜯었다. 장수풍뎅이의 입은 새하얀 점액질의 실과 함께 뜯겨 나갔다.

"지금 장수풍뎅이가 있는 힘을 다해 목소리를 쥐어 짜 절규하는 것을 들을 수 없다니." 야스코는 흥분한 나머지 세된 목소리로 말했다.

"인간의 귀도 어쩔 수 없군."

"당신은 참 당당한 여자군." 루시앙이 야스코에게 경의를 담아 말했다.

나쓰오는 취기가 완전히 깨는 것을 느끼며 야스코의 손 안에 있는 장수풍뎅이를 바라보았다. 그는 조금 겁이 났다. 속이 메스꺼워지는 것 같았다.

"당당하지 그럼." 야스코는 장수풍뎅이를 종이에 싸서 창밖으로 내던지며 말했다. "잔혹한 것을 좋아하기도 하고."

"훌륭하고 좋은 여자다." 루시앙이 말했다. "친하게 지내게 되어 영광이야."

"더 친해지고 싶지 않아?" 야스코가 노골적으로 욕망을 드러내며 말했다. "지금부터 나와 자러가지 않겠어?"

"아?" 루시앙은 어리둥절해하며 말했다. 그리곤 몸을 흔들며 웃기 시작했다. "그건 곤란해. 그렇게는 할 수 없어."

"왜지?" 야스코는 정색을 하며 말했다. "꽤 솜씨가 괜찮다고."

"아무튼 나는 안 돼." 루시앙이 부끄러운 듯이 말했다. "나는 당신과 자지 않아."

야스코는 눈을 번쩍이며 흥분하고 있었다. 아주 화가 난 듯했다.

"저기, 나쓰오. 이 멋진 부인에게 잘 말해주지 않겠어?" 루시앙이 나쓰오의 목덜미에 축축하고 부드러운 손을 얹으며 말했다. 평소에 그 손은 나쓰오의 몸을 욕망에 휩싸이게 만들기도 하고 전율을 일으키기도 하지만 지금은 그렇지 않았다. 그는 미친 듯이 화를 내는 야스코 앞에서 바싹 위축되는 자신을 느낄 뿐이었다.

"흥." 야스코는 분한 듯이 말했다. "당신들, 그렇고 그런 사이로군. 하여간에 진절머리가 난다니까."

"나는 당신에게 진심으로 사과하고 싶어." 루시앙이 밝게 말했다.

"젠장." 야스코는 두꺼운 눈꺼풀을 감고 평온한 얼굴로, 그러나 목소리만큼은 화가 나 있는 채로 말했다. "이제 모두 정리하고 자러 가 줬으면 좋겠어. 나는 나와 자기 싫어하는 남자와 같이 있으면 짜증이 나."

"자러 가자." 휘청거리며 일어나는 루시앙이 말했다.

"나쓰오, 우리들의 방으로 가자."

나쓰오는 손가락에 뻣뻣한 털이 나 있는 루시앙의 억센 손에 잡혀 일어났다. 그런 그를 야스코는 어렴풋한 눈으로 냉정하게 주시하고 있었다. 나쓰오는 깜짝 놀랐지만 뒤이어 반발심이 일어났다.

"잘 자." 루시앙이 방을 나가면서 말했지만 야스코는 힘없이 하품을 하며 대꾸하지 않았다.

　루시앙과 나쓰오는 서로의 몸에 팔을 감고 계단을 올라갔다. 맨몸이 된 루시앙에게서는 온 몸에서 강한 체취가 났기 때문에 어두운 침실에서도 그가 어디에 있는지 알 수 있었다. 나쓰오는 침대에 누워 턱을 베개에 깊이 파묻고 가만히 있었다. 아래층에서 야스코가 무거운 눈꺼풀을 감고 의자에 기대어 있는 모습이 그려졌다. 눈꺼풀 아래의 냉정한 눈빛을 떠올리자, 알몸으로 침대에 누워 있는 것만으로도 느낄 수 있는 기대와 충만한 욕망이 급속도로 뒷걸음쳤다. 루시앙의 땀에 젖은 뻣뻣한 가슴 털이 그의 미끄러운 등골에 돌연 닿았을 때 그는 다리가 단단히 죄어드는 것을 극복할 수 없었다.

　"왜 그래?" 욕망과 화 때문에 목소리가 두껍고 무거워진 루시앙이 조급하게 물었다.

　"모르겠어." 나쓰오는 괴로워하며 몸의 일부가 혐오에 차서 급격하게 게을러진 것을 극복하려 애썼다. "무슨 문제가 있나 봐."

　다음 날, 기분이 조금은 언짢은 루시앙이 운전하는 차로 야스코의 짐을 여러 차례 운반했다. 나쓰오는 야스코의 방에서 짐 정리를 도왔다. 그 사이 피곤해진 야스코가 응접실 소파에 엎드려 누워버려 나쓰오는 혼자 여러 가지 잡다한 물건들을 옮겨야만 했다. 물건 가운데는 꽃장식이 있는 작은 동 펌프 같은 것이 있었다. 거기에는 고무관이 길게 이어 붙어 있었다.

"아, 그거 조심조심 다루어 줘." 소파에 누운 야스코가 아무렇지도 않은 듯 말했다. "내 장사 도구니까."

당황한 나쓰오는 그것을 침대 아래로 밀어 넣고 손을 씻으러 갔다. 그에게 야스코는 매우 상대하기 버거운 인물이 될 것 같았다. 밤 근무가 있는 루시앙 때문에 짐 정리를 끝낸 뒤 세 사람은 다 같이 저녁식사를 하러 시내로 나갔다.

야스코는 외국인 바이어나 대사관 직원이 있을 법한 식당에 가는 것을 싫어했다. 그래서 야스코가 맛있는 요리를 제공한다고 확신하고 있는, 금가루를 바른 말 목을 중심으로 덕지덕지 목각 장식이 있는 레스토랑으로 갔다. 확실히 음식은 맛이 있었다. 그들이 식후에 술을 마시고 있자, 가부키 화장을 한 듯이 눈 주위가 검은 한 중년 남자가 그들의 테이블로 다가와 비밀스러운 말투로 밤의 즐거움이 있는 곳으로 안내하고 싶다고 이야기했다. 음식이 맛있는 레스토랑이었지만 그런 장소이기도 했던 것이다.

"됐어요. 시골에서 올라온 사람들이 아니랍니다" 하고 야스코가 말했다.

"재미난 곳이 있다니까요." 남자는 우기듯 말했다. "외국인 전용이에요."

남자는 루시앙과 나쓰오에게 영어로 말을 건넸다. 루시앙은 화가 나서 대꾸조차 하지 않았다. 남자는 참으로 집요하게 외설적인 속어까지 섞어가며 루시앙을 꾀어내려 했다. 나쓰오는 부끄러움도 모르는 그 동포 때문에 화가 났다.

"됐다니까." 나쓰오가 말했다. "됐다고 했잖아."

남자는 나쓰오를 음험한 눈으로 바라보며, 다시 루시앙에게 말을 걸려고 했다.

"됐으니까 저쪽으로 가 줘." 나쓰오는 목소리를 높여 말했다.

급사가 다가왔다. 남자는 나쓰오를 다시 바라보더니 자신의 테이블로 돌아갔다. 그 남자는 나쓰오 일행이 술을 마시는 것을 악의적으로 지켜보고 있었던 것이다.

출근시간이 다가오자 루시앙은 혼자 일어났다. 루시앙이 대사관으로 출근한 뒤, 대사관 소속 운전사가 그 차를 가지고 다시 나쓰오 일행이 있는 곳으로 돌아와 집까지 데려다 주기로 했다. 루시앙이 나쓰오의 어깨를 가볍게 두드리고 나가자, 아까 그 남자가 무례한 말투로 이야기하는 것이 들렸다. 남자는 루시앙이 카운터에서 계산하러 가는 것을 한심스럽게 쳐다보고 있었던 것이다.

"저 녀석, 오카마*가 데리고 사는 놈이군." 남자가 말했다.

나쓰오는 그를 쏘아 보았다.

"녀석도 게이면서 폼 잡기는……" 남자는 말했다.

---

*   오카마(おかま)는 일본에서 남성 동성애자를 가리키는 말이다. 오카마는 원래 항문을 의미하는 에도 시대의 속어였는데 이후에 변형되어 항문 성교를 하는 여장을 하는 남창을 가리키게 되었다. 1970년대 후반부터는 여성적인 남자(비동성애자도 포함)에 대한 멸칭으로 사용되고 있다. 여장의 취미를 가진 사람, 성 산업에서 활동하는 사람 등 실제로는 여러 가지 의미를 내포하고 있다

급사가 남자에게 맥주 조끼를 가지고 간 순간이었다. 급사는 웃음을 참기 위해 어깨를 들썩이다 테이블에 맥주 거품을 흘렸다.

"죄송합니다." 급사는 웃음을 참아가며 기묘한 목소리로 말했다.

"괜찮아. 나는 게이가 있으면 재수가 없어." 남자는 이렇게 응수했다. "저 게이, 내쫓아 주었으면 좋겠어."

나쓰오가 일어나려 하는 것을 야스코가 그의 무릎에 손을 얹으며 말렸기 때문에 나쓰오는 입술을 깨물며 참았다. 그러나 그것을 보고 있던 남자가 일어나 맞은편에서 다가왔다. 나쓰오와 야스코는 남자를 무시하려고 했다. 남자는 그들 옆에서 팔짱을 끼고 서서는 두 사람을 내려다보았다. 야스코는 식당과 바를 겸하고 있는 이 가게로 나쓰오 일행을 데리고 온 것을 후회하고 또 책임을 느끼는 눈치였다. 급사는 카운터 옆에서 밖을 바라보고 있었다. 루시앙이 사라지고 난 후, 가게 안의 모든 사람들이 나쓰오와 야스코에게 무례하게 굴고 있다. 나쓰오는 화가 치밀었지만, 아무튼 루시앙의 차가 오기까지 기다려야만 했다.

"이 자매님들은 얌전하게 앉아 계시는군." 남자가 말했다.

"특히 여동생께서."

나쓰오는 맹렬하게 남자와 정면으로 마주 보았다. 남자는 그것을 기다리고 있었던 모양이었다. 의자에서 허리가 떨어진 순간, 몸이 채 일어나기도 전에 나쓰오의 목 줄기로 무거운 맥주 조끼가 날아왔다. 그대로 맥없이 주저앉은 나쓰오는 테이블 모서리에 왼쪽 눈을 부딪쳐 신음했다. 이후 한 차례 더 일격이 가해졌다. 그는 어떠한 보복도 하지 못하고 바닥에 쓰러졌다. 열이 나는 손바닥은 두껍고 딱딱해져가는 느낌이 들었다. 그의 가슴과 배를 걷어차는 구두는 무겁게 몸 구석구석을 지배했다. 야스코는 끊임없이 소리를 지르고 있었다. 나는 싸구려 음식점에서 알지도 못하는 한 중년 남자에게 두드려 맞고 있다, 진흙탕 싸움이라고 그는 생각했다.

의식이 돌아 온 나쓰오는 자동차 안에서 야스코에게 안겨 신음을 하고 있었다. 목이 아파 움직일 수 없었다. 그는 신음 소리를 그만두었다. 야스코가 그의 볼에 묻은 진흙을 털어주고 있었다. 야스코가 조금은 거칠게 그의 볼을 문질렀기 때문에 그는 그럴 때마다 후두부와 목 경계 지점이 욱신거리는 통증을 참아야 했다. 야스코가 그의 턱 밑에 손을 넣어 닦으려 했다. 이번에는 엄청난 통증이 귀 주변을 뚫고 지나갔다.

"아아." 나쓰오가 신음 소리를 냈다. "그만 둬. 아프다고."

"불쌍하기도 해라." 야스코는 격앙되어 뜨거워진 목소리로 말했다. "죽을 만큼 아플 거야."

"괜찮아요?" 운전사가 뒤돌아보며 말했다.

나쓰오가 눈을 뜨자, 고개를 깊이 숙여 들여다보고 있는 야스코의 얼굴과 마주쳤다. 코앞의 야스코의 얼굴은 모공이 검게 열려있어 불결하게 보였다.

"그 일대에서 꽤 이름이 알려진 놈이라는군요." 운전사는 확신에 찬 듯 말했다. "당신을 차 안으로 옮길 때 도와주었어요."

"친절한 놈이군." 나쓰오는 몹시 언짢았다.

운전사는 낮은 소리로 웃었지만 나쓰오는 웃을 상황이 아니었다. 그는 고통스러워 눈을 감고 잠자코 있었다. 야스코가 그의 이마와 목 주변의 땀을 닦아주고 있었다. 야스코의 눅눅한 체취가 나쓰오를 숨 막히게 했지만 야스코는 나쓰오에게 붙어 떨어지지 않았다. 그는 야스코 보기가 부끄러워 자는 것처럼 축 늘어져 야스코가 하는 대로 내버려 두었다. 야스코는 짧은 간격으로 거칠게 호흡하면서 그를 안고 있었다. 그리고 때때로 차의 진동이 커질 때 그녀의 꺼슬꺼슬한 뺨이 그의 귀에 닿았다. 나쓰오는 처음에는 그것이 혐오스러웠다. 그러나 뜻밖에도 심장 고동이 빨라지고 입안이 말라왔다. 그는 당황하여 점점 몸을 움츠렸지만 야스코는 나쓰오를 놓으려 하지 않았다.

차가 멈추어 섰다. 그는 야스코의 도움을 받기 싫어서 스스로의 힘으로 일어나 차에서 내렸다. 조금 휘청거리기는 했지만 괜찮았다. 고개를 움직이려 하면 머리가 욱신거렸지만 고개를 똑바로 하고 걸으면 얼마간은 참을 수 있었다.

"지나치게 무모한 행동은 하지 말아주세요." 차를 돌리면서 운전사가 말했다.

"저쪽에서 먼저 싸움을 걸어 왔다고요." 야스코가 발끈하며 답했다. "싸움을 걸어오면 받아줘야지."

"용감하군요." 운전사가 응수했다.

그는 야스코와 운전사의 대화를 등 뒤에서 흘려들으면서 조심조심 발을 옮겨 현관으로 들어갔다. 야스코가 육중한 발소리를 내면서 쫓아와 계단을 오르려는 나쓰오를 부축했다. 두 사람은 침실로 들어가 나란히 침대에 앉았다.

"어휴." 나쓰오가 말했다. "참혹한 일이었어."

"불쌍하기도 하지." 묘하게 상기된 목소리로 야스코가 말했다. "그렇게 심하게 맞다니 ……"

나는 싸구려 식당에 진을 치고 있던 수상쩍은 놈에게 맞아 진흙투성이 마룻바닥에 쓰러져 기절하고 말았다, 정말이지 게이답다, 커다란 상처를 입은 그는 이렇게 생각했다. 슬픔이 저 깊숙한 곳에서부터 치밀어 올랐다.

"아가. 너무 심각하게 생각하지 말고 그냥 쉬어." 야스코가 매우 상냥하게 말했다. "상대방이 악질이었어. 네가 약해서가 아니야."

"나가 줘. 옷을 벗고 있을 거야." 나쓰오가 말했다. "그리고 좀 잘 거야."

야스코는 침대에 앉은 채 움직이려 하지 않았다. 나쓰오는 일어나 옷을 벗으려고 했다. 야스코에게 등을 돌리고 팔을 목 주변으로 가져갔을 때, 감전이 된 것 같은 통증이 그를 덮쳤다.

"아아" 하고 나쓰오는 신음했다.

"저런, 저런. 가엾어라." 야스코는 이렇게 말하면서 일어섰다. "가만히 좀 있어 봐."

그는 야스코 앞에서 맨몸이 되는 것이 참으로 수치스러웠지만 도리가 없었다. 야스코는 그에게 때때로 아픈 신음 소리를 내게 하면서도 능숙하게 옷을 벗겨 주었다. 그리고 그녀는 아무 말도 없이 손만 움직이면서 거친 숨을 쉬는 것이었다. 차 안에서의 당황스러움을 떠올린 나쓰오는 가슴이 다시 두근거리는 것을 느꼈다. 머리 속이 뜨거워지고 있었다.

야스코는 말없이 나쓰오를 침대로 데리고 갔다. 목의 통증을 자극하지 않으면서 눕는 것은 꽤 어려웠다. 베개에 머리를 가져 간 나쓰오의 눈앞에 야스코가 보였다. 그녀의 눈은 눈물을 흘린 것처럼 크고 축축했고 볼은 붉어져 있었다. 그들은 아주 짧은 시간동안 마주 보았다. 야스코는 그대로 침대 안으로 들어 왔다. 나쓰오는 야스코의 부드러운 육체에 휘감긴 채 가만히 있었다. 목 안이 뜨거워져 견딜 수가 없었다. 그는 꼼짝도 하지 못했다.

"자." 야스코는 아이와 같이 들뜬 목소리로 애매하게 말했다. "괜찮아."

"아?" 나쓰오는 궁지에 몰려 당혹해 하고 있었다. "나는 ······"

"아가, 불쌍한 아가." 야스코는 이렇게 속삭이며 자신의 속옷을 난폭하게 벗으며 아주 매끈매끈한 긴 허벅다리를 드러내었다.

"응? 우리 아가."

나쓰오는 공황상태에 빠져 떨기 시작했다. 욕망으로 붉어진 얼굴에 입술을 반쯤 벌리고 자신의 눈앞으로 다가온 야스코를 거의 두려워하고 있었다. 야스코는 나쓰오의 손목을 붙잡아 자신의 허리 위로 가져갔다. 감당할 수 없어, 라고 생각한 그는 팔을 빼려고 허둥대기 시작했다.

"왜 그러는 거야. 아가." 야스코가 말했다. "응? 왜 그래?"

"난 할 수 없어." 수치심으로 달아오른 그가 말했다. "나는 여자와 잘 수 없어."

"뭐라고?" 야스코가 말했다.

"나는 남색가야. 그들이 말하는 대로 오카마 자식이라고." 그는 조여드는 슬픔에 허덕이며 말했다.

야스코가 강제로 힘을 주어 그를 끌어안았다. 그의 머리는 야스코의 건장한 어깨 근육 위에 놓였다. 그도 야스코도 땀으로 젖었다. 나는 도망치고 싶다, 나는 무슨 이유로 이렇게 치욕스러운 곤경에 처한 것인가, 나쓰오는 야스코의 거친 손에 어루만져지며 생각했다.

"봐봐." 힘이 들어 간 목소리로 야스코가 말했다. "괜찮아. 용기를 내 봐. 네가 못할 건 없어. 아까 그 남자를 향해 가던 것처럼 용감해져 봐. 응?"

두려움에 입술이 떨리던 그는 야스코의 힘에 이끌려 몸을 일으켰다. 엄청난 힘으로 그를 위압하는, 털투성이 짐승과도 같은 야스코의 섹스는 차라리 공포에 오그라들게 만들었다. 그는 그런 야스코의 섹스를 보지 않기 위해 눈을 꼭 감으면서 몸을 가라앉히고 있었다. 두 사람은 짧은 한숨을 쉬고 그리고 땀으로 완전히 젖은 채 끌어안고 있었다. 나쓰오는 움직이지도 않고 말도 하지 않은 채, 야스코와 자신을 이은 섹스의 냄새를 맡고 있었다. 그런 그에게 목을 세우며 입술을 모은 야스코가 다가와 나쓰오의 볼에 묻은 눈물을 마셨다. 살갗의 안과 겉은 뜨거움이 서로 경쟁하듯 달아올랐고 심장 고동은 거세졌다. 거의 일순간과 같은 사랑 때문에, 그는 몸 구석구석에까지 밀려드는 무거운 피곤을 짊어지고 말았다.

"할 수 있잖아. 아가." 야스코가 장중하게 말했다.

그는 눈을 감고 야스코의 몸에 힘이 들어감에 따라 위축된 자신의 섹스가 밖으로 밀려 나오는 조용한 움직임을 느끼고 있었다. 그때 용의주도하게 야스코의 손이 뻗쳐왔다.

"아아." 그가 가냘픈 한숨을 쉬었다. "아아."

"거 봐, 용기를 내는 것만으로도 성공이잖아. 아가."

별안간 승리의 기쁨이 나쓰오를 감쌌다. 그는 거칠게 야스코의 몸을 끌어안고 그녀에게 행복한 작은 동물과 같은 신음 소리를 내게 만들었다. 나는 사내답게 여자를 사랑할 수 있었다, 고 그는 생각했다. 매일 밤, 루시앙의 몸에 깔려 쾌락을 위해 여자처럼 흐느껴 울던 내가, 지금은 남자로서 이 여자를 사랑한 것이다. 나는 훌륭하게 해냈다. 정말로 용기를 내는 것만으로도 성공한 것이다. 밀려오는 오열 때문에 나쓰오의 어깨는 흐느끼기 시작했고 점점 그 감정에 빠져들었다. 그는 자신이 삼 년 전부터 시작된 고질병을 극복했음을 느꼈다. 그리고 거기에 부수한 헤아릴 수 없는 콤플렉스로부터 아주 해방된 것을 느꼈다. 그는 온화한 미소를 머금은 야스코의 눈에 흐느끼며 입을 맞추었다. 야스코는 그의 머리를 천천히 쓰다듬어 주었다.

"나는" 그는 눈물을 보인 채로 미소 지었다. "나는 내가 여자와 잘 수 없는 인간이라고 굳게 믿고 있었어. 꽤 오랫동안 그렇게 믿고 있었어."

"할 수 있어. 우리 아가도." 야스코는 낮은 목소리로 속삭였다. "아가도 정말 훌륭하게 할 수 있었잖아. 넌 남자야."

"나는 남자다." 나쓰오는 자신 안에 희미하게 남아있는 두려움과 망설임의 싹을 잘라 버리기 위해 일부러 되뇌며 말했다. "나는 남자다운 일을 할 수 있는 사람이다."

"알게 되어 다행이지? 축하해." 야스코가 말했다.

"박수갈채다." 야스코의 땀에 젖은 뜨거운 가슴에 한쪽 뺨을 묻으며 나쓰오는 행복하게 말했다.

다음날 아침, 나쓰오가 눈을 떠 보니 야스코는 아침식사를 준비해서 침대 옆 긴 의자에 앉아 그를 바라보고 있었다. 그들은 잠자코 서로 미소를 지어 보였다.

"잘 잤어. 아가?" 야스코가 말했다.

"응." 그는 힘차게 상반신을 일으키며 답했다.

"나도 잘 잤어." 야스코가 말했다. "얼굴을 씻고 와서 먹도록 해."

"그다지 먹고 싶지 않은데."

"먹지 않으면 몸에 해로워." 야스코가 말했다.

아아. 이것이 건전한 일상생활이라는 것이다. 라고 나쓰오는 낯 간지럽지만 그렇게 느꼈다. 건강한 욕망을 가지고 건강한 방법으로 그것을 영위한 자들이 다음 날 아침에 나누는 대화란 바로 이런 것이다. 그는 침대에서 내려 와 세수하러 갔다. 루시앙과는 다른 체취가 온 몸에 베어있는 것 같았다. 그는 힘을 주어 이를 닦았다.

"맞은 곳은 괜찮아?" 야스코가 큰 소리로 말했다. "아프지는 않느냐고?"

"응, 아프지 않아, 괜찮아." 나쓰오는 머리가 나쁜 아이처럼, 혹은 앵무새처럼 야스코의 말을 그대로 받아 대답을 거듭했다. "조금도 아프지 않아."

나쓰오는 야스코에게 대답한다기보다 세면대 앞 거울 속에 비친, 남자다운 튼튼한 턱을 가지고 있는 자신의 얼굴을 향해 이야기하는 듯 했다. 수염이 조금 자라있는 그 얼굴은 어제까지와는 다른, 분명히 남자다운 견고한 것을 가지고 있었다.

두 사람은 식탁에 마주 앉아 식사를 시작했다. 야스코는 자신이 열여덟 살 때부터 십 년 이상이나 창부로 살고 있다는 사실을 이야기해 주었다. 처음에는 프랑스 선원을 주된 대상으로 하는 사설 시설에 있었는데, 배가 들어오면 밤새도록 열 명 이상의 외국인들을 상대해야 했기 때문에 변소에 웅크리고 앉는 것조차 힘들었다고 담담하게 말했다. 감동한 나쓰오는 중년 비만이 시작되고 있는 그 창부의 얼굴을 들여다보며 이런 저런 생각에 잠겼다.

"그래서 좋은 일은 요만큼도 없었어" 하고 야스코는 말했다. "아프기만 할 뿐이야. 왜 그런 걸 참았느냐하면, 양놈들이 우쭐대는 것을 보기 싫어서였어. 콘돔이라도 씌어줄 것 같은 얼굴을 하고 열여덟 살의 내가 훌쩍거리면, 그놈들이 지들에게 몸을 맡긴 날 무시할 것 같았어."

야스코는 의기양양하다, 영웅같다고 나쓰오는 생각했다. 정말이지 훌륭한 사람이다.

"당신은 훌륭해." 나쓰오는 솔직하게 털어놓았다. "나는 당신에게 우리 학교 여대생들의 추접함을 보여주고 싶어."

"여대생이라면 몇 명쯤은 알고 있었어." 야스코가 말했다. "매춘에 관한 조사를 하고 싶다며 찾아 온 적이 있어. 뭐가 궁금한 것일까 하고 들어보니, 외국인과의 성관계를 꼬치꼬치 묻는 거 있지. 그 아이들이 지금까지도 내 말을 곧이 믿고 있다면, 외국인은 여자를 의자 위에 거꾸로 세워놓고 뒤에서 즐긴다고 생각할 거야."

순수함에 목숨을 거는 여자들과 비교해서 이 창부는 얼마나 인간적이고 두터운 정을 가지고 있는가 하고 나쓰오는 생각했다. 야스코는 끊임없이 자신의 생활에 대해 털어놓았다. 특히 그녀가 열여덟 살 때부터 돈을 모아 꽃집을 하려고 마음먹고 있었다는 이야기는 나쓰오의 가슴에 와 닿았다. 꽃집은 잘 되기만 하면 벌이가 괜찮은 여자 직업이라는 소리를 야스코는 한 고객으로부터 들었다고 한다.

"웃긴 이야기지." 아주 쑥스러워진 야스코가 말했다.

"나는 당신이 훌륭하다고 생각해." 나쓰오는 열정을 담아 말했다.

나쓰오는 야스코와 결혼하여 그녀를 위해 꽃집을 열어 주는 것은 어떨지 고민했다. 그는 자신에게 그러한 능력이 있다고 믿기 시작했다. 오후 수업에 참석하기 위해 집에서 나설 때, 야스코는 알몸이 되어 몸을 닦으려 하고 있었다. 그는 밝은 해가 비치는 가운데 알몸의 여자를 보고 있지만 혐오스럽지 않았다. 그는 자신이 어제까지 가지고 있던 생각들, 여자의 섹스를 오욕으로 가득 찬 것으로 여기던 생각들을 완전히 버리고, 야스코의 주름 접힌 배와 갈색 얼룩처럼 보이는 엉덩이의 움푹 팬 곳 등을 바라보았다. 그것은 아름답지는 않았지만 인간적이었다. 알몸의 루시앙은 아름답지만 인간적이지는 않다고 나쓰오는 생각했다. 그리고 지금 나는 부드럽고 인간적인 것에 몸을 맡길 용기를 얻었다. 출발이다. 그는 야스코의 등을 수건으로 문질러 준 뒤, 전차를 타고 학교로 향했다.

전차 안에서도 줄곧 그는 주변의 평범하고 얼마간은 음험한 듯한 사람들에게서 우정을 느끼고 있었다. 그는 자신이 주변의 사람들과 연대하고 있다는 동지 의식에 충만해 있었다. 한 여자가 갓난

아기에게 젖을 물리려고 애를 쓰고 있었지만 아기는 머리를 좌우로 저으며 거부했다. 그것을 보고 미소짓는 사람들처럼 나쓰오도 같은 미소를 지으며 그 풍경을 오랫동안 지켜보고 있었다. 점심 휴식시간에 그는 루시앙과 함께 살기 시작하면서 결코 참석하지 않았던 여름 방학 학과 여행에 참가하겠다는 뜻을 학생위원에게 전달했다.

수업이 끝났다. 대사관 앞의 커피숍에서 루시앙과 만나기로 한 시간이 다가오자, 나쓰오는 가슴 속의 어떤 다짐을 굳히기 시작했다. 루시앙에게 그것을 말해야만 했다. 그러나 그것은 용기가 꺾일 수밖에 없는 곤란한 일인 것만큼은 분명했다. 몸이 경직된 그는 루시앙을 만나기 위해 비탈길을 올라 버스를 타고 약속 장소로 향했다.

루시앙은 그의 앞에 앉아 커피를 주문하고 밝은 표정으로 눈동자를 굴리면서 나쓰오를 가까이 들여다보고 있었다. 그의 무릎에는 루시앙이 문을 열고 들어오면서 던진 물건 꾸러미가 놓여 있었다. 그는 입에 침을 가득 모으고, 말을 꺼낼 실마리를 찾고 있었다.

"그게 무엇인지 맞힐 수 있겠어?" 루시앙이 말했다.

"이주 전에 주문해 두었던 것이 오늘에야 도착했어."

나쓰오는 침묵했다.

"커플 잠옷이야. 산양 머리 모양으로 자수가 놓여 있어. 이걸 가지고 싶어 했던 것은 나쓰오 쪽이야."

"나는 이 잠옷을 입지 않을 거야." 나쓰오가 말했다.

"아?" 루시앙은 익살스러운 몸짓을 보였다.

"알몸으로 자고 싶은 거야?"

"이해해 주었으면 해." 나쓰오는 루시앙의 얼굴을 피하면서 말했다. "나는, 앞으로, 지금처럼 살지 않을 거야."

"무슨 소리지?"

"나는 생활을 바꿀 참이야. 나는, 가능한 속히, 당신의 방에서 나가도록 하겠어."

"왜 그래. 나쓰오?" 갑작스러운 긴장감에 싸인 얼굴로 루시앙이 말했다. "나를 똑바로 보고 말해."

더 이상 움직임이 없는 루시앙의 눈, 진지하고도 날카롭게 빛나는 서구인의 눈을, 나쓰오는 응시하고 있었다.

"나는, 오늘 밤부터 '육체적으로' 당신에게서 벗어나겠어."

"'육체적으로'라는 것은 어떤 의미지?"

나쓰오는 그 불어 단어가 다른 의미를 가질 수 있는지 생각하기 위해, 루시앙의 뺨과 얇은 입술이 급속도로 창백해지는 것을 바라보고 있었다.

"무슨 말이냐고." 루시앙이 감정을 과도하게 고조시키면서 소리쳤다. "응? 무슨 말이냐니까."

나쓰오는 루시앙의 흥분이 오히려 자신을 침착하게 만들고 있음을 느꼈다. 그리고 야스코의 무릎이 벌어져 세워져 있는, 뜻밖의 장면이 그를 덮쳐 강하게 발기시키려 하고 있음을 느꼈다.

"우리 둘 사이의 관계를, 나는 더 이상 인정하고 싶지 않아. 그런 뜻이야." 나쓰오가 설명했다. "나는 프랑스 남자인 당신에게 사랑받고 있다는 굴욕을 참고 싶지 않아."

"굴욕." 루시앙은 괴로워하며 소리 질렀다. "나에게 사랑받는 것이 굴욕인가?"

"굴욕이라는 것을 좀 알아 줬으면 좋겠어. 당신은 나의 친구들을 더러운 황색 피부를 가진 일본인이라고 생각하고 있어. 그런데 어째서 나만 특별한 거지?"

"나쓰오. 나는 너를 사랑하고 있어." 루시앙이 말했다.

"너를 사랑하기 때문에 여러 가지를 포기하기도 하고, 깊숙이 개입하기도 했어. 나는 너와 연루engager되어 있어."

아아, 연루라니, 나쓰오는 분노에 휩싸였다. 연인들이 약혼할 때에 사용하는 의미로 루시앙은 이 말을 쓰고 있는 것이다. 그리고 나 같은 인간은, 루시앙과 함께 살기 위해 정치는 물론 현실에서조차 꼼짝달싹 못하는, 무엇 하나 연루되지 못하는 남자였다. 나는 도대체, 어째서 이 신경 발작처럼 입술을 떨고 있는, 검은 머리와 파란 눈동자를 가진 무기력한 프랑스인과 구차한 사랑을 반복하면서 많은 것을 잃고 있는가.

"나는 당신을 사랑한 적이 단 한 번도 없어." 나쓰오는 단호하게 말했다.

루시앙은 흥분으로 떨리는 손가락으로 급사를 불러 돈을 지불했다. 그리고 그는 나쓰오가 당장이라도 사라질까봐 조심스럽게 나쓰오의 팔을 잡고 서둘러 밖으로 나갔다. 나쓰오가 일어나자 그의 무릎 위에 있던 파자마 뭉치가 떨어져 포장지 사이로 산양 머리 모양의 자수 주변에 있는 작은 보라색 꽃이 보였다. 허리를 숙여 그것을 줍는 루시앙의 얼굴에는 피가 몰렸다. 그들은 등 뒤로 급사들의 시선을 느끼면서 조용히 빠른 걸음으로 밖으로 나왔다.

"무슨 일이 있었던 거야? 너에게?" 루시앙이 말했다. "무슨 일이 있었기에 나를 개 같은 절망에 빠트리고 있는 거냐고."

그들이 고개를 숙인 채로 대사관 주차장을 향해 걸어가고 있을 때였다. 루시앙은 거의 애원하듯이 매달리고 사정하기를 반복했다. 승리감이 나쓰오를 자극했다.

"나는 야스코·포가트와 잤어. 어제." 나쓰오가 천천히 말했다. "그리고 나는 그 여자와 사랑했어."

움찔하며 몸이 굳어진 루시앙이 멈추어 섰다. 나쓰오도 멈췄다. 루시앙은 조용히 나쓰오의 얼굴을 들여다 보았다. 나쓰오는 루시앙이 주먹을 날릴지도 모른다고 생각하고 있었지만 뒤로 물러나려 하지는 않았다. 나는 끄떡없이 견딜 수 있을 것이다, 루시앙을 괴롭게 만들고 있는 것이 분명한 만큼 나는 그것을 용서해야겠지, 그리고 그것을 루시앙과 결별하는 하나의 증거로 삼을 것이다 나쓰오는 그렇게 생각하고 있었다. 그러나 루시앙은 나쓰오를 가만히 들여다볼 뿐 조금도 움직이지 않았다. 나쓰오는 루시앙의 눈에서 볼에 이르기까지 그 얼굴에 여유로 가득 찬 안도감이 되돌아오는 것을 보았다.

"아?" 조금은 당황하는 기색을 보이며 나쓰오가 말했다.

"야스코와 사랑을 했다고?" 조용한 목소리로 루시앙이 물었다. "그렇다고 해서 나와 헤어져야 할 이유는 없잖아. 그건 별개의 일이야."

"그런 것이 아니라고."

"이번 여름 내내 네가 야스코 방에 있어도 상관없어. 나는 여자에게 질투심을 느끼는 남자가 아니야. 시시한 일로 고민하지 마."

"그런 게 아니라니까." 나쓰오가 말했다. "나는 지금 그 여자를 사랑하고 있어."

"사랑한다고?" 루시앙이 과장된 몸짓을 하며 말했다. "서른 살이 넘은 창부를 네가 사랑한다고?"

나쓰오는 수치심을 느낄 것 같아 그 자리에서 당장에 응수했다.

"나는 그 여자와 결혼할 거야."

놀란 루시앙이 나쓰오를 바라보았다. 그리고는 허리가 꺾일 정도로 웃으며 온몸을 마구 흔들기 시작했다. 그는 참으로 오랫동안 눈물을 흘리면서 웃었고, 그를 가만히 쳐다보고 있던 나쓰오를 화나게 만들었다. 그는 야스코를 통해 회복한 남자의 자존심이 짓밟히는 듯한 기분이 들었다. 루시앙 때문에 그런 기분이 드는 건 한층 더 분한 일이었다. 참을 수가 없었다.

"웃지 마." 그는 맹렬하게 말했다. "웃지 말아 줘."

루시앙은 홍조 띤 뺨에 흐르는 눈물을 닦기 위해 주먹으로 쓱쓱 문지른 다음, 아직도 웃음이 가시지 않은 듯 흔들리는 목소리로 말했다.

"너는 그 여자에게 남자로서 할 수 있었던 것에 도취되어 있어. 그런 거지?"

"우습게 말하지 마." 수치심을 억누르려 애쓰며 나쓰오가 말했다.

"너는 여자의 육체를 사랑할 수 없다고 확신하고 있었어. 그런데 그 여자와 잤더니 잘 되었어. 그래서 흥분한 거야."

나쓰오가 루시앙의 광기 어린 흥분을 무시하기 위해 그를 등지고 걷기 시작할 때 나쓰오의 한쪽 팔을 루시앙이 거센 힘으로 붙잡았다.

"이봐. 너는 야스코·포가트가 어떤 여자인지 알지 못해."

"알 필요 없어."

"알게 해 주겠어. 억지로라도 알게 해 주겠어." 루시앙은 나쓰오를 단단히 붙잡고 차가운 눈빛으로 그를 보며 말했다. "내가 순순히 물러나야 할 상황은 아닌 것 같군. 너는 사실을 알아야만 해."

루시앙은 차를 세워 나쓰오를 억지로 끌어넣으려 했다. 나쓰오는 운전수가 한동안 뒤를 돌아볼 정도로 저항했다. 루시앙도 쩔쩔매고 있었다.

"어이. 야스코로부터 결혼 승낙이라도 받아낸 거야?"

그에 대해서는 전혀 생각해 보지 못했던 터라 나쓰오는 불안해졌다. 그러나 그 여자는 완벽하게 상냥했다. 힘이 빠진 나쓰오를 차 안으로 끌어넣으며 루시앙이 말했다.

"아무튼, 나를 따라와. 들려주고 싶은 말이 있어. 그 말을 들은 후에 결혼하든 말든 마음대로 해."

차는 긴자에 있는 꽤 수상한 술집에 도착했다. 한 건물에 여러 가게가 있는 곳이었다. 나쓰오와 루시앙은 그곳이 처음은 아니었다.

"내가 만나게 해 줄 사람이 여기에 있어" 루시앙이 말했다. "너는 그 사람으로부터 많은 것을 듣게 될 거야."

술집은 아직 손님을 받고 있지는 않았지만, 머리가 완전히 벗겨진 중년의 온화한 남성이 나쓰오와 루시앙을 발견하자 그들을 안으로 맞아 주었다. 가게 테이블을 정리하고 있던 젊은 남성들이 그들에게 가볍게 인사를 했다. 나쓰오는 어느 저녁에 그 젊은 남성 중 한 사람이 여장을 하고 춤추던 것을 여기서 본 기억이 났다. 그 건장한 남성은 과도할 만큼 허리를 부드럽게 비틀며 춤을 춘 뒤, 느닷없이 알몸이 되었다. 그의 섹스는 가랑이 사이에 끼어 있었고, 기묘하고 부족하게 느껴지는 가짜 여자 하복부가 아주 일순간 노출되었다. 그날 밤, 루시앙과 나쓰오는 너무 웃어버린 나머지 돌아오는 차 안에서 기분이 언짢아지고 맹숭맹숭해질 정도였다. 그런데 지금 그 남자는 회색 바지에 옅은 복숭아 색 셔츠 옷자락을 가는 허리 위에 묶고 의자를 이동시키는데 열심이다. 남자다움이 느껴졌다. 루시앙과 나쓰오는 카운터에 나란히 앉아 웃을 기분이 아닌 표정으로 정면의 벽에 걸린 보디빌딩 사진 설명을 읽고 있었다.

"누구를 만나는 거지?" 나쓰오가 물었다.

여기까지 오기는 했지만 루시앙은 주저하는 듯 했다. 그러나 그는 그런 망설임을 뿌리치고 중년의 주인에게 말을 걸었다.

"야스코·포가트가 어떤 여자인지, 이 소년에게 말해 주지 않겠어?"

주인은 나쓰오 앞에 두 번째 잔을 놓으며 여자처럼 어깨를 비비 꼬면서 루시앙에게 웃어 보였다.

"아아, 야스코?"

나쓰오는 듣고 싶지 않았지만, 그것을 저지하기에는 이미 늦어버렸다.

"그 친절한 여자가, 이 애송이에게 여느 때와 같은 방법을 시도했군요." 주인은 나쓰오에게 직접 말하지는 않았다.

"응." 루시앙이 답했다.

"그 여잔 말이야." 주인은 나쓰오를 평가하듯이 바라보았다. "그런 짓을 잘 해."

"무슨 뜻이지?" 화가 치민 나쓰오는 일본어로 말했다.

주인은 화를 꾹 참으며 입술을 다물고는 루시앙 쪽을 바라보았다. 그는 외국어로 말하고 싶어 했다. 주인 대신 루시앙이 나쓰오의 몸 쪽으로 다가오며 말했다.

"야스코는 남성 동성애자 커플과 한 조를 이루어 세 명이 같이 지내는 부류의 창부야." 루시앙은 냉정함을 유지하면서 말했다. "남자들의 사랑을 곁에서 도와주기도 하고, 피곤한 사람을 대신하여 다른 한 사람을 즐겁게 만들기도 하지."

굳어버린 나쓰오는 무릎 위에 놓인 자신의 희고 가느다란 손가락을 응시하고 있었다. 자신이 창백해지는 것을 가게 주인에게, 이 직업적으로 닳고 닳은 남색가에게 들키고 싶지 않았다.

"그 여자는 난폭한 남자, 남자다운 남자와는 자지 않아. 무서워하지." 주인이 말했다. "젊었을 때 심하게 당했던 모양이야."

나쓰오는 입술을 깨물고 힘없이 고개를 떨구었다. 몸 구석구석에 스며드는 암울한 실의가 불쾌하게 퍼지는 것을 그는 견디고 있었다. 주인과 루시앙은 잠자코 나쓰오의 반응을 살폈다. 이후 주인은 화장실 커튼 뒤 저쪽에서 아주 젊은 한 남자를 데리고 왔다. 그 남자는 작고 가는 코를 가지고 있었고 그 코를 중심으로 눈과 입이 모인, 작은 동물과 같은 얼굴을 하고 있었다. 그리고 화장하던 도중에 불려 나온 불만을 오로지 나쓰오에게 표시하고 있었다.

"너, 야스코가 먹여 살렸던 놈이지?" 주인이 물었다.

"네." 남자는 민첩하게 술병을 집어 들어 루시앙의 잔에 따르면서 답했다.

"어떤 식이었어?"

"나는 그 여자와 자는 것이 좋았어요." 남자는 태연하게 말했다. "그 여자는 불능인 사람과 자도 반드시 일을 성사시키는 좋은 재주를 가지고 있죠. 실제로 내 친구들이 그 여자에게 귀여움을 받을 때도 그랬어요."

나쓰오는 의자에서 허리를 떼고 일어났다. 그는 굴욕과 분노로 가득 차 있었다.

"그 여자를 집에서 내쫓아 줘. 두 번 다시 만나고 싶지 않아. 그렇게 전해 줘."

나쓰오가 뛰쳐나가는 것을 모두가 바라보고 있었다. 그는 루시앙이 뒤쫓아 올지도 모른다고 생각했지만 그렇지는 않았다. 그랬기 때문에 나쓰오는 더욱 결심을 굳힐 수 있었다. 결심, 그는 결심했다.

나쓰오는 한눈도 팔지 않고 거기까지 걸어 가 숨을 헐떡이며 멈추어 섰다. 석양이 지는 포장도로의 저편, 가로수나 수도꼭지와 같이 거의 눈에 띄지 않는 거리의 부속물처럼 창부들이 존재하는, 그렇지만 보통의 통행인들과는 분명히 구별되는, 그 일대를 둘러보았다. 그는 결의에 차 있었다.

양품점 쇼윈도 앞에는 역시 열여덟 살 정도의 창부들이 멍하니, 그러나 실제로는 눈을 반짝이며 서 있었다. 고통스러울 정도로 고동소리가 높아진 그는 포장도로를 걷기 시작했다. 더 이상 뒤로 물러서고 싶지 않았다. 자동차의 경적도 무시하며 그는 큰 보폭으로

길을 가로질렀다.

"이봐." 그는 밤색으로 윤기가 나는 창부의 단단한 목 주변 근육을 내려다보고 있었다.

"아?" 창부는 목 깊숙한 곳에서 나는 목소리로 답하며, 재빠르게 물건 값을 매기듯이 그를 쳐다보았다. "멈추어 서지 마요."

그는 창부를 따라 걷기 시작했다. 머리가 어지러웠고 목이 말랐다. 주변의 모든 사람들이 자신을 쳐다보고 있는 듯한 기분이 들었다. 창부는 공중전화 부스의 어두운 그림자에서 흠칫 뒤돌아서서 나쓰오를 매섭게 쏘아보며 말했다.

"얼마나 가지고 있어요?"

당황한 그는 허둥거리며 금액을 말해 주었다.

"이십 분, 괜찮죠?" 창부가 말했다. "택시비는 그쪽이 내는 걸로요."

택시를 타자 창부는 마음이 내키지 않는 듯이 바다 근처의 장소로 데리고 갔다. 옆에서 보니 창부의 얼굴은 꺼슬꺼슬하고 털이 나 있는 듯이 보였다. 눈꺼풀에 칠한 검푸른 화장만이 생생하고 매끈하게 두드러져 보였다. 같이 걷기 시작할 때부터 여자는 전혀 아름다워 보이지 않았다. 그러나 그런 것 따위는 생각하지 말자 하고 그는 마음을 고쳐먹었다. 그것은 결코 본질적인 문제가 아니었다.

택시에서 내려 구질구질한 가게들이 늘어선 좁은 길을 지나 골목으로 들어서자, 그 여자는 돌아보며 눈을 번득였다. 나쓰오도 뒤를 돌아보았지만 그 주변에 경찰은 없었다. 그는 작은 안도감을 느

갈채

끼며 그 안도가 몸 전체로 퍼지기를 바랐다.

"멍하니 있지 말고 빨리 와요." 여자가 말했다. "현관에 들어서고 난 이후에는 아무 말도 하지 말아줘요."

그들은 목조건물 아파트의 어두운 계단을 올라 가, 이층 구석의 작은 방으로 들어갔다. 거기에는 좁고 얇은 침구들이 깔려 있었고 좁고 긴 배게도 있었다. 그 외에는 아무 것도 없는 것 같았다.

"시간이 없으니 바지를 내려놓기만 해요." 여자는 만첩하게 치마를 걷어 속옷을 벗어 던지고는 누우며 말했다. "얼른요. 전봇대도 아니고. 돈은 거기 두고요."

감정을 섞지 않는 것이 좋아, 그것이 모든 것을 뒤죽박죽으로 만들지 하고 그는 생각했다. 바지를 내리고 무릎을 꿇었다. 여자는 아이처럼 새카만 배와 허벅지를 드러내고 다리를 버둥거리며 노래를 흥얼거렸다.

"당신 때문에 내 무릎을 움직여야 하는 건가요?" 여자가 언짢은 듯이 말했다.

그는 무릎을 꿇은 채로 앞으로 나아가 그를 혐오에 몸부림치게 만드는 것에 시선을 피하며 몸을 엎드리려 했다. 오른손이 젖은 종이 뭉치 위에 풀썩 닿았다. 구역질을 느낀 그는 그 손을 뺐다. 그 찰나 그는 여자의 배 위에 그대로 쓰러지고 말았다. 그리고는 욕망을 완전히 잃어 버렸다.

"함부로 굴지 마요." 여자가 말했다. "뭐하는 짓이에요?"

"나는" 목이 잠긴 그가 답했다.

"뭐가 '나는'이란 말이에요. 신경질적인 표정을 하고서. 정말 알 수가 없다니까."

그는 이를 악 물고 죽을 힘을 다해 의지력을 소비해 가며 여자의 어깨 근육을 쓰다듬었다.

"그만 둬요. 간지러워." 험악한 목소리로 여자가 말했다. "건드리지 말라고요."

어찌할 바를 몰랐다. 그는 밝은 불빛 아래 맨 엉덩이를 높이 들고 있을 뿐이었다. 창부는 상체를 비틀어 부스럭 소리를 내며 봉투에서 참으로 이상한 색과 모양을 한 것을 꺼내어 손가락에 감고 강하게 숨을 쉬며 팔을 뻗었다. 그는 몸이 떨리는 것을 참으며 여자가 하는 대로 두었다.

"참 나." 여자가 갑자기 경멸에 찬 엷은 미소를 띠었다. "대체 뭐야, 당신. 설마 자신이 보통의 남자라고 생각하고 있어요?"

그는 순식간에 자신도 알 길 없는 심연에 머리를 거꾸로 하여 큰 소리로 울부짖으며 빠져들고 있는 것을 느꼈다. 분노와 절망에 휩싸인 그는 독기로 가득한 웃음을 눈 앞에서 노골적으로 드러내고 있는 여자의 얼굴에 덤벼들었다.

여자는 두려움에 몸부림치며 큰 소리를 질렀고 그의 하복부를 발로 찼다. 여자가 등 뒤의 미닫이를 열자, 한 남자가 나타나 몸을 둥글게 말고 아픔에 신음하고 있는 그를 벽 쪽으로 끌고 가 쓰러뜨렸다. 그는 축 늘어진 채 눈앞에 서 있는 건장한 남자를 겁내며 올려다보았다.

"젠장." 여자가 바닥에서 일어나며 말했다.

"사람을 뭘로 보고."

"이 새끼가." 남자도 말했다. "어떻게 된 거야?"

"갑자기 달려들잖아. 변태인가봐." 여자가 답했다.

"정말 위험했다고."

"하반신을 못 쓰게 만들어 줄까 보다. 야!" 남자가 소리쳤다. "이 새끼야."

"걔, 학생일거야. 분명히." 여자가 말했다. "제대로 할 줄도 모르면서."

"학생이야?" 갑자기 적의를 잃은 남자는 아주 경멸하듯이 말했다. "바지 추스르고 얼른 나가. 다시는 오지 마라."

현관 벨을 누르자, 이 층 계단에서 천천히 내려오는 발소리가 들렸고, 파자마를 입은 루시앙이 문을 열었다. 불빛을 등지고 있어서 루시앙의 표정은 알 수 없었지만, 목소리는 침착하고 부드러웠다.

"늦었네. 자지 않고 기다리려고 했는데."

루시앙이 몸을 움직이자 불빛이 나쓰오에게 쏟아져 눈이 부셨다. 그는 고개를 숙이고 피가 베일 정도로 입술을 깨물었다.

"아아, 아아." 루시앙이 말했다. "뭔가 엄청 기가 죽은 것 같은데."

루시앙이 팔로 나쓰오의 어깨를 감쌌다. 나쓰오는 그가 하는 대로 가만히 있었다. 그리고 그들은 현관문을 열어 둔 채로 침실로 올라갔다.

"배곯은 고양이처럼 기가 푹 죽었네." 루시앙은 그렇게 말하면서도, 나쓰오에 그 이유를 묻지 않았다.

"아무 것도 안 먹었어?"

"손을 씻고 싶어." 가슴에 가득 찬 슬픔 때문에 나쓰오는 띄엄띄엄 말했다. 루시앙은 나쓰오를 창문가로 데리고 가 물병 안의 미지근한 물을 부어 주었다. 나쓰오는 꼼꼼히 손가락 사이사이를 문지르며 씻었다.

"수건 대신 내 파자마에 닦아." 물병을 창문가에 두면서 루시앙이 말했다. "피곤하지. 가능한 움직이지 마."

고개를 떨군 나쓰오는 유순히 루시앙의 파자마 자락에 손을 닦았다. 그의 목덜미에 꺼슬꺼슬한 수염과 함께 두툼하고 건조한 입술이 닿았다. 아주 짧은 간격을 두고 다시 목덜미에 입술이 닿았다. 이번에는 침으로 젖은 입술이 따뜻했다. 루시앙은 팔로 나쓰오를 세차게 끌어안았고 나쓰오는 익숙한 냄새가 나는 루시앙의 가슴에 머리를 묻었다. 루시앙이 나쓰오의 고개를 들어 올려 셔츠 자락을 풀고 다시 나쓰오의 머리를 되돌려 놓았다. 나쓰오는 땀으로 젖어 부드러워진 가슴 털에 뺨과 코를 묻고 루시앙의 체취를 맡았다. 실로 섬세하고 익숙한 전율이 그의 허리에서 몸 전체로, 피부의 모공 하나하나를 여는 듯이 퍼져 나갔다.

"야스코를 내쫓는 데 꽤 애를 먹었어" 하고 루시앙이 아무렇지도 않은 듯이 말했다. "한 달 치 월급을 내 놓으라고 때를 쓰더군. 거의 때리듯이 해서 내 보냈다고."

나쓰오는 반응을 보이지 않았다. 그는 너무 피곤한 나머지 졸렸다.

"어제부터 오늘까지 대단한 소란이었어. comedie 같았어." 루시앙이 말했다. "게다가 지옥편이 있는 comedie였어."

아아, 지옥 같은 고통을 맛보고 말았다 생각하니 나쓰오는 눈물이 터져 나왔다. 이런 바보, 오카마 같으니라고. 지옥과 같은 고통이다.

"휴가를 얻는 대로 프랑스에 다녀오자. 너는 우리 부모님도 마음에 들어 할 거야." 루시앙은 만족과 쾌락의 전조를 즐기며 조금은 조급하게 말했다.

"그리고 이번의 comedie는 잊어버리자. 힘찬 박수, 그것으로 끝."

루시앙은 나쓰오의 옷을 벗기고 산양의 머리와 보라색 꽃이 수놓인 파자마를 입히려 했다. 그는 세심하게 주의를 기울이며 윗옷의 단추를 채워주고 있는 루시앙의 작업이 수월하도록 고개를 들었다. 양 볼에 흐르는 눈물을 삼키며, 이런 오카마 자식, 나야말로 그 박수갈채를 받아야 한다고 생각했다.

조정민 옮김

갈채받을 수 없는 청년

조정민

1935년에 태어난 오에 겐자부로는 그가 열 살이 되던 해에 패전을 맞이하게 된다. 시골에서 자란 애국소년 오에에게 있어서 패전이란 일종의 굴욕과 굴복을 동반하는 경험이었지만, 동시에 패전은 거대한 해방감을 불러일으키기도 했다. 그의 말을 빌리자면 굴복감과 해방감은 선명하고 투명하게 존재하는 것이 아니라, 물감이 마르기도 전에 다른 색을 입혀 놓은 수채화처럼 애매하고 미묘하게 서로 간섭하는 특별한 색조의 감정이었다(「本当に文学を選らばねばならないか?」, 『大江健三郎作品集』1, 新潮社, 1994). 이후 오에는 '전쟁에서 패배했다는 것과 전쟁이 끝났다는 것' 사이에 서서 패전 일본/전후일본이 직면한 모순된 현실과 심리를 문학적 주제로 삼고 진중하게 고민을 거듭해 왔다. 오에가 발표한 초기 작품들, 예컨대 「사육飼育」(1958)이나 「인간 양人間の羊」(1958), 「불의의 벙어리不意の唖」(1958), 「보기 전에 뛰어라見るまえに跳べ」(1958), 「우리들의 시대

われらの時代」(1959) 등은 대부분 패전과 전후 사이의 혼탁하고 애매한 사정들을 다루고 있다. 다시 말하면 패전과 종전이라는 두 현실을 왕복하는 가운데 결국 허공에 부유하는 것을 귀착점으로 삼게 된 일본의 현실을 오에는 사상의 과제로 삼았던 것이다.

패전 일본과 전후일본 사이의 혼란한 감정은 '애매하고 미묘하게 서로 간섭'하기에, 그것을 정확하게 포착하기란 쉽지 않다. 그러나 때로는 패전 일본과 전후일본의 차이가 분명하고 또 명확하게 대비되기도 한다. 1958년에 발표된 오에의 두 작품을 비교해 보자. 아쿠타가와상 수상작인 「사육」은 흑인 미군병사와 일본인 소년간의 정서적 교감을 비중 있게 다룬 소설이다. 아시아태평양전쟁 말기, 일본의 어느 산골 마을에 미군 비행기가 추락한 것을 계기로 조종사인 흑인 병사는 한 소년의 집 지하 창고에서 '사육' 당하게 된다. 흑인 병사에 대한 인수인계가 늦어지고 또 감시마저 느슨해지자 흑인 병사는 마을 사람들과 스스럼없이 어울려 지내지만, 흑인 병사의 인도 문제가 마을에 조그만 소동을 일으키자 그는 위협을 느끼고 일본인 소년을 인질로 붙잡아 마을 사람들과 맞선다. 일본인 소년은 흑인 병사를 '사육'하면서도 가장 좋은 친구로 지내왔지만, 한순간에 흑인 병사의 인질로 전락해 목숨을 위협받게 된 것이다. 양자 사이의 신체 소유권이 전복된 상황에서 결국 마을 사람들은 흑인 병사를 죽이고 만다. 이것으로 양자의 대치 상황은 종료되었지만, 인질 경험과 더불어 충격적인 살해 과정까지 지켜본 일본인 소년은 자신을 인질로 삼은 흑인 병사는 물론이고 마을 어른들에 대해서도 배신감과 분노를 느낀다. 그리고 소년은 '나는 더 이상 아이가 아니다'라고 스스로에게 말한다. 이처럼 「사육」은 홍수로 고립된 데다가 전쟁의 영향을 거의 받지 않은 시골 마을을 배경으로 흑인 병사와 소년의 유대관계가 다소 목가적으로 묘사되어 있다. 여기에는 전쟁에서 패배했다는 심리적인 충격보다는 미국인 흑인 병사를 둘러싼 사건을 통해 한 소년이 겪게 되는 감수성의 변화에 초점이 맞추어져 있다.

이에 반해 「사육」보다 한 달 뒤에 발표된 「인간 양」은 점령자 미국과 피점령자 일본의 위계를 적시함으로써 패전 일본의 굴욕감과 수치심을 전경화시키고 있다. 「인간 양」에는 버스 안에서 술에 취한 외국인 병사가 일본인 승객을 칼로 위협해 그들의 바지를 벗기고 맨 엉덩이를 두드리며 노래하고 조롱하는 사건이 묘사되어 있다. 이같은 일이 벌어지게 된 계기는 한 일본인 여성이 외국인 병사를 향해 '나는 이 아이들과 자고 싶어'라고 말한 것에 주인공 '나'가 화가 나 여자의 팔을 뿌리쳐 쓰러트렸기 때문이다. '나'는 점령자 미국이 일본인 여성을 성적으로 지배하고, 동시에 일본인 여성 스스로가 점령자 미국을 갈구하는 모습을 목도하고 분노와 불쾌감을 느끼지 않을 수 없었던 것이다. 결국 '나'는 물론이고 일부 승객들은 외국인 병사의 위협에 바지를 내리고 엉덩이를 보이는 치욕스러운 경험을 하게 된다. 외국인 병사가 '나'의 엉덩이를 두드리며 동요와 같은 유치한 노래를 부를 때, 작품의 제목처럼 '나'는 한 마리의 '양'으로 전락하고 말았다. 한편, 사건에 휘말리지 않았던 다른 승객들은 그저 잠자코 이 충격적인 장면을 지켜볼 뿐이다. 외국인 병사들이 하차함으로써 사건은 일단락되었지만, 버스 안에는 여전히 굴욕감과 수치심으로 가득 차 있었다. 뿐만 아니라 이 사건에 휘말린 승객과 사건을 방관했던 승객들 사이에는 묘한 기류가 형성되었다. 한 교원이 사건의 전말을 신고해야 한다며 '나'를 억지로 경찰서로 데려 가지만 경찰은 사건 자체가 살해도 상해도 아니라는 사실을 알자 대수롭지 않게 처리해 버리고 만다. 결국 '나'는 자신의 이름도 밝히지 못한 채 경찰서를 나올 수밖에 없었다. 이처럼 이 작품에는 절대적 권력으로 무장한 점령자 미국과 그들의 조롱거리로 전락한 피점령자 일본의 모습이 대비적으로 묘사되어 있으며, 일본인 내부에도 피해자와 방관자가 분명하게 나뉘어 있는 양상을 포착함으로써 일본 사회의 이원적 현실을 상징적으로 보여주고 있다.

여기에서 한 가지 짚어두고 싶은 것은 「인간 양」의 '나'와 같은 청년이 패전 일본/전후일본의 기표로 자주 등장한다는 점이다. 다시 말하면 오에는 점령자 미국으로 인해 좌절하고 수치를 느낀 청년들을 기형적으로 과장되게 그림으로써 일그러진 패전 일본/전후일본을 표상하고자 했던 것이다. 그의 초기 작품에 동성애자나 성불구자, 성도착자가 자주 등장하는 것도 같은 이유로, 오에가 보

기에 "현대 일본은 성적 인간의 국가로 변모하여 강대한 수컷 미국에게 굴복해 안일을 향수하고 있"는 것 같았다(『厳肅な網渡り』, 文藝春秋, 1965).

　패전 이후 약 7년 동안 미 점령하에 놓인 일본을 남성성이 거세된 치명적인 주체로 그리는 의도는 충분히 짐작이 되지만, 그렇다고 오에는 일미관계를 단순하게 이항대립적인 구도로 파악하지는 않았다. 이는 앞에서도 언급한 바와 같이 패전 일본과 전후일본 사이의 혼란스러운 감정이 양자의 도식적인 구분을 불가능하게 만들기 때문일 것이다. 오에는 소설집 『보기 전에 뛰어라見るまえに跳べ』(新潮社, 1958)에서 "나는 이 창작집에 담은 작품을 통하여 하나의 주제를 전개하고자 하였습니다. 강자로서의 외국인과 많든 적든 굴욕적인 입장에 있는 일본인, 그리고 그 사이의 중간자中間者(외국인 상대의 창부나 통역 등), 이 삼자의 상관을 그리는 것이 모든 작품에서 반복적으로 전개된 주제였습니다"(『보기 전에 뛰어라』, 新潮社, 1958)고 밝히기도 했는데, 그가 일미관계를 굳이 삼자의 상관으로 파악하고자 한 것은 점령 기억이 서사의 정치, 재현의 정치에 따라 '중간자'들에 의해 작위적으로 만들어지는 '허구'라는 점에 방점을 두기 위해서였다고 지적할 수 있다. 즉 그는 굴욕감으로 점철된 '나쁜 점령'이나 자유와 민주의 도래를 연상시키는 '좋은 점령'이 절대적으로 존재하는 것이 아니라, 점령 기억이란 오히려 '중간자'에 의해 (재)구성되거나 해체될 수 있다고 보았던 것이다.

잡지 『문학계文學界』(1958.9)에 발표된 「갈채喝采」는 오에가 삼자의 상관을 통해 제시하려 했던 전후일본의 피점령 상황을 보다 구체적으로 살필 수 있는 작품이라 할 수 있다. 이 소설에는 외국인을 상대로 하는 창부 야스코康子와 대학생 나쓰오夏男, 그리고 F대사관에 근무하는 프랑스인 루시앙リュシアン이 등장한다. 나쓰오는 대학에서 프랑스어를 전공으로 하고 있으며 F대사관 직원 루시앙과 동성애 관계를 가지며 동거하고 있다. 이 두 사람 사이에 변화가 일어난 것은 그들의 집에 야스코라는 창부(외국인 바이어가 일본에 체재할 때 주부 역할을 해 주는 창부)가 입주하면서부터이다. 야스코는 첫날밤부터 루시앙을 침대로 유혹하지만 루시앙은 그것을 거절하고 나쓰오를 침대로 불러들인다. 그러나 야스코라는 존재 때문인지 나쓰오는 평소와 같은 행위를 할 수 없었다.

어느 날 나쓰오와 야스코는 우연히 육체관계를 가지게 된다. 3년 만에 이성과의 섹스에 성공한다. 나쓰오는 자신이 '남자'가 되어 '건전한 일상생활'을 되찾게 되었다고 확신한다. 그리고 그는 '남자'가 된 자신에게 '갈채'를 보낸다.

나쓰오는 곧 바로 루시앙에게 야스코와의 육체관계를 고백하고 결별할 것을 전한다. 그러자 루시앙은 야스코는 동성애를 나누는 남자들과 한 조를 이루어 지내는 부류의 창부이며, '불능인 사람과 관계를 가지더라도 종지부를 찍게 만드는 솜씨 좋은 사람'이라는 사실을 나쓰오에게 알려준다. 나쓰오는 사실을 확인하기 위해 거리에서 만난 창부와 섹스를 시도해 보지만, 자신이 여전히 불능이라는 사실만 확인하게 된다. 결국 나쓰오는 다시 루시앙의 방으로 돌아가 따뜻하게 맞이해주는 그의 품에 얼굴을 묻는다.

여기서 주목하고 싶은 인물을 다름 아닌 야스코라는 존재이다. 나쓰오가 자신에게는 '남성성'이 존재하지 않는다고 체념하고 프랑스인 루시앙과 동성연애를 시작하는 과정은 전후일본이 미 점령으로 인해 '남성성'을 상실하였다고 인식하고 대미 종속적인 입장을 자처하는 것과 같은 문맥을 가진다고 볼 수 있다. 우연히 야스코와의 성관계가 성립한 것을 통해 나쓰오는 '남성성'과 '건전한 일상생활', '건강한 욕구'를 회복하였다고 믿지만, 그것은 야스코에 의해 만들어진 일회성의 '남성성'에 지나지 않았다. 다시 말하자면 나쓰오의 '남성성'은 허구에 불과한 것이었다.

　"거 봐, 용기를 내는 것만으로도 성공이잖아. 아가."
　별안간 승리의 기쁨이 나쓰오를 감쌌다. 그는 거칠게 야스코의 몸을 끌어안고 그녀에게 행복한 작은 동물과 같은 신음 소리를 내게 만들었다. 나는 사내답게 여자를 사랑할 수 있었다, 고 그는 생각했다. 매일 밤, 루시앙의 몸에 깔려, 쾌락을 위해 여자처럼 흐느껴 울던 내가, 지금은 남자로서 이 여자를 사랑한 것이다. (…중략…)
　"나는" 그는 눈물을 보인 채로 미소 지었다. "나는 내가 여자와 잘 수 없는 인간이라고 굳게 믿고 있었어. 꽤 오랫동안 그렇게 믿고 있었어."

갈채

"할 수 있어, 우리 아가도." 야스코는 낮은 목소리로 속삭였다. "아가도 정말 훌륭하게 할 수 있었잖아. 넌 남자야."

"나는 남자다." 나쓰오는 일부러 자신 안에 희미하게 남아 있는 두려움과 망설임의 싹을 잘라 버리기 위해 되풀이했다. "나는 남자다운 일을 할 수 있는 사람이다."

"알게 되어 다행이지? 축하해." 야스코가 말했다.

"박수갈채다." 야스코의 땀에 젖은 가슴에 한쪽 뺨을 묻으며 나쓰오는 행복하게 말했다.

"얼굴을 씻고 와서 먹도록 해."

"그다지 먹고 싶지 않은데."

"먹지 않으면 몸에 해로워." 야스코가 말했다.

아아, 이것이 건전한 일상생활이라는 것이다, 라고 나쓰오는 낯간지럽지만 그렇게 느꼈다. 건강한 욕망을 가지고 건강한 방법으로 그것을 영위한 자들이 다음 날 아침에 나누는 대화란 이런 것이다.

3년 전까지만 해도 '남성성'을 가지고 있던 나쓰오는 루시앙과 생활을 함께하게 된 이후, 줄곧 거세된 신체로 존재해야만 했다. 그는 야스코와의 성관계가 성공하자 기쁨을 느끼고 '사내답게 여자를 사랑할 수 있는' 신체로 다시 태어난 자신에게 박수갈채를 보낸다. 그러니까 야스코는 나쓰오의 '남성성'을 회복시키고 '건강한 욕망'과 '건전한 일상생활'로 이끄는 '중간자'였던 셈인 것이다.

야스코는 나쓰오의 '남성성'뿐 아니라, '일본인'이라는 귀속감을 환기시키기도 하였다. 나쓰오의 학과에는 정치에 관심이 많은 대학생들이 많았다. 그들은 성명문을 가지고 각국의 대사관을 찾아가 항의하는 등, 자신들의 생각을 적극적으로 전달하려 했다. 그러나 나쓰오가 그들과 교류하는 일은 결코 없었다. 그런 나쓰오에게 야스코는 "친구는 소중한 거야", "프랑스인 같은 사람과는 친구가 될 수 없어", "아가, 학교 친구들을 소중하게 생각하지 않으면 후회할 거야"라고 말하며 일본인 친구들 속으로 귀속하길 촉구한다.

야스코의 영향 때문인지, 루시앙에게 헤어질 것을 선언할 때에도 나쓰오는 "나는 프랑스 남자인 당신에게 사랑받고 있다는 굴욕을 더 이상 참지 않으려고 한다", "당신은 우리 친구들에 대해 더러운 황색 피부를 가진 일본인이라고 항상 생각하고 있다. 그런데 나만 왜 특별한 것인가?"라고 말하는데, 이러한 발언을 통해서 알 수 있는 것은 나쓰오가 이미 '우리 친구', '황색 피부를 가진 일본인' 속에 회귀하였다는 사실이다. 이러한 나쓰오에 대하여 루시앙은 "나쓰오, 나는 너를 사랑하고 있어"라고 대응하지만, '황색 피부를 가진 일본인'으로서의 '나쓰오'와 단지 '사和'적인 입장에 서 있을 뿐인 루시앙과의 관계는 좀처럼 회복되지 못 한다. 그들 사이의 균열은 심화될 뿐이었던 것이다. 이처럼 야스코는 나쓰오를 '일본인'으로 복귀시키고, 이를 통하여 루시앙과의 종속적인 관계를 청산

할 수 있도록 도와주는 역할을 한다.

그러나 나쓰오가 획득한 '남성성'이나 '일본인'이라는 속성은 그다지 오랫동안 보장되지 않았다. '불능인 사람과 관계를 가지더라도 종지부를 찍게 만드는 솜씨'를 가진 야스코 덕분에 나쓰오의 '남성성'이 회복되기는 하였지만, 그러한 탓에 나쓰오는 야스코와 관계를 가지지 않는 한 '남성성'도 '건강한 생활'도 보장받을 수 없었다. 말하자면 나쓰오가 되찾은 '남성성'과 '일본인'이라는 속성은 그 자리에서 생성되고 소멸되는 일과성적인 것이었던 것이다. 나쓰오는 자신의 '남성성'을 확인하기 위하여 거리에서 만난 창부와 섹스를 시도하지만, 그것을 통하여 자신의 '남성성'은 영원히 지속되지 않으며, 오히려 야스코 없이는 자신의 '남성성'도 성립될 수 없다는 사실만을 깨닫게 된다. 결국 나쓰오는 '굴욕'을 참고 견디는 것, 즉 루시앙과의 관계에 있어서 '여성성'을 연출할 것을 선택한다. 물론 이때의 나쓰오의 '여성성'은 전후일본의 메타포에 다름 아니다.

이처럼 「갈채」의 야스코는 나쓰오로 하여금 '남성성'을 가진 '건강'한 '일본인'으로 복귀시키는 반면, 그러한 속성이 '잠정적'인 것에 지나지 않으며 허구인 것을 동시에 시사하는 인물이었다. 즉, 야스코는 이분법적인 점령상에 대한 경계를 촉구하고 점령 서사의 정치성을 환기시키기 위해 설정된 인물로서, 작가 오에가 '삼자의 상관'에 주목하여 미 점령을 회고하고 있는 이유도 여기에 있다고 볼 수 있다.

오에의 초기 작품집 『보기 전에 뛰어라』에 수록되어 있는 작품들의 주요 모티브는 미 점령, 또는 일미 안보조약이라는 정치적 틀 안에서 일본의 청년은 그저 보기만 할 뿐 절대로 뛸 수 없는 존재라는 것을 강조하는 데 있었고, 나아가 그들의 무기력함과 굴욕, 비애 등을 전경화하는 데 있었다. 「갈채」 역시 마찬가지였다. 루시앙과 함께 살기 위해 정치는 물론 일상에서조차 꼼짝달싹 못하는 나쓰오는 무기력하고 무능한 전후일본의 은유에 다름 아닌 것이다. 이 같은 일본인 청년의 패배는 미국이라는 강자와 대면하는 가운데 비롯되는 것이었고, 그러한 의미에서 오에는 지배적인 전후 일미관계를 제시하고 있다고 볼 수 있다.

그러나 중요한 것은 오에가 이항대립적인 전후 일미관계가 아닌 '삼자의 상관'이라는 구도로 일미관계를 그리고 있었다는 점이다. 그는 외국인을 상대로 하는 창부나 통역 등의 '중간자'를 '강자로서의 외국인(미국)'과 '많든 적든 굴욕적인 입장에 있는 일본인' 사이에 개재시켜 점령 시대를 기억하고자 하였다. 오에가 설정한 중간자들은 일미관계 해석이 서사 욕구에 따라 내용을 달리하는 가변적인 것이며, 그러한 의미에서 '허구'에 가깝다는 것을 지적하고 있다. 「갈채」에 있어서 나쓰오가 경험한 '뛰는' 행위, 즉 '남성성'의 회복 및 '일본인'으로의 복귀는 다름 아닌 '중간자' 야스코에 의해 성취된 것이었다. 동시에 그녀는 나쓰오가 회복한 '남성성'과

'일본인'이라는 속성이 보편적인 것이 아니라, 오히려 일회성에 그치는 것이며 '건전한 일상생활'도 '우리들 일본인'도 간단하게 구축될 수 없음을 시사하기도 하였다. 즉, 야스코는 억압적인 일미관계와 건전한 일미관계를 왕복하면서 그때 그 때, 일회성의 일미관계를 존립시키고 또 그것이 얼마나 허구에 지나지 않는가를 노정시키는 인물이었던 것이다. 점령 담론을 실체적인 것으로 인식하고 희구하는 한, 나쓰오는 물론 이 작품을 읽는 독자도 야스코가 제시하는 풍경에 휘둘리지 않을 수 없을 것이다.

K공동묘지
사망자 명부

오시로 사다토시
大城貞俊 1949~

오시로 사다토시大城貞俊, 1949~

　오키나와현沖繩県 오기미무라大宜味村 출생이다. 1973년 류큐대학琉球大学 법문학부 국어국문학과를 졸업한 후 중고등학교 교사를 거쳐 류큐대학 교육학부 교수로 있다가 정년퇴임하였다.

　1993년 전시하의 오키나와 얀바루ヤンバル를 배경으로 한센병에 걸린 아내를 지키기 위해 필사적으로 노력하는 한 가장이 결국 전쟁에 징집되어 전사하는 과정을 그린 소설『잣밤나무 숲 속의 강椎の川』으로 구시카와시 문학상具志川市文学賞을 수상하며 작가로서 이름을 알렸다. 전시하의 오키나와와 얀바루가 가지는 지역적 특색, 그리고 한센병 환자에 대한 차별 등을 다룬 이 작품은 연극으로 각색되어 지금까지도 오키나와 각지에서 공연되고 있다.

　오시로의 작품 세계는 오키나와 전투라는 역사적 경험을 소재로 하고 있으면서도 집합적인 혹은 공적인 기억에 수렴될 수 없는 예외적인 사건이나 개인적인 체험 등을 다루고 있는 것이 특징이다. 자신이 태어난 오기미무라의 전쟁 피해자들을 찾아 직접 구술 조사를 하고 이를 바탕으로 엮은『빼앗긴 이야기奪われた物語』(2016) 등은 대표적인 예이다. 「K공동묘지 사망자 명부」 역시 한 개인(가족)이 집요하고도 철저하게 오키나와 전투 희생자들의 죽음의 원인을 다룬다는 점에서 같은 맥락에 있다고 볼 수 있을 것이다.

K공동묘지 사망자 명부*

1

어머니는 돌아가실 때에 나에게 이렇게 말했다.

"아버지가, 망령이 되어 …… 나타날 테니, 아버지 말을 잘 들어 줘라 ……. 부탁 하마 ……."

물론 나는 어머니의 말을 믿지 않았다. 또 믿을 수 없었다. 그러나 어머니의 유언대로 어머니의 77주기 법요가 끝난 후 갑자기 내 앞에 아버지의 망령이 나타났다.

당시 나는 어머니의 말을 완전히 잊어버리고 있었고 또 어머니의 말을 절반쯤은 의심하고 있었기 때문에 당연히 놀랄 수밖에 없

---

* 　이 작품의 원제목은 「K共同墓地死亡者名簿」이며 『G米軍野戦病院跡辺り』(人文書館, 2008)에 수록된 것을 저본으로 삼았다.

241　　　　　　　　　　　　　　　　　　　　K공동묘지 사망자 명부

었다. 꿈이 아닐까 의심했지만 그건 분명한 현실이었다.

망령으로 나타난 아버지는 평소의 옷차림이었으며, 대부분의 경우 나에게 등을 돌린 채 위패를 모신 방에 앉아 있었다. 불단을 올려다보기도 하고 정원을 바라보기도 했지만, 어깨를 축 늘어뜨리고 고개를 숙인 모습으로 있는 경우가 많았다.

어머니는 "아버지의 말을 잘 들어 줘라 ……"라고 부탁했지만, 아버지는 아무 말도 하지 않았다. 그 점은 어머니의 유언과 달랐다. 아버지의 망령임에는 틀림없었지만, 내가 다가가면 어느 사이에 모습을 감추고 마는 것이다.

아버지의 망령은 빈번하게 나타나지는 않았다. 한 달이나 두 달에 한 번 정도로 나타나는가 하면 일주일에 한두 번 나타나기도 했다. 그러나 나타날 때에는 항상 갑작스럽게 모습을 드러냈다. 어떠한 전조도 없었다. 문득 방 한 구석에 웅크리듯이 가만히 앉아 있거나, 때로는 정원의 귤나무 앞에 서서 높은 나뭇가지 끝을 올려다보거나 했다. 아버지의 망령은 밤낮도 가리지 않았다.

나는 그런 아버지의 망령이 두렵다거나 무섭다고 느낀 일이 단한 번도 없었다. 오히려 불쌍하고 가련했다. 아버지는 말이 없었지만 필사적으로 무언가를 말하려는 듯 했다. 무슨 말인가를 전하려하는 의지는 알아 챌 수 있었지만 대체 어떤 말을 하고 싶은 건지는 알 수가 없었다.

어머니의 죽음으로부터 몇 개월이 지나도 사정은 바뀌지 않았다. 아버지의 망령을 만나고부터 수년이 흘렀지만 아버지 주위에 떠도는 슬픔의 정체는 알 수 없었던 것이다. 아버지는 왜 내 눈 앞에 나타나는 것일까. 망령이 되어서까지 무엇을 말하고 싶은 것일까 ……. 아버지가 말을 잃어버린 탓에 나 역시 그 이유를 정확하게 이해하기 어려웠다.

아버지는 전쟁이 끝나고 4년째가 되던 해의 마지막, 그러니까 내가 열여섯 살이 되던 해에, 감기가 더치게 되어 돌아가시고 말았다. 향년 56세였다. 정신없이 울고 불고 하던 어머니는 전쟁통에도 살아남았는데 참으로 어처구니없이 죽어버렸다며 한탄하고 슬퍼했다.

그러나 나는 그다지 놀랍지 않았다. 아버지가 일찍 돌아가지는 않을까 하는 불안이 늘 따라다녔기 때문이다. 그 불안은, 더욱 정확하게 말하자면 어떤 확신과 같은 것이기도 했다.

몸이 허약한 아버지는 침상에 누워 지내는 일이 많았다. 볼살이 빠진 얼굴에 몸도 말라있었으며 항상 기침을 했고 기력이 약했다. 결코 건강하다고는 할 수 없는 처지였다. 전쟁 전에는 늑막염 진단을 받은 적이 있었는데, 지금으로 치자면 폐결핵일 가능성이 높았지만 병원에서 따로 치료도 받지 않고 전쟁에 동원되는 일 없이 전후를 맞이했다.

그런 아버지가 돌아가신 것은 아버지의 유일한 육친인 큰아버지가 돌아간 이듬 해였다. 아버지는 뭔가 당연한 순리인 것처럼 돌아가신 것이다. 그런 생각이 강하게 들었다. 나는 수 년 전부터 아버지의 죽음을 각오하고 있었던 것 같다. 아버지의 죽음을 맞이해도 어쩐지 그 죽음이 특별하게 느껴지지 않았고 현실적인 일처럼 느껴지지도 않았다.

아버지를 잃은 슬픔이 커다랗게 흘러넘치게 된 것은 'K공동묘지 사망자 명부'를 작성하고 있는 아버지 모습을 떠올렸을 때였다. 아버지는 등 뒤에서 나를 껴안는 듯한 자세로 앉혀 놓고 사망자 명부 속의 이름을 하나하나 손가락으로 짚으며 소리 내어 계속 읽어갔다. 그 때의 아버지의 숨소리가 내 뇌리에서 다시 살아나 가슴을 뜨겁게 만든다. 어쩌면 그것이 아버지가 망령인 채로 존재하는 이유인지도 모르겠다는 생각이 몇 번이나 들었다.

아버지의 숨소리가 나를 덮친 것은, 아버지가 작성한 그 명부를 어머니가 밤늦게까지 옮겨 적던 모습을 보았을 때였다. 어머니도 역시 나와 마찬가지로 어디선가 아버지의 숨소리를 들었을지도 모른다. 아버지나 어머니는 모두 분명히 알 수 없는 그 숨소리 같은 것을 나에게 전해주고 돌아가셨는지도 모른다. 그런 기분이 든다……

2

어머니는 죽음을 맞이하기 전 자리에 드러누웠을 때, 감색 보자기에 싸인 명부를 항상 머리맡에 두곤 했다. 그리고 가끔씩 나를 불러서 보자기를 풀어 명부를 꺼내보였다.

"도키코孝喜子……, 아버지는 말이야, 이 명부를 작성하는 데 정말 열심이었어……. 아버지는 있지, 나에게 이 명부를 꼭 보관해 달라는 말을 남기고 죽었어……. 그건 너도 잘 아는 사실이지……. 아버지와 꼭 같이 내가 너에게 이걸 전해주는구나. 무슨 운명의 장난인지……."

그렇다. 아버지가 어머니에게 남긴 유언은 아주 똑같은 형태로 나에게 전해졌다.

생전에 어머니는 아버지의 유언을 정말 열심히 지켰다. 나 또한 지금껏 그렇게 성의를 다해 지키고 있다. 기억 속의 아버지는 K공동묘지 주변의 풀을 깎으며 그곳을 찾아오는 유족들을 정중하게 안내하고 있다. 지금 내가 하고 있는 행동은 아버지가 행하고 어머니가 행한 행위를 흉내 내고 있을 뿐인 것이다.

"난 말이야, 도키코……. 글자도 제대로 쓰지 못했어. 그런데 아버지의 명부를 옮겨 적는 사이에 글자도 깨우치게 되고 술술 읽게 되었어. 아버지의 마음도 어쩐지 알게 되었고."

어머니는 그렇게 말하면서 아버지로부터 물려받은 'K공동묘지 사망자 명부'를 나에게 보여 주었다.

아버지가 만든 명부는 얇은 대학 노트 다섯 권으로 되어 있었다. 노트 종이 끝은 조금 누렇게 변색되었고 군데군데 찢긴 곳도 있었다. 잉크가 배어 나와 번져서 못 읽는 부분도 있었다. 잉크뿐만 아니라 연필로 적은 곳도 가끔 눈에 띄었고 지면에 묻히듯이 글자가 희미하게 사라진 곳도 있었다.

유족들의 손때가 묻고 눈물의 세월을 보낸 노트가 색이 바래고 찢어지기 시작하자 어머니는 언제부턴가 명부를 옮겨 쓰고 있었다. 어머니 또한 아버지와 마찬가지로 얇은 대학 노트를 사용했다.

아버지의 글자는 오른쪽 끝이 올라가고 아래 글자로 흐르는 듯이 이어지고 있었지만 어머니의 글자는 어딘가 모르게 튀는 듯이 적혀 있었다. 어머니의 글자는 끝 글자에 특징이 있었는데 힘을 주어 한 자 한 자 정성들여 쓴 것처럼 느껴졌다.

전쟁 중에 우리가 살던 G 마을에는 미군의 야전 병원이 있었고 포로수용소가 있었다. 거기에선 끊임없이 죽은 사람들이 나왔다. 그 사자들을 매장하기 위한 명부가 바로 아버지가 작성한 'K공동묘지 사망자 명부'이다.

당시 나는 열두 살이었다. 막내인 내 위로는 언니가 둘, 오빠가 하나 있었지만 작은 언니와 나 사이의 오빠는 전쟁 직전에 병으로 죽고 말았다. 오빠는 당시 열다섯 살이었다.

내가 처음으로 본 사체는 갓난아기의 것이었다. 싸구려 천 조각으로 감싼 작은 시체였지만 나뭇잎처럼 바짝 마른 작은 한쪽 발만큼은 발가락을 펼친 채 비집고 나와 있었다.

"아이고(아이에나−), 아이고(아이에나−) ……."

아이의 어머니인 듯한 여자는 말이라기보다는 비명에 가까운 소리를 지르며 가스리〔絣, 붓으로 살짝 스친 것 같은 잔무늬〕가 들어간 감색 기모노 소매로 눈물을 훔치고 있었다.

아버지와 큰아버지는 시체를 매장하기 위해 땅을 팠다. 그것이 당시 두 사람이 하던 일이었다. 다음 날도 그 다음 날도 쉬지 않고 땅을 팠다.

내가 아버지의 작업 현장에 도착했을 때, 거의 땅을 다 파고 시체를 그 속에 집어넣어 흙으로 덮으려던 참이었다. 일단 땅 속으로 내려간 여자는 아기를 안은 채로 갑자기 미친 듯이 땅 위로 올라왔다. 아기를 싸고 있던 천 조각이 풀렸지만 여자는 개의치 않고 아기를 안고서는 도망쳐 버렸다. 여윈 아버지와 큰아버지는 그 여자를 쫓아가 붙잡았다.

아버지와 큰아버지는 여자를 위로하고 아기를 빼앗듯이 해서 다시 땅 속으로 들어갔다. 나는 아버지의 등 뒤로 하얀 아기 시체를 엿보게 되었다 …….

시체는 인근 야전 병원에서 쉴 새 없이 운반되어 들어왔다. 아버지와 큰아버지는 매일같이 시체와 마주했다. 때로는 마을 사람 몇 명도 함께 참억새가 무성한 들판 한 쪽을 파기도 했다. 수직으로

폭이 넓은 강처럼 큰 홈을 파고 거기에서 옆으로 나란히 시체를 뉘일 수 있는 작은 굴을 파는 것이다. 마치 소철의 잎처럼 무덤 굴이 대칭을 이루면서 옆으로 늘어선 모양이었다. 모두 열심이었다.

그럼에도 불구하고 무덤을 파는 작업은 항상 뒤쳐졌다. 그만큼 죽어 나오는 사람이 많았던 것이다. 그 많은 수의 사자를 처리하기 위해 G 마을뿐만 아니라 근처 마을 들판에도 묘지가 차례차례로 만들어지고 있었다.

나는 그 날을 계기로 아버지와 큰아버지가 땅을 파고 시체를 묻는 작업을 온종일 지켜보았다. 희한하게도 누구도 나를 내쫓지 않았다. 때로는 나도 땅을 파는 작업을 돕기도 했다.

당시 오키나와 전쟁은 거의 끝나고 있었지만 전화는 아직 완전히 꺼지지 않은 상태였다. 딱히 같이 놀 상대도 없던 나는 어머니나 아버지 곁에서 지낼 수밖에 없었는지도 몰랐다. 어린 나에게 가장 안전한 장소는 아버지와 큰아버지, 때로는 어머니가 땅을 파던 그 시체 매장지였던 것이다.

3

어떠한 경위가 있었던 탓인지 알 수 없지만 아버지는 처음부터 K공동묘지에 매장되는 사망자 명부를 작성해야 한다고 생각했던 것 같다. 일손이 부족한 시기에 시체를 매장하는 일만으로도 꽤 힘든 노동일 터인데 아버지는 일부러 시간을 들여 명부를 작성한 것이다.

이름과 연령, 본적지 등을 조사하여 일람표로 만든 명부에는 일련번호가 붙여져 있었다. 명부는 물론이고 아버지는 한 사람 한 사람의 죽음에 대해서도 상세히 기록할 작정이었던 것 같다. 일람표가 기록된 노트와는 별도로 죽은 사람의 사망 원인과 전사지, 혹은 생전의 모습을 쓴 명부도 있었다.

아버지가 어째서 이런 일을 벌이려고 했는지는 알 수 없다. 단지 나는 그런 작업이 힘들었겠구나 하고 여겨지는 구체적인 장면을 몇 번인가 목격한 적이 있다. 이제야 생각나는 장면이 있는데, 아버지는 사람들에게 자주 얻어맞았고 머리를 조아리듯 설설 기기도 했다. 아마도 이 사람 저 사람에게 집요하리만큼 사망자의 신분과 원인에 대해 캐묻고 다녔기 때문일 것이다.

마을 사람들뿐만 아니라 야전 병원의 의사와 미군, 또 일본군 포로와 민간인 수용자들에게도 사망자의 신분에 대해 끈질기게 묻고 다니곤 했다.

"당신, 스파이지?"

"그런 일을 한들 밥벌이도 안 되잖아."

"관둬. 그런다고 죽은 사람이 돌아오나!"

아버지는 주변 사람들로부터 질펀한 욕바가지를 얻어먹었다.

또한 심하게 걷어차여 땅바닥을 네 발로 기기도 했고 입가로 피를 흘리기도 했다. 매정하게 무시하거나 무자비하게 구는 사람들이 훨씬 많았지만 아버지는 포기하지 않고 묵묵히 그 작업을 이어나 갔다.

큰아버지는 당시 G 마을의 구장이었다. 미군 야전 병원으로부터 매장 작업을 부탁받은 건 아닌가 하는 생각도 든다.

큰아버지는 아버지와 상의해 가며 마을 사람들과 힘을 합쳐 그 작업을 해 나갔다. 건강하고 힘이 센 젊은이들은 모두 전장으로 나 갔기 때문에 무덤을 파는 작업은 마을에 남은 노인이나 여자들이 하게 되었다. 때로는 포로수용소에서 온 야윈 남자들이 도와주는 일도 있었지만 대부분은 아버지와 큰아버지 두 사람이 하는 경우 가 많았다. 어쨌든 두 사람은 무덤을 파는 작업을 매일 쉼 없이 반 복하고 있었다.

G미군 야전 병원의 시체 안치소에서는 끊임없이 사체가 나왔 다. 아버지와 큰아버지가 만든 K공동묘지와 같은 새로운 묘지들이 주변 마을에도 여러 군데 생겨났다. 그래도 묘지가 부족했다. 병원 시체 안치소에는 병원에서 나온 시체뿐만 아니라 전장에서 온 시 체들도 계속 운반되고 있었다.

아버지와 큰아버지가 의뢰받은 작업은 시체를 매장하는 일, 그 것뿐이었을 것이다. 실제로 다른 매장지에는 명부 같은 것이 없었 다. 있다 하더라도 이름만 기입한 간단한 명부였다.

그게 당연한 일이다. 동포의 시체를 차례차례로 매장하는 일만으로도 충분히 괴롭고 고통스러우며 그것은 육체적으로나 정신적으로 한계를 초월하는 작업이었을 터였다.

명부를 만들려는 아버지의 행동에 대해 마을 사람들은 처음부터 찬성하지 않았던 것 같다. 구멍을 파는 작업이 늦어졌기 때문이다. 사실 아버지는 신원이 밝혀질 때까지 매장을 저지하곤 했다. 시체가 부패하기 전에 얼른 매장하려는 마을 사람들과 아버지 사이에는 충돌이 있었던 것 같다.

그러나 이윽고 그런 충돌도 없어졌다. 마을 사람들에게는 어떤 사명감이 생겨난 듯 했다. 모두가 힘을 합쳐 그 일에 매달렸고 명부를 만드는 일에 협력하는 사람조차 나오기 시작했다.

내 기억 속에 한 가지 떠오르는 건, 저녁 햇빛을 받으며 묘표를 세우던 아버지의 모습이다. 아버지는 손수 만든 묘표를 한 사람 한 사람에게 세워 주었다. 널빤지로 만드는 것이 아니라 대부분은 통나무를 깎아 소박하게 만든 것으로 거기에 죽은 이의 이름이 묵으로 쓰여 있었다.

나는 아버지가 정원에서 통나무를 깎아 묘표를 만드는 모습을 몇 번이나 본 적이 있다. 아니 그것은 당시에 일상적인 풍경이었다.

날을 거듭할수록 매장지의 묘표 수는 늘어났다. 그것은 남자 아이들이 가지고 노는 죽마 말뚝을 땅에 박아 늘어놓은 것처럼 보였다. 그러나 때로는 죽은 사람들의 팔이 땅 속에서 비죽비죽 뻗어

나와 덧없는 하늘을 움켜쥐고 있는 듯이 보이기도 했다.

4

어쩌면 당시의 아버지는 울고 있었는지도 모른다. 나는 뒤돌아 아버지의 얼굴을 올려다볼 수 없었다. 그러나 아버지의 슬픈 숨소리는 나의 온 몸으로 온전히 느낄 수 있었다.

"아버지 ……, 명부 만드는 일에 왜 그리 열심인 거예요?"

아마 나는 그런 걸 아버지에게 물어 보았던 것 같다. 마을 사람들과 텐트 촌 사람들에게 아버지가 얻어맞는 걸 가슴 아프게 여겼기 때문일 것이다. 아니면 몸이 약한 아버지가 밤늦게까지 램프 불빛에 의지하며 명부를 만드는 것이 아버지의 몸을 더욱 상하게 만들지는 않을까 불안했는지도 모른다. 실제로 아버지는 책상 앞에서 심하게 기침을 하기도 했다.

이제 제발 일을 그만 뒀으면 좋겠어. 그런 마음을 가지고 있던 어린 나는 소박하게 물었던 것이다.

내가 그런 질문을 하자 아버지는 나를 향해 뒤돌아보았다.

아버지는 좌식 탁자에 앉아 램프를 밝히고 펜을 쥐고 있었다. 뒤돌아보는 그 얼굴에는 웃음이 배어 있었지만 묘하게 일그러져 있었다. 손에 쥔 펜을 놓고는 둥근 안경을 벗고 오른손으로 미간을 문지른 다음 그 손으로 나를 부르는 손짓을 한다. 그리고 나를 등 뒤에서 껴안듯이 무릎 위에 앉혀 놓고 좌식 탁자에 펼쳐진 명부를 보여 주었다.

"도키코, 잘 봐 둬……"

아버지는 내 등 뒤에서 떨리는 듯한 목소리로 페이지를 넘기기 시작했다. 아버지는 내 질문에 정성껏 대답했다. 그러나 어떤 대답을 들었는지 지금은 생각해 낼 수가 없다.

아버지는 몇 개의 내 질문에 대답한 다음 명부를 넘기면서 한 사람 한 사람 죽은 이의 이름을 정중하게 읽어나갔다. 연령, 사망 연월일, 본적지 등을 언제까지나 읽고 있었다.

얼마나 시간이 흘렀을까. 당시 아버지는 울고 있었을 터였다. 아버지의 뜨거운 숨소리와 명부 지면을 더듬는 손끝의 떨림을 나는 잊을 수가 없다. 나도 어느 틈엔가 어깨를 들썩이며 울고 있었다 …….

내 질문에 대한 아버지의 대답은 아주 소중한 내용이었을 것이다. 당시에는 대답 내용이 엄청 슬프다고 생각했던 것 같다. 그렇지만 내 눈물을 아버지에게 들키는 게 싫어서 거기에 더 주의를 기울인 탓에 아버지가 말한 명부 작성 이유를 어렴풋하게 떠올릴 수밖에 없다. 혹은 생각해 내었다 하더라도 그건 훗날 내가 만든 이유인 것 같은 기분이 든다.

나는 한 번 더 그때와 같은 질문을 망령으로 나타난 아버지에게 한 적이 있다. 그러나 아버지는 대답해 주지 않았다. 어쩌면 당시에도 역시 대답 같은 건 해 주지 않았을지도 모른다. 그때 아버지가 어떤 표정으로 내 말을 듣고 있었는지도 알 수가 없다.

아버지는 나에게 죽은 이의 이름을 하나하나 읽어 준 뒤에도 변함없이 큰아버지와 함께 땅 파는 일을 이어갔다. 그리고 죽인 이의 신원을 확인하느라 분주했다.

아버지의 일상은 그러한 작업으로 가득 메워져 있었다. 그리고 날이 저물면 좌식 탁자에 앉아 한 손에는 둥근 안경을 다른 한 손에는 펜을 쥐고서 노트에 정서를 하였다. 죽은 사람의 수가 날마다 늘어나자 노트 페이지 수도 같이 늘어나게 되었다. 그만큼 아버지의 슬픔도 커져갔을 터였다.

5

오키나와 전쟁 당시 아버지는 쉰두 살이었고 어머니는 마흔다섯 살이었다. 큰 언니 가즈코和子가 스물한 살, 작은 언니 후미코文子가 열여덟 살. 오빠 겐이치健一는 미군이 오키나와에 상륙하기 바로 직전의 해에 열다섯 살의 나이로 숨을 거뒀다.

작은 언니 후미코는 나고名護에 있는 제3고등여학교에 입학하여 부모님 모두 언니의 장래를 기대하고 있었지만 입학 후에 전쟁이 일어나면서 여자학도대에 종군하는 바람에 야에다케/八重岳 공방전에서 전사하였다.

큰언니 가즈코는 마을에 병설되어 있던 미군의 G야전 병원에서 일했다. 그러다가 일계 2세 병사 더글라스 나가미네가 언니에게 첫눈에 반하여 두 사람은 결혼해 하와이로 건너갔다. 전쟁이 끝난후, 부모 밑에 남은 것은 나밖에 없었다.

아버지 형제 가운데 남은 사람은 큰아버지뿐이었다. 게다가 친척도 적었다. 할머니와 할아버지도 일찍 돌아가신 데다가 큰아버지는 아버지보다 일곱 살이나 많았다.

아버지와 큰아버지는 모두 장신으로 야윈 몸을 가지고 있었다. 두 사람은 모두 상반신을 숙여 등이 구부정한 모양으로 항상 천천히 걸었다. 한 사람이 걸을 때에도 그러했지만 두 사람이 걷는 모습을 보면 걸음걸이 특징이 눈에 띄어서 마른 나무처럼 왠지 딱해보였다. 실제로 마을 사람들은 두 사람을 '사마귀처럼 마른 아저씨들(이사투얏치-)'이라고 부르고 있었다.

아버지와 큰아버지는 마을 사람들이 어떻게 부르든 사이가 아주 좋았다. 말다툼하는 모습 한 번 보지 못했다. 두 사람 모두 고집이 있었지만 항상 웃는 낯으로 서로를 대했다. 물론 공동묘지 매장 작업을 하게 되면서 웃음도 적어지고 점차 과묵한 얼굴이 되어 갔지만.

아마 큰아버지는 그 묘지를 병설하고 매장하는 책임자였던 것 같다. 아버지는 큰아버지를 도와 사망자 명부를 작성하고 묘표를 만들었다. 그건 두 사람이 상의해서 정한 역할분담이었을 것이다. 큰아버지는 땅을 파는 사람들을 모집하기 위해 많은 수고를 하였고 아버지는 명부를 작성하는 데 큰 고생을 하고 있었다.

때때로 큰아버지가 우리 집에 오는 날이면 반드시라고 말해도 좋을 정도로 큰아버지는 아버지의 명부를 검토했다. 그리곤 아버지와 함께 열심히 명부를 보면서 뭔가 이야기를 나누었다.

마을 사람들의 묘지는 선조대대로 해안선 구릉지에 만들어져 있었다. 그에 반해 K공동묘지는 마을사람들의 시체를 매장하는 곳이 아니라 미군의 야전 병원에서 사망한 사람들을 매장하는 장소였다. 더 정확하게 말하자면 K공동묘지는 전장에서 부상당한 병사나 피폐한 민간인이 야전 병원을 거쳐 시체가 되면 매장하는 그런 곳이었다.

한 때 야전병원은 병사와 민간인을 치료하는 장소가 아니라 오히려 죽이는 장소가 아닌가 하는 정말 같은 소문이 돌았다. 그만큼 점차 사람들이 죽어나가고 있었던 것이다. 전쟁을 겪은 모든 사람들의 피로가 극에 달하고, 치명적인 부상을 입은 사람이 야전 병원으로 보내졌기 때문에 이는 당연한 일인지도 몰랐다. 생과 사가 갈마드는 상황에서 모두 너덜너덜해지도록 피폐해져 갔다.

전쟁 전야에는 누구나가 극도의 긴장감에 짓눌려 있었을 것이다. 오빠 겐이치는 아버지에게 자주 대들었다. 아버지는 고집쟁이

였지만 오빠도 외고집이었다. 아마도 전쟁에 관한 의견이 서로 충돌했던 것 같다. 아버지와 오빠의 대립뿐만 아니라 아버지와 마을 사람들 사이에서도 전쟁에 관한 대립은 빈번하게 일어났다.

나는 누가 옳고 누가 그른지 알 수 없었다. 사람들이 나누는 이야기 내용도 거의 이해할 수 없었다. 그렇지만 아버지와 오빠의 감정 대립은 충분히 짐작할 수 있었다.

"알 수 없는 사람들이로군……"

마을 사람들과 입씨름을 하고 돌아온 뒤의 아버지는 항상 흥분이 가라앉지 않는 모습이었다. 붉어진 얼굴로 중얼중얼 혼잣말을 늘어놓고는 그 뒤로 깊은 침묵에 빠졌다. 그런 일이 항상 반복되었다.

오빠 겐이치는 아버지와 언쟁을 할 때면 자주 내 앞에서 불만을 털어놓곤 했다

"아버지는 어째서 내가 나라를 위해 봉사하겠다는데 허락해 주지 않는 걸까? 정말 고집불통이야. 아버지는……"

오빠는 아버지의 험담을 실컷 늘어놓고는 무예를 닦겠노라며 집을 뛰쳐나가 친구 집으로 달려가곤 했다.

"적군을 섬멸시키기 위한 비밀 훈련이야. 여자들이 알 리 없지."

오빠는 어른처럼 말하며 나를 무시하듯이 쳐다보고서 어깨를 치켜 올리며 나갔다.

아버지도 오빠와 공방을 벌인 다음에는 마을 사람들과 그랬을 때와 마찬가지로 자주 어머니에게 그 분통을 터트렸다. 나는 그걸

여러 번 들은 적이 있었다.

"저 녀석은 누굴 닮은 거야. 고집이 세서 감당할 수가 없어. 이 세상에 정당한 전쟁이 있다고 믿는 모양이야. 그런 게 어떻게 있을 수 있어. 전쟁이 일어나면 반드시 사람이 죽는다고. 포탄은 사람을 가리지 않아 ……. 아직 열 다섯 살밖에 안 됐는데 어쩜 저렇게 고집이 센 거야 …….”

물론 오빠는 용모나 성격이나 아버지를 가장 많이 닮았다.

어머닌 분명 아버지와 오빠 모두의 푸념을 들었어도 아무 말도 하지 않았을 것이다. 그저 잠자코 두 사람의 말을 들어 주었을 것이다.

오빠의 죽음은 그야말로 갑작스러운 일이었다. 친구들과 함께 무예 연습을 하고 돌아온 뒤 급작스럽게 죽어버린 것이다. 옆 마을 긴조金武町병원에서 의사가 왕진을 오기도 했지만 소용이 없었다. 직접적인 사인은 폐렴이라고 의사는 말했다.

오빠를 잃은 아버지와 어머니는 크게 낙심했다. 외동아들이었던 만큼 마을 사람들도 아버지와 어머니를 매우 동정했다. 결국 오빠는 꿈을 이루지 못했다. 특공대원이 되어 비행기를 타는 것이 오빠의 꿈이었다.

전쟁이 끝난 뒤 아버지가 돌아가시고 나는 어머니와 단 둘이 지내게 되었는데 어머니는 오빠의 죽음에 대한 많은 것을 속에 담아두고만 있었다. 그것은 아버지의 고집보다 더 센 것이었다. 왠지 오빠의 죽음에 비밀이 담겨있는 것은 아닌지 의구심이 들 정도로 고집스럽게 침묵을 지켰다.

오빠가 그리워 내가 여러 가지 추억을 이야기하면 어머니는 금방 눈물을 흘리며 관두라는 듯이 자리에서 일어났다. 그리곤 불단 앞에서 향을 피우고 위패 앞에서 손을 모았다. 어머니의 눈물을 보지 않기 위해 나는 오빠에 대한 일을 점점 말하지 않게 되어 버렸다.

불과 열다섯 살의 나이로 생을 마감한 오빠는 우리 가족들 기억에서도 빠른 속도로 잊혀졌다. 나는 이런 게 바로 전쟁이구나 하는 생각을 했다.

6

어머니는 상당수의 유족을 매장지로 안내했다. 유족 모두는 아버지가 생전에 분투했던 사실을 알고 있었고 감사해 했다. 그리고 한결같이 묘표 앞에서 쓰러지듯이 무릎을 꿇었다.

"아이에나ㅡ, 아버지, 아버지 ……."

유족은 눈물을 흘리고 비명을 지르며 과거를 불러일으켰다.

아버지가 세운 묘표는 거의 썩어가고 있었다. 글자도 잘 보이지 않았다. 유족은 그런 묘표에 매달리다시피 하면서 뺨을 비비고 손으로 어루만졌다.

어머니는 새로운 묘표를 만들려고 하지 않았다.

"묘표를 바꿔 세우는 건, 왠지 아버지가 이곳에서 없어지는 것 같아서 싫구나. 쓸쓸해 ……. 이곳은 아버지가 만든 장소잖니. 묘표에 아버지의 혼이 깃들어 있는 것 같아서 도무지 바꿀 수가 없구나 ……."

어머니는 그런 식으로 말했다. 어머니는 묘표 속에서 사라져 가는 문자 모두를 기억 속에 담아두고 있는 것 같았다.

아버지의 노트에는 또 매장지 지도도 그려져 있었다. 그것을 보면 매장 장소를 쉽게 확인할 수 있었다.

대부분의 유족은 어머니를 찾아와 같이 지도를 확인한 후 어머니에게 안내를 부탁했다. 그리고 묘표에 매달리듯이 하면서 울며 쓰러졌다.

아버지가 쓴 사망자 명부가 어머니 손에 보관되어 있다는 사실은 언제부턴가 많은 유족들 사이에 알려지게 되었다. 또 마을 사람들 대부분도 그 사실을 알게 되어 갑작스럽게 찾아오는 유족들이 묘지에 대해 물으면 어머니에게 데리고 와서 안내를 청하기도 했다.

어머니와 함께 나도 종종 유족들을 안내했다. 유족들은 먼 과거를 상기해 내고는 어머니뿐만 아니라 딸인 나에게도 감사의 말을 전하거나 손을 잡으며 인사를 건넸다.

"네 아버지가 말이야 나를 위로해 주었단다. 아들을 잃고 정신(시이)이 빠져 있었는데 …… 전쟁에 간 우리 아버지에게도 못할 일이고 그냥 죽어버릴까 하고 생각했지만 …… 네 아버지가 힘을 북돋아주지 않았다면 난 지금까지 살지 못 했을 거야 …….”

대부분의 유족은 여자들이었다. 전쟁으로 남편만 잃은 게 아니라 아이마저 잃은 경우도 있었다.

또 유족들 가운데는 향을 피우는 것에 그치지 않고 무녀〔유타(ユタ)는 오키나와 및 아마미군도(奄美群島)에 존재하는 영매사를 뜻한다)나 가족과 함께 와서 땅 속의 유골을 가져가는 사람도 있었다. 물론 아버지도 그러했지만 어머니도 기꺼이 육친의 품에 유골을 돌려주었다. 아버지와 어머니는 유골을 돌려주기 위해 매장지가 존재하는 것이라고 말했다.

야전 병원에서 병사한 남편을 자신의 아버지와 함께 합장하기 위해 찾아 온 한 늙은 여자는 남편의 유골을 꺼내자마자 가슴에 안고 언제까지나 울고만 있었다. 생전의 남편의 모습을 기억해 낸 것인지 언제까지고 서 있었다.

“아이에나─, 여보 ……, 여보 …….”

대부분의 유골은 흙빛으로 변색되어 있었다. 어린 아이들의 유골은 손에 들면 금방이라도 부서져버릴 것 같았다.

“네 아버지가 말이야 ……. 이름을 쓴 붉은 기와를 내 남편 가슴에 안겨서는 정성스럽게 묻어 주었어. 네 아버지는 꽤 지혜로운 사람이었어. 어떤 유골인지 헷갈리면 안 되니까 이름을 쓴 기와를 함께 넣어 둔 거지. 남편은 붉은 기와가 바로 나라고 여겼을 것이고

부처님 역시도 감싸 안아 주었을 거야. 쓸쓸해하지 말라며 농담도
말하고 말이야. 부드럽게 위로해 주었을 거야 …….”

나이 든 여자는 두개골에 묻은 흙을 털어내고 뺨에 부비며 계속
중얼거렸다. 홀로 슬픔을 이겨내 온 세월이 머릿속을 스쳐 지나갔
을 것이다.

“여보 ……, 이제 우린 하나가 될 수 있어요. 나도 곧 당신 곁으로
갈 거니까. 잘 된 일이죠. 기다리세요. 훌륭한 묘를 만들었으니까
저 세상에서 함께 살자고요 …….”

나는 유족들의 모습을 항상 눈물을 삼키며 지켜보았다. 세월은
결코 사람의 마음을 바꾸는 일이 없다. 그렇게 생각하면서 나는 유
족들이 견뎌 온 나날들을 마음속으로 그려보는 것이었다.

7

붉은 기와에 이름을 쓰는 방식을 고안한 건 이사투얏치−라고
불렸던 아버지와 큰아버지였을 것이다. 기와 표면에 묵으로 죽은
이의 이름을 쓰고 그 기와를 죽은 이의 품에 안기어 매장하는 것이
다. 묘지와 묘를 구분하지 않고 시체를 늘어놓고 매장하기 때문에
수 년이 지나면 분명히 유골이 섞여 구분할 수 없게 된다. 두 사람
은 그것을 예견하고 미리 조치를 해 둔 것이다.

사망자 명부에는 따로 시체를 매장한 장소를 지도로 그려 놓았는데 이 역시 같은 이유일 것이다. 아버지와 큰아버지는 처음부터 이곳을 임시 매장지라 여기고 매장한 것 같다.

두 사람이 묻은 붉은 기와의 의도는 완벽하게 성공했다고 말해도 좋을 것이다. 땅 위에 박힌 통나무 묘표와는 달리 붉은 기와에 묵으로 쓴 글자 대부분은 뚜렷하게 남아 있어 유골 수습도 수월했다. 붉은 기와 묘표는 유골을 껴안기라도 하듯이, 혹은 유골에 안겨있기라도 하듯이 유골과 함께 흙 속에서 세월을 보내고 있었던 것이다.

아버지는 전후에도 전전처럼 농업에만 종사했다. 조금 달리 말하자면 전전에는 사탕수수 일색이던 밭에 감자나 양배추와 같은 야채를 심기 시작했다. 어머니 또한 아버지와 고락을 같이 했다. 아버지에게 시집온 뒤 전전과 마찬가지로 아버지와 함께 땀을 흘리며 밭을 일구었다.

그다지 넓은 땅이라고는 할 수 없지만 아버지는 선조로부터 물려받은 토지를 가지고 있었다. 나이 차이가 많이 나는 큰아버지와 나누어 가진 토지는 충분하지는 않았지만 먹고 살기에 곤란하지는 않았다. 일하면 일하는 만큼 땅은 보답을 해 주었던 것이다.

아버지와 어머니는 모두 국민학교로 개편되기 전의 심상소학교를 졸업한 것이 전부였다. 아버지와 어머니는 일곱 살이나 차이가 났지만 서로가 서로를 존중하고 있었던 것 같다. 아버지는 신문이나 잡지를 보는 것을 좋아했고 어머니도 아버지 곁에서 아버지의 이야기를 들으며 고개를 끄덕이기도 했다.

아버지와 어머니는 전사한 언니와 병사한 오빠를 선조들의 무덤에 합사하여 그곳을 찾는 한편, 전사자들이 잠든 K공동묘지에도 자주 들렀다. 주변 일대의 풀을 깎기도 하고 청소도 하는 등 신경을 많이 쓰고 있었던 것이다.

청명제가 되면 아버지와 어머니뿐만 아니라 G 마을 사람들 전원이 K공동묘지 주변의 풀을 깎고 청소를 하게 되었다. 그것은 이윽고 마을의 연중행사가 되어 계속 이어졌다.

아버지의 유일한 육친이던 큰아버지가 돌아가셨을 때 아버지는 이루 말할 수 없을 정도로 크게 슬퍼했다. 죽은 큰아버지 몸에 매달려 밤새도록 헤어짐을 아쉬워했다. 아버지는 그 다음 해 마치 큰아버지의 뒤를 따르듯이 돌아가셨다.

아버지가 돌아갔을 때 어머니는 아버지가 큰아버지의 죽음 앞에서 보여 주었던 슬픔에 찬 모습 그대로 비통해하며 슬퍼했다. 어머니의 비탄은 나도 충분히 이해가 가는 대목이었다.

어머니와 함께 나는 아버지의 배게 맡에서 아버지의 임종을 맞이했다. 당시 나는 열여섯 살이었다. 아버지는 어머니에게 거듭 거듭, 그리고 있는 힘을 다해 말했다.

"…… K공동묘지를 잘 부탁해 …… 사망자 명부도 분실하면 안 돼. 글자가 보이지 않게 되면 다시 옮겨 적고. 유족들이 찾아오면

성심성의껏 대해 주어야 해. 부탁해 ……"

아버지는 아마도 그런 말을 몇 번이나 반복하며 말했을 것이다. 어머니는 터져 나오는 눈물과 오열을 억지로 참으며 아버지의 몸을 양손으로 계속 쓰다듬었다. 그리고 몇 번이고 고개를 끄덕였다.

8

"하ー이. 도키코, 잘 지내?"

큰언니 가즈코는 그렇게 말하며 갑작스레 나에게 안겨들었다. 나하那覇 국제공항 출입문에서 나온 언니는 한층 더 살이 찐 듯 했다.

지금 우리 가족 가운데 남은 사람은 나와 큰 언니밖에 없다. 큰 언니는 아버지의 33재와 어머니의 13재를 치르기 위해 하와이에서 고향을 찾아 왔다. 정확하게 말하자면 33재는 아버지만 해당되는 것이 아니라 오빠 겐이치와 작은 언니 후미코의 제사도 합친 것이다. 33재를 치르면 죽은 이의 혼은 저 세상으로 간다는 말이 전해지고 있어 33재는 사자를 위한 마지막 재로 가장 성대하게 치러진다.

그런 만큼 이번 재에는 큰 언니도 반드시 와 주었으면 좋겠다고 생각하고 있었다. 언니 또한 꼭 가겠다고 말했었다.

"도키코 이모, 안녕."

언니의 딸 쥬디와 그녀의 보이 프렌드도 함께 왔다. 언니는 어머니가 돌아가시고 난 뒤 처음으로 귀향한 것이니 13년 만에 고향을 찾은 셈이 된다. 그럼 쥬디는 벌써 12살이 되었겠구나, 하고 난 생각했다.

언니는 항상 밝고 쾌활했다. 하와이에 가서도 그 성격은 변하지 않은 모양이었다. 차 안에서도 쉬지 않고 말을 했다.

큰아버지의 손녀 에리코江利子가 언니 일행을 마중하겠다며 차를 내 주어 그녀의 차를 탔다. 언니는 끊임없이 에리코에게 인사를 건네거나 겉치레 말을 해댔다. 그런 다음 나를 향해 아버지와 어머니에 대한 추억을 이야기하기 시작했다.

"……그 때 난 아버지가 너무 당황스러웠어. 당연히 반대할 거라 생각했었거든……"

언니가 말하는 그 때란 더글러스와 결혼할 거라고 아버지와 어머니에게 말했을 때다.

"솔직히 아버지가 내 결혼을 허락해 줄 거라고 상상도 하지 못했어. 어쩌면 난 아버지한테 죽을지도 모른다고 생각했었지. 너무 긴장해서 목이 마르더라니까……"

"아버지한테 죽을지도 모른다니, 그건 좀 과장이 심해……"

언니는 아버지에 관한 이야기를 할 때마다 당시의 일을 꺼내곤 한다. 분명 아버지한테 허락을 받아 너무 기뻤기 때문일 것이다.

"과장이 아니라니까. 전쟁이 끝나기는 했지만 아직 귀축미영(鬼

畜米英, 미국과 영국을 귀신과 짐승처럼 여긴다는 전쟁 중의 프로파간다)이라
는 느낌이 있었잖아. 얼마나 걱정했다고 …… 아버지는 옹고집이
긴 했지만 어떤 점에서는 꽤 깨어 있었어. 이해를 하고 있었단 말
이지. 난 해피했어. 지금도 해피해 ……"

언니는 몸을 흔들면서 큰 소리로 웃었다.

언니는 우리 집에서 머물렀지만 딸 쥬디와 보이 프렌드는 온나
손恩納村 비치에 있는 호텔을 숙박처로 잡았다. 쥬디는 차에서 내릴
때 내 볼에 뽀뽀를 했다.

"우린, 이번 가을에 결혼하기로 했어요. 이모도 초대할 테니 꼭
하와이에 오세요."

쥬디는 행복하게 웃는 얼굴로 나를 초대했다.

나는 축하한다는 말과 함께 감사의 인사를 전했다. 그러나 실제
로는 어린 두 사람의 태도에 몹시 당황했다.

두 사람은 항상 손을 맞잡고 뒷좌석에서도 어깨를 껴안고 있었
다. 때로는 얼굴을 가까이 하고 키스하기도 했다. 아직 결혼도 하
지 않았는데 이렇게 거침없는 모습을 보여주어도 되는 건지 이상
하게 여겨졌다.

"얘는 나의 나쁜 성격만 죄다 물려 받았나봐. 낙천적인 데다가
앗파파ㅡ. 어쩔 수가 없다니까."

나의 그런 표정을 언니가 알아차린 것인지, 언니는 큰 소리로 웃
었다.

"그치만 두 사람에게는 신혼여행 같은 거니까 그냥 좀 봐 줘. 실은 보이 프렌드의 형이 가데나嘉手納 기지에 2년 임기로 부임해 있대. 쥬디랑 보이 프렌드는 그 형을 만나는 것도 이번 여행의 목적 가운데 하나야. 할아버지의 33재에 와서 그런다는 게 좀 거슬리기는 하지만 …… 이해를 좀 해 줘."

"아니, 난 그걸 언짢게 생각하는 게 아냐. 그냥 우리들이 어렸을 때랑 분위기가 완전히 달라서 ……"

"어머, 그래?"

"어머, 그래라니 …… 그렇잖아. 아냐? 아님 미국이랑 일본이 다른 건가?"

"그래. 넌 항상 진지했으니까. 난 그렇지도 않았어."

언니는 다시 소리를 내며 웃었다.

쥬디의 웃는 얼굴은 역시 언니의 웃는 낯과 닮아있다.

문득 언니의 말에 스무 살 때 나에게 프러포즈를 했던 남자를 생각해 내었다.

당시 나는 아버지를 잃고 어머니와 단 둘이 생활하고 있었다. 나는 마을 공동매점의 점원으로 일하게 되었고 얼마간 세월도 흐르게 되었다. 그 때 어릴 적부터 마을에서 알고 지내던 한 남자로부터 연애편지를 받았고 고백을 받게 되었다.

우리들은 곧장 사귀었다. 그 남자가 싫지 않았던 나는 그와의 연애에 열중했다. 그 남자는 성실한 사람이어서 내 분에 넘치는 사람이라고 여겨질 정도였다.

사귀기 시작한 후 몇 개월이 지난 다음, 그 남자는 예상대로 프러포즈를 했다. 그리고 본토에서 일하고 싶다며 나에게 같이 가자고 했다. 본토에서 취직하려는 생각을 그가 가지고 있었다는 건 예상치도 못한 일이었다.

"난 여섯 형제 중에 막내라 비교적 자유로운 편이거든. 본토에서 일하며 부모님께 돈도 보내드리고 그렇게 효도해야지 하는 마음을 항상 갖고 있었어. 여기에 남아 있는다 해도 일거리도 없고 말이야. 우리 형제들이 땅을 나누어 가진다 한들 내가 가질 몫은 먹고 살 만큼의 넓이도 안 돼……"

진중한 성격을 가진 남자는 이 말도 역시 진지하게 털어놓았다.

프러포즈를 받은 나는 매우 기뻤지만 왠지 그의 이야기를 들으면서 이 남자는 본토로 가기 위해 나에게 프러포즈를 한 것이구나 하는 생각이 점점 들게 되었다. 나의 의구심을 털어놓으니 그는 역시 그렇다고 답했다.

"혼자 지내는 건 좀 불편하잖아. …… 제대로 된 가정을 갖고 열심히 일하고 싶어."

그 남자는 눈을 반짝이며 그렇게 말했다. 솔직한 사람이야, 이런 솔직함을 가지고 일한다면 본토에서도 분명 성공할 거야, 하는 생각이 들었다.

그러나 나는 점점 기분이 울적해졌다. 난 이 남자가 본토에 가서 일하기 위한 준비물 가운데 하나이구나, 하는 생각을 하자 조금 슬퍼졌다. 그런 기분의 변화를 그 남자는 이해하지 못했다.

나는 내 가슴을 더듬는 남자의 손을 뿌리치며 잠시 생각할 시간이 필요하다고 말했다.

남자는 만날 때 마다 내 입술은 물론이고 온몸에 애무를 했다. 그의 사랑에 의문을 가지고 있던 나는 역시 그를 받아들일 수가 없었다. 어머니를 혼자 남겨두고 고향을 떠날 수도 없었다.

나에게 거절당한 그 남자는 반년도 채 지나지 않아 다른 여자와 결혼식을 올리고는 본토로 건너갔다. 나는 그 남자와 결혼하지 않은 걸 다행이라 여겼다. 참으로 싱겁게 끝나버린 연애였다.

그 후로 나는 어머니와 단 둘이서 16년이나 살았다. 내가 서른여섯 살이 되었을 때 어머니는 돌아가셨다. 두근거리는 밝은 연애 같은 건 나에게 두 번 다시 찾아오지 않았다.

9

"도키코, 넌 아버지가 징병 거부 운동을 한 걸 알고 있니?"

"징병 거부?"

"응, 징병, 거부. 전쟁에 가는 걸 반대하는 일 말이야."

"처음 들었어. 몰랐어 ……"

"넌 뭐든지 처음 듣는구나."

"그게 아니라, 아버지는 징병 거부 운동 같은 걸 하지 않아도 워낙 몸이 약하고 나이도 들어서 전쟁에 가지 않았을 텐데."

"노–. 아버지는 자기 일만 그런 게 아니라 마을 사람들도 설득하곤 했어."

"정말? 그런 일이 있었구나……"

"가끔씩 아버지가 마을 사람들에게 맞기도 하곤 했잖아. 바로 그 때문이었어."

"그랬구나…… 난 다른 이유로 맞는 거라고 생각했어. 만약 언니 말대로라면 맞는 거로 끝나서 다행이었네. 당시에 그런 말을 하면 비국민 취급을 받았잖아?"

"그러게 말이야. 그 정도로 끝난 게 정말 신기할 정도야. 그건 이 마을이 이상한 건지도 몰라…… 경찰에 끌려가야 당연한 일인데…… 어떤 식으로 징병 거부 운동을 했는지, 그 부분에 대해선 나도 알지 못해."

나는 언니의 말에 조금 동요했다. 어떻게 반응하는 것이 좋을지 몰랐다. 아버지에 대해 몰랐다는 사실, 그리고 아버지의 징병 거부와 사망자 명부 작성 사이에는 뭔가 관련이 있는 게 아닐까 하는 당혹감이 들었다.

"넌 전쟁 당시 열두 살이었잖아. 모르는 게 당연하지."

언니는 당시 스물한 살이었다.

"아버지는 겐이치도 전쟁에 보내지 않으려 했어. 특공대원이 되어 비행기를 타고 싶어 하던 겐이치가 다른 데 관심을 가지도록 필사적으로 노력했었지 …… 아직 어린 아이에게 말이야."언니의 말을 들으니 어쩐지 아버지의 일생이 커다란 물줄기 속으로 수렴되는 듯한 느낌이 들었다. 흐트러져 있던 실 가닥이 모여들어 하나의 큰 실을 엮어가는 그런 느낌이었다.

"아버지는 현실 감각에서 좀 벗어난 면이 있어서 말이야. 상당히 낭만적이었잖아. 죽은 후미코의 일만하더라도 후미코의 애인도 아닌데 자기 마음대로 마을 청년을 후미코의 애인으로 만들더라고. 자기가 맘대로 그렇게 생각하는 거야. 구소-니-비치로 만들거라고 해서 얼마나 힘들었다고."

"구소-니-비치?"

"그래, 죽은 사람끼리 결혼시켜 저 세상에 살도록 하는 거 말이야. 큰아버지가 엄청 크게 화를 냈었어. 아버지는 후미코가 가여웠겠지. 결국 전사한 한 젊은 마을 청년과 구소-니-비치시켰어 ……."

아버지와 어머니는 모두 이 일에 관해 나에게 한 마디도 해 주지 않았다. 과거는 자신이 직접 묻지 않으면 되살아나지 않는 것일까. 아니면 어머니도 그런 사실을 몰랐던 것일까.

그렇지만 가즈코 언니가 알고 있을 정도니까 어머니도 분명히 알고 있었을 터였다. 아니면 이 모든 것을 알려 주기엔 내가 너무 어렸고 무거운 주제라고 생각했던 걸까 …….

"언니는 겐이치 오빠에 관한 것도 뭔가 알고 있어?"

"겐이치? 어떤 거?"

언니는 갑작스러운 내 질문에 당황한 듯 했다.

그러나 나는 묻지 않을 수 없었다. 겐이치 오빠의 죽음이 항상 납득되지 않았기 때문이다. 갑작스레 병으로 죽었다는 게 이해가 되지 않았다. 아버지의 징병 거부 운동과 관련이 있는 것일까. 마을 젊은이들 사이에서 뭔가 문제가 있었던 것일까. 혹은 아버지가 강제로 오빠를 죽음으로 내모는 일을 한 것일까 …… 모두 가능성이 없는 이야기이지만 여러 가지 의문이 일어났다. 항상 오빠의 죽음이 신경이 쓰였다.

"아버지나 어머니는 겐이치 오빠 이야기만 나오면 갑자기 입을 다물고는 우울해 하잖아 …… 무슨 일이 있었던 걸까 하는 생각이 들어서 ……"

"아무 일도 없었어. 아무 일도. 만약 아버지나 어머니의 행동이 그랬다면 그건 겐이치가 외동아들이라 워낙 슬픔이 컸기 때문 일 거야. 너무 큰 충격을 받아서 다시 일어설 수 없었던 거야."

"그래 …… 그렇구나."

나는 기운이 좀 꺾인 느낌이었지만 언니의 말을 들으니 안도가 되기도 해서 다시 웃음을 찾을 수 있었다. 오랫동안 가지고 있던 마음의 족쇄에서 갑자기 해방된 듯한 기분이 들었기 때문이다.

"아버지나 어머니는 겐이치 오빠를 잃고 정말 힘들었겠구나 ……"

"그야 당연하지 …… 별난 말을 다 하는구나."

"모두 사이좋게 저 세상에서 행복하게 살고 있을까?"

"당연하지. 점점 별난 말을 해대네."

언니는 정말로 걱정이 된다는 듯이 내 얼굴을 들여다보았다.

나는 언니에게 마음의 동요를 들키고 싶지 않았다. 필사적으로 웃는 얼굴을 만들며 언니 앞에 있는 찻잔에 차를 부었다. 오랜만에 고향에 돌아와 사는 얘기를 하는데 이상한 방향으로 흘러가고 있다.

언니는 갑자기 내가 짓는 웃음 이상으로 크게 웃는 얼굴을 만들며 차를 마셨지만 다시 나를 바라보고는 진지한 표정으로 말했다.

"도키코 …… 뭔가 걱정되는 일이라도 있는 거니?"

"아니, 없어. 괜찮아. 아무 것도 아냐."

나는 시선을 아래로 떨어뜨린 채 차를 마셨다.

"오랫동안 아버지와 어머니를 돌보느라 너 정말 고생이 많았어 …… 어때? 이젠 하와이로 오지 않을래? 오직 우리 둘만 남아잖아. 같이 살자. 더글러스도 이 일에 대해서는 오케이라고 했어. 너, 허니는 없지?"

"허니?"

"애인 말이야."

"설마, 없어."

"그래? 그렇지. 넌 여러 가지로 참 바빴으니까 …… 하와이는 참

좋은 곳이야. 분명히 네 남편감도 찾을 수 있을 거야. 나, 소개할 사람도 있어."

"농담이지, 언니? 이런 아줌마를 누가 ……."

"아줌마라니. 도키코는 충분히 매력 있어."

언니는 생글생글 웃으며 내가 하와이로 오길 권했다.

"그래, 고마워. 그런 말만으로도 충분해."

"충분하지 않아. 생각해 봐."

"고마워."

나는 웃는 얼굴로 언니를 보았다. 겐이치 오빠 일에 대한 의심에서 해방된 나는 역시 들뜬 마음이 되었다. 언니도 아마 그런 기분이었는지 갑자기 웃음을 띠우면서 이렇게 말했다.

"우리들은 '이쿠사누, 구에-누쿠시'니까. 다른 사람의 몫까지 행복해져야 해."

"응? 지금 뭐라고 했어?"

나는 당황해서 다시 물었다.

"이쿠사누, 구에-누쿠시. 전쟁이 먹고 남긴 것. 우치나 구치〔오키나와 방언을 이르는 말〕로 그렇게 말들 하잖아?"

"누구를 말하는 거야?"

"어머나? 너랑 나, 우리 둘이지."

언니는 그렇게 말하면서 살찐 몸을 유쾌하게 흔들며 다시 큰 소리로 웃었다.

언니는 나흘간 머물렀다. 그러나 그 나흘은 몇 배의 시간을 보낸 것처럼 농밀한 시간이었고 정신도 없이 지나갔다. 우리 집에서 여장을 푼 첫째 날은 여유롭게 옛날이야기를 하며 밤을 새웠지만 둘째 날부터는 한꺼번에 사오 년을 지낸 것 같이 바쁘게 보냈다.

아버지와 어머니의 재를 지낸 둘째 날은 아침 일찍부터 마을 부인회 사람들이 찾아와 부엌에서 큰 목소리로 이야기하며 재에 쓸 음식을 준비했다. 사람들은 오랜만에 만난 언니와 어깨를 껴안으며 눈물을 흘리기도 하고 웃기도 했다. 덕분에 온 집안은 소란스러웠다. 그 사이 잠깐 시간을 내어 아버지와 어머니, 그리고 겐이치 오빠와 후미코 언니가 합사되어 있는 선조들의 묘에 가기도 했다.

오후부터는 절에서 스님을 모셔와 독경을 부탁했다. 그것이 끝나자 조문객이 끊임없이 찾아 왔다. 네 사람의 재를 한꺼번에 하는 데다 33재가 겹치다 보니 조문객이 많을 수밖에 없었다. 사람들을 접대하고 분주하게 인사를 하다 보니 눈 깜짝할 사이에 날이 저물었다.

그 날에는 또 쥬디를 데려오기도 하고 보내주기도 하고, 쥬디와 언니를 조문객들에게 소개하기도 하고, 일을 도와주었던 부인회 사람들 모두에게도 인사하기도 했다. 날이 저물어 바닥에 엉덩이를 붙이게 되었을 때엔 하루 동안의 피곤이 몰려 녹초가 되어 버리고 말았다.

셋째 날에는 재에 와 주신 친한 친척들에게 감사 인사도 할 겸 언니의 귀향 인사도 드릴 겸 언니와 함께 친척 집을 돌아다녔고 넷째 날에는 다시 에리코에게 부탁하여 쥬디와 여행을 떠나는 언니를 배웅하려 공항까지 나갔다.

언니가 탄 비행기가 떠나는 것을 보자, 재를 무사히 끝냈다는 안도감이 함께 엄습해 한꺼번에 나이를 먹은 듯한 기분이 들기도 했다. 기력도 없이 멍하니 수 일간을 그렇게 보냈다.

10

"와, 정말 놀랐습니다. 명부에 대한 소문을 듣고 찾아오긴 했습니다만 역시 여기까지 찾아 온 보람이 있군요. 무슨 말씀을 드려야 할지 …… 누가 부탁한 일도 아닌데 이렇게 훌륭한 사망자 명부를 단 한 사람이 만들다니 …… 참 대단합니다."

히가比嘉라는 이름을 가진 남자는 아버지가 만든 명부를 보면서 쉬지 않고 감탄을 했고 자주 한숨을 지었다. 옆에 앉아 있던 그의 여동생도 몸을 앞으로 내밀어 명부를 들여다보았다. 남자의 어머니는 이미 여든 살을 넘긴 분으로 무표정한 얼굴과 허공에 떠도는 눈동자를 한 채 딸 옆에 앉아 있었다.

전후 50년이 지난 지금도 일 년에 수 명 정도는 K공동묘지 사망자 명부를 보여 달라며 찾아오곤 한다. 지금 내 앞에 있는 남매 유족은 내가 내어 놓은 차에는 손도 대지 않고 뚫어지듯이 명부를 바라보고 있다.

"분명히 여기에 지넨 요시오知念吉男라는 이름이 있습니다. 사망 연령은 다섯 살 …… 어머니가 아버지와 결혼하기 전에 지넨이라는 사람과 결혼한 적이 있었다는 것은 어렴풋이 알고 있었습니다만 요시오라는 아이가 있었다는 사실은 전혀 몰랐습니다. 어머니는 한 번도 그 일에 대해 말하지 않았으니까요 ……"

히가 씨는 그렇게 말하고 나서는 크게 어깨를 들썩이며 숨을 쉬었다.

"어머니는 이제 완전히 정신이 없으신데 갑자기 수 개월 전부터 요시오, 요시오라는 말을 하기 시작했습니다 …… 무당(유타)을 부르기도 하고 친척들에게 여러 가지로 여쭤보기도 했죠. 어머니와 전사한 전 남편 사이에는 요시오라는 아들이 있었는데 아무래도 그 아이가 K공동묘지에 매장되어 있는 것 같다는 말을 어느 분이 하더군요. 그래서 오늘은 동생과 함께 마음을 단단히 먹고 어머니와 함께 찾아왔습니다 …… 이야, 그러나 정말 놀랐습니다. 어머니가 살아계신 동안에 죽은 형님을 공양할 수 있게 되어서 정말 다행입니다 ……"

어머니 왼편에 앉아있던 남자의 여동생은 노모의 손을 매만지며 이렇게 이야기를 이어나갔다.

"참으로 감사드립니다. 사실 제 친구의 지인이 지지난 주에 이

댁 재에 왔었는데, 친구로부터 K공동묘지 사망자 명부에 대해 듣게 되었습니다. 실례인 줄 알지만 꼭 보여 달라고 부탁드리고 싶어서 오빠와 상의하여 이렇게 오게 되었습니다. 감사합니다 …… 엄마, 참 다행이죠. 이제 요시오 오빠를 공양할 수 있어요.”

어머니는 딸이 하는 말에도 특별한 반응을 보이지 않았다. 어머니는 사태를 잘 알고 있지 못한 듯 했다. 전후의 긴 세월 동안 아들의 죽음을 어떻게 여기며 봉인해 왔을까.

“이 명부가 아버님으로부터 어머님에게, 어머님으로부터 따님에게 …… 이렇게 옮겨 써 가며 이어져 온 것이 아주 대단하다고 생각합니다 …… 어쩐지 믿을 수 없기도 해요.”

히가 씨는 단단히 감동을 받은 듯이 노트를 뚫어지게 쳐다보고 있었다.

아버지의 노트는 묶어 놓은 실이 풀리기 시작하고 있었다. 노트 가장자리가 세피아 색으로 변색되었고 찢어지기도 했다. 노트에는 많은 유족들의 마음이 담긴 지문 자국도 남아 있었다.

아버지와 마찬가지로 어머니의 명부도 대학 노트에 쓴 것이었지만 나는 두 분의 것과는 달리 노트 종이를 뺐다 끼웠다 할 수 있는 루스 리프loose leaf식 갈색 표지 노트에 옮겨 쓰기 시작하고 있었다.

“그럼 이제 갈까요? 묘지까지 제가 안내하겠습니다.”

“잘 부탁드립니다. 제가 너무 오랫동안 명부를 보았군요 ……”

“저기, 오빠 …… 현장에 가 보면 어쩜 어머니의 기억이 되돌아

올지 몰라. 그지?"

"그럴 수도 있겠네. 그렇게 되면 좋겠어. …… 어떻게 될까?"

두 남매는 서로 말을 건네며 어머니를 양 쪽에서 껴안듯이 하면서 일으켰다. 그러나 어머니는 좀처럼 일어서려 하지 않는다. 입을 우물 우물거리고 있다. 나이가 들어서 그런 것일까 아니면 자식들의 말을 아직 이해하지 못해서 그런 것일까. 남매의 어머니의 머리카락은 완전히 백발이었다.

지난 재에서 아버지와 어머니가 만든 K공동묘지 사망자 명부에 대한 이야기가 나왔을 때, 친척 가운데 한 사람은 사망자 명부를 마을 사무소에 넘겨 매장지를 관리하게 하고 또 유족들에 대한 안내도 마을 사무소가 해야 할 일이라고 말했다.

만약 마을 사무소에서 먼저 이 명부를 보관하고 유족들에 대한 대응도 하겠다고 한다면 나도 그렇게 할 작정이지만 아직 마을 사무소로부터는 연락이 없다. 연락이 오기까지는 아버지와 어머니가 그렇게 한 것처럼 나도 하는 수밖에 없는 것이다.

나는 곧 환갑을 맞이한다. 어머니가 돌아가신 후에는 혼자 농사 짓는 것도 힘들어 작은 잡화점을 운영해 왔다. 부모님으로부터 물려받은 땅은 내가 먹을 만큼의 채소를 심을 땅만 제외하고 나머지는 다른 사람에게 빌려 주었다. 마을 아이들에게는 묘지 안내를 하며 혼자 사는 이상한 아줌마로 비칠지 모르겠다…….

히가 씨가 눈앞에 펼쳐 놓은 노트를 다시 한 번 본다. 아버지는 사망자 명부를 세 권으로 나누어 작성했다. 하나는 사망자들의 이름 등을 기록한 일람표이고 다른 하나는 한 사람 한 사람의 매장 장소를 기록한 지도, 그리고 나머지 하나는 미완성이긴 하지만 병명이나 G미군 야전 병원 입원 기간, 부상 장소 등을 상세하게 기록한 설명서였다.

일람표는 15세 미만과 15세 이상으로 나누어져 있었다. 각각의 이름과 나이, 본적지, 사망 연월일 등을 기입하여 번호를 붙여 놓은 것인데, 왜 15세를 기준으로 나누어 놓았는지는 알 수 없었다. 어머니에게 물어 보았다면 대답을 얻었을지도 모르지만 그것도 확신할 수 없다.

사망자 연월일은 15세 미만이 1945년 6월 30일부터 10월 4일까지, 15세 이상은 1945년 8월 31일부터 12월 2일까지로 되어 있었다. 약 4개월에서 6개월 사이에 죽은 이를 기록한 사망자 명부인 것이다.

그러나 6개월 사이에 아버지가 매장한 사람은 15세 미만이 62명, 15세 이상은 364명, 합계 426명이나 된다.

명부에는 공백이 거의 없었다. 이름난이 공백으로 처리된 것은 15세 미만이 2명, 15세 이상이 3명에 그친다. 그 가운데 한 사람은 일본군이라고만 적혀 있었다.

나이 부분의 공백은 15세 미만이 10명, 15세 이상이 9명. 본적지 부분의 공백은 15세 미만의 경우는 한 명도 없다. 사망 연월일이 공백으로 된 부분은 15세 미만이 8명, 15세 이상은 없다 …….

아버지는 공백으로 남긴 부분을 원통하게 생각했을지도 모른다. 어쩌면 그 때문에 망령이 되어 내 앞에 계속 나타나는지도 모르겠다. 명부를 옮겨 적는 것으로 아버지는 어머니에게, 어머니는 나에게 무엇을 전하려 하는 것일까 ……

"자. 엄마, 갑시다 …… 요시오 씨를 만나러 가요."

"하나 둘 셋."

히가 씨 남매가 소리를 맞추어 다시 양쪽에서 어머니를 부축하여 일으킨다. 어머니를 사이에 두고 나란히 선 세 사람은 현관에서 나갔다.

나는 세 사람의 뒷모습을 보면서 문득 언니 말대로 하와이로 갈까하고 생각했다. 마을 사무소에는 내가 먼저 전화를 해 보려 한다.

그러나 마을 사무소가 결정하기까지는 당연히 어머니의 유언을 계속 지켜야 한다. 마을 사무소에 위탁하는 게 아버지의 유언을 거스르는 일이 되지는 않을까 하는 생각이 들기도 한다. 아버지의 망령은 아무 말도 하지 않지만 다음에 나타난다면 그렇게 해도 좋을지 물어 볼 작정이다.

현관을 나와 우리 집의 작은 정원을 바라본다. 어머니가 가장 좋아하던 일일초의 연붉은 꽃이 한창이다. 마귀를 쫓기 위해 부적삼아 아버지가 심어 놓은 불상화의 녹색 잎에도 한 여름의 햇빛이 마구 쏟아지고 있다. 내가 가장자리에 심어 놓은 배롱나무에도 작은 꽃봉오리가 맺혀 있다.

나는 밀짚모자를 손에 들고 현관을 나서는 세 가족을 보았다. 세 사람의 그림자는 어느 사이 네 사람이 되어 있었다. 나도 모르게 웃음이 흘렀다. 세 사람 곁에 다가 서서 걷고 있는 또 한 사람의 그림자는 분명히 아버지의 뒷모습이다.

아버지의 등은 이사투얏치-라 불리던 당시 모습과 하나도 달라진 것이 없다. 야윈 등을 구부정하게 숙이고는 천천히 걷는다. 그런 아버지가 잠깐 멈추어 서서 뒤돌아 나를 보더니 싱긋이 웃는 것 같다. 나도 모르게 미소로 답하고는 힘껏 손을 흔들었다. 동시에 아버지가 왜 열다섯 살을 기준으로 사망자 명부를 나눈 것인지 그 이유를 알 것 같다.

나는 이제 더 이상 아버지의 망령이 나타나지 않을 것만 같았다. 밀짚모자를 쓰고 네 사람의 그림자 뒤를 따라가기 위해 걸음을 재촉했다. 내 가슴 속에서는 뜨거운 감정이 왈칵 넘쳐흘렀다.

조정민 옮김

끝나지 않을 전후

조정민

일반적으로 오키나와는 일본의 한 현縣으로 인식되는 경우도 많지만, 일본 근현대사에 있어서 오키나와는 일본의 일부이면서 일본이 아닌 특수한 위치에 놓여 있었다고 할 수 있다. 오키나와는 그 지명을 가지기 이전에 류큐왕국琉球王国으로 존재하고 있었고, 1879년 메이지정부明治政府의 류큐처분琉球処分을 통해 강제적으로 일본의 일부가 되었다. 이후, 일본근대국가에 편입된 오키나와는 경제적으로는 소철지옥蘇鉄地獄으로 대표되는 궁핍한 생활을 해야만 했고, 정치·사회적으로는 외지인外地人으로서 차별대우를 받아야만 했다.

특히 아시아태평양전쟁 당시의 오키나와전투는 오키나와가 가진 가장 비극적인 역사적 경험이었다고 할 수 있다. 패색이 짙어지자 일본은 천황제 옹호를 절대적 조건으로 하는 강화협상을 시작하기 위해 본토결전本土決戦을 준비하였고, 그로 인해 오키나와는 일

본열도 가운데서 유일하게 지상전을 경험하게 되었다. 그 결과 본토 군인 약 6만 5천 명, 오키나와 군인과 민간인 약 20만 명, 그리고 1만 명의 조선인들이 희생되었다. 오키나와전투에서 군인보다 민간인의 희생자 수가 많았던 것은 일본군에 의한 오키나와 주민 학살이 있었기 때문이었다. 일본군은 오키나와 주민들을 미군의 스파이라고 간주하여 그들을 학살, 고문했던 것이다. 전쟁하의 오키나와는 '철의 폭풍鉄の暴風'이라고 불릴 정도로 일본군과 미국군의 격전지였을 뿐 아니라, 오키나와 주민들이 모두 학살당하거나, 또는 자결하는 장이기도 했다. 그 결과 오키나와 전체 인구의 약 3분의 1일이 희생당하게 된다.

패전 후, 미군의 직접 지배하에 놓인 오키나와는 미국의 동아시아 군사 요새가 되어 일본 내 미군기지의 약 75%가 오키나와에 집중되는 현실과 마주보게 된다. 이와 같은 상황은 오키나와가 일본 제국주의의 희생의 대상이기도 하였다는 점을 생각할 때 역설적이라 하지 않을 수 없다. 그러나 이러한 오키나와의 차별적이고 억압적인 전후 상황에 대해, 일본 본토는 무관심으로 일관하였고, 때에 따라서는 적극적으로 오키나와를 차별하기도 했다. 예컨대 쇼와 천황昭和天皇이 "미국이 오키나와를 25년이나 50년 또는 그 이상의 기간에 걸쳐 지배하는 것은 미국에게 이익이 될 뿐 아니라, 일본에게도 이익이 된다"고 하는 이른바 '오키나와 메시지'를 GHQ에 전달한 것은 매우 상징적이라 할 수 있다. 이는 일본 본토의 안

K공동묘지 사망자 명부

정을 위해 오키나와의 희생을 강요하는 분명한 증거에 다름 아니다. 오키나와는 1972년에 일본본토로 반환되었지만, 오늘날까지도 일본의 모순적인 정책과, 전쟁의 상흔, 미국에 의한 냉전체제의 긴장 등을 그대로 끌어안고 있다는 점에서 오키나와에 '전후'가 도래하였다고 말하기는 힘들지 않는가 하고 반문하게 된다. 오키나와의 작가 메도루마 슌目取真俊의 '전후 제로 년'이란 표현을 통해 오키나와에서는 아직 전후가 시작되지 않았음을, 아니 오키나와가 여전히 전시하에 있음을 함축적으로 이야기한 바 있다.

이처럼 오키나와가 지금도 여전히 전시하의 시간 속에 머물러 있음을 증명하는 소설이 바로 오시로 사다토시大城貞俊의 「K공동묘지 사망자 명부K共同墓地死亡者名簿」이다. 이 작품은 G 마을(G 마을은 작가가 실제로 거주했던 기노완시宜野湾市를 가리킨다)에 거주하는 도키코豊喜子 가족이 대를 이어가며 마을 공동묘지에 묻힌 사망자들의 명부를 작성하고, 유해를 찾으러 오는 유족들을 위해 묘지를 안내하는 이야기를 담고 있다.

K공동묘지는 마을사람들의 시체를 매장하는 곳이 아니라 인근의 G 미군 야전 병원에서 사망한 사람들을 매장하는 장소였다. 더욱 정확하게 말하자면 전장에서 부상당한 병사나 죽음에 임박한 민간인이 야전 병원을 거쳐 시체가 되면 매장하는 그런 곳이었다. 도키코의 아버지와 큰아버지는 K공동묘지에 시체를 매장하는 일을 할당받았고, 특히 도키코의 아버지는 사망자들의 신원을 기록

하는 데에 많은 시간을 들였다. 시체가 부패하기 전에 바로 매장을 해야 마땅하지만 도키코의 아버지는 누가 시키지도 않은 사망자 명부 작성에 매달리며 대단히 큰 정성을 쏟았던 것이다.

그런데 여기에서 우리는 K공동묘지와 도키코의 아버지가 기록한 사망자 명부가 무명용사의 기념비나 묘지와는 결정적으로 다르다는 점에 대해 주목하지 않을 수 없다. 베네딕트 앤더슨Benedict Anderson의 저작 『상상의 공동체』에서 읽을 수 있듯이 무명용사의 기념비나 묘지는 근대 민족주의의 상징에 다름 아니다. 무명용사의 넋을 기리는 묘지와 비석은 나라와 민족을 위해 기꺼이 용맹스럽게 죽었거나 뜻하지 않게 유명을 달리한 영혼을 위로하는 기념 장치로, 비록 그들의 이름이나 주검은 확인할 수 없지만 '우리'는 그들 묘지 앞에서 비로소 하나의 민족으로 혹은 하나의 국가 구성원으로 존재할 수 있다. 그들이 죽음에 이른 과정을 상상하면서 민족과 국가의 범주를 다시 굳건하게 정비하는 가운데 '우리'를 위협하고 공격해 왔던 외부적 타자와의 구분은 더욱 분명해지는 것이다. 이렇게 민족의 영원한 안녕과 안위를 위해 목숨을 바친 이름 없는 자들의 무덤은 그 이름 없음으로 인해 더욱 간단하고도 쉽게 '우리'라는 공동체 속에 포섭될 수 있었는지 몰랐다. 무명의 병사들에게는 처음부터 이름도 주검도 없었기에 어떠한 예외적인 죽음의 형태도 허락되지 않았고, 그런 탓에 그들은 국가나 민족 이데올로기 담론을 강화시키는 역할을 끝까지 수행해낼 수 있었다.

그러나 K공동묘지의 경우는 사정이 좀 다르다. 오키나와 전투가 거의 막바지에 이를 무렵, 도키코 가족이 살던 G 마을에는 미군의 야전 병원과 포로수용소가 있었다. 거기에선 끊임없이 죽은 사람들이 나왔고 그런 사자들을 매장하기 위해 도키코의 아버지는 'K공동묘지 사망자 명부'를 작성하게 된다. 어떠한 이유에서인지 알수는 없지만 도키코의 아버지는 처음부터 K공동묘지에 매장되는 사망자들에 대해 기록을 해 두어야 한다고 생각했던 것 같다. 시체를 매장하는 일만으로도 일손이 부족한데, 도키코의 아버지는 사망자들의 기본적인 정보, 그러니까 이름과 연령, 본적지 등을 비롯해 그들이 죽음에 이르게 된 사연과 심지어 생전의 모습까지도 기록하고자 했다. 도키코의 아버지는 마을 사람들뿐만 아니라 야전 병원의 의사와 미군, 또 일본군 포로와 민간인 수용자들에게도 사망자의 신분에 대해 끈질기게 묻고 다니곤 했는데, 때문에 그는 사람들에게 자주 얻어맞았고 머리를 조아리듯 설설 기기도 했으며 질펀하게 욕바가지를 얻어먹기도 했다. 그런 조사 과정을 거치고 난 후에는 통나무를 깎아 묘표를 만들고 거기에 죽은 이의 이름을 써서는 묘지 앞에 세워 두었다.

도키코는 사망자 명부를 만들기 위해 고군분투하는 병약한 아버지의 모습이 그저 안쓰럽기만 하다. 당시 열두 살이던 도키코는 무엇 때문에 그토록 사망자 명부 기록에 집착하는지 아버지에게 물어본다. 그날도 아버지는 좌식 탁자 앞에 앉아 램프를 밝히고서 사망자의 명부를 작성하고 있었던 것이다. 아버지는 손에 쥔 펜을 내려놓고 딸을 무릎 위에 앉혀서는 탁자 위에 펼쳐진 노트 페이지를 한 장 한 장 넘기며 떨리는 목소리로 죽은 이들의 이름을 하나하나 정성스레 읽어나갔다. 연령, 사망 연월일, 본적지 등을 언제까지나 읽고만 있었다.

사실 도키코의 아버지가 아니었더라면 K공동묘지는 무명용사의 묘지나 비석처럼 모든 이의 죽음이 '전사'라는 하나의 범주 안에 수렴되어 같은 공간에서 동일한 의미로 소비되었을 가능성이 매우 높다. K공동묘지에는 전장에서 실려 온 시체는 물론이고 병원에서 나온 시체도 매장되어 있으며 나뭇잎처럼 바싹 마른 갓난아기의 주검도 묻혀있다. 여기에는 도키코의 오빠 겐이치健一의 죽음도 그림자를 드리우고 있다. 특공대원이 되고 싶다며 고집을 피우던 겐이치와 그런 아들을 못마땅하게 여긴 아버지는 늘 대립할 수밖에 없었는데, 열다섯 살의 나이로 숨을 거두어버린 겐이치는 결국 특공대원의 꿈을 이루지는 못했다. 도키코의 아버지가 명부를 열다섯 살을 기준으로 나누어 작성한 것은 아들 겐이치의 죽음과도 무관하지 않았다. 아버지는 매일 밤마다 사망자 명부를 기록하면서 아들의 죽음을 거듭 연상하지 않을 수 없었을 터이며, 이는 전쟁 한 가운데서 아버지가 아들을 추모하는 유일한 방식이기도 했다.

이렇게 아버지는 한 사람 한 사람이 가지는 개별적인 죽음의 사연을 사망자 명부에 기록해 놓고 그들의 이름과 나이, 사망 연원일

등을 도키코에게 들려주고 있은 셈인데, 이처럼 고유 이름으로 불리는, 그리고 숨을 거둔 날짜가 분명하게 기록되어 있는 사체들은 무명용사의 주검처럼 동일한 공간과 시간에 결코 수렴될 수 없다. 아니 이들은 그곳에 수렴되는 것을 거부한다. 서로 다른 죽음의 경험을 가지는 이들의 신체는 '호국 영령'이나 '순국 선열'의 '살신성인' 정신을 기리는 단 하나의 추모 공간에 담길 수 없으며, '위령의 날'과 같은 단 하나의 제삿날에 뭉뚱그려 그들 넋을 기릴 수도 없다. 나아가 도키코의 아버지가 작성한 사망자 명부는 안보와 호국이라는 대의 아래에서 만들어진 죽음이 국가가 자행한 폭력과 살인의 결과라는 사실을 분명하게 전경화시킨다. 예컨대 작품 속에 등장하는 겐이치의 죽음은 이를 가장 적절하게 대변하고 있을지 모른다. 겐이치는 폐렴으로 사망한 것으로 알려져 있지만 이는 직접적인 사인이라 보기 어려우며, 오히려 그의 죽음의 원인은 특공대원이 되고 싶어 하던 겐이치와 아버지의 극렬한 대립, 그리고 징병 반대 운동을 공공연하게 벌이던 아버지와 마을 사람들의 대립 속에서 미루어 짐작하는 편이 타당하다. 이처럼 겐이치는 전쟁에서 죽음을 맞이한 것은 아니지만 전쟁 이데올로기가 일으킨 갈등과 비극을 그대로 체현한 인물이기도 했던 것이다.

거듭 이야기하듯이 작품 속에는 겐이치의 사인이 분명하게 명시되어 있지 않다. 도키코는 오빠 겐이치가 갑자기 폐렴으로 사망했다는 게 영 석연치 않으며, 오빠 이야기만 나오면 입을 꾹 다물

어 버리는 부모님의 태도도 이상하기 짝이 없다. 심지어 전시 하에
서 징병거부 운동을 벌이던 아버지가 강제로 오빠를 죽음으로 내
몬 것은 아닐까 의심스럽기도 하다. 이런 여러 가지 정황은 도미야
마 이치로富山一郎가『폭력의 예감』에서 "살해당한 시체 옆에 있는
자는 그 다음 순간에 공범자가 되어 살해하는 자 쪽에 서게 될지도
모른다. 혹은 시체 옆에 있는 자는 그와 마찬가지로 살해당하게 될
지도 모른다. 그러나 옆에 있는 한 아직 시체는 아니다. 그리고 시
체 옆에서 이루어지는 이러한 언어 행위의 임계로부터 발견해내
야 할 것은 폭력에 저항할 어떤 절박한 가능성이다"라고 이야기한
부분을 상기시킨다. 특공대원을 자처했던 아들의 의문스러운 죽
음, 어쩌면 아버지 스스로 공범자가 되어 아들을 죽음으로 밀어 넣
었을지 모를 죽음과 그런 아들의 시체 옆에서 아버지가 끊임없이
발견해 내려하는 폭력에 대한 절박한 저항은 삶과 죽음이 갈마드
는 묘지에서 실천되고 있었던 것이다.

그런 가운데 외동아들 겐이치의 수상한 죽음은 그의 가족들 기
억 속에서 빠른 속도로 잊혀갔고 도키코는 "이런 것이 바로 전쟁
이구나" 하는 것을 깨닫게 된다. 그런 의미에서 볼 때 아버지에게
서 어머니에게로, 그리고 어머니에게서 도키코로 이어지는 사망
자 명부는 망각과의 전쟁을 선포하는 것이기도 했다. 사망자 명부
를 직접 작성한 아버지는 돌아가신 후에도 도키코 앞에 망령으로
자주 나타난다. 그럴 때마다 도키코는 자신을 등 뒤에서 껴안는 듯

한 자세로 무릎에 앉히고서 사망자 명부의 이름 하나 하나를 손가락으로 짚어가며 소리 내어 읽던 아버지의 모습을 떠올린다. 도키코는 명부를 읽는 아버지의 숨소리를 가만히 기억해 내곤 아버지가 망령으로 자신에게 나타나는 이유가 바로 여기에 있음을 감지한다.

도키코와 같이, 혹은 아버지나 어머니와 같이 사망자를 끊임없이 소환하며 여전히 전쟁의 한 가운데서 사는 이가 있다면 전혀 다른 방식으로 전쟁을 다루는 이가 있다. 바로 도키코의 큰언니 가즈코和子다. 그녀는 마을에 병설된 미군의 G 야전 병원에서 일하던 중에 일계 2세 병사 더글라스 나가미네를 만나 결혼하여 하와이에서 살고 있다. 도키코의 가족 가운데 이제 남은 사람이라곤 가즈코가 유일하다. 아버지의 33재와 어머니의 13재를 겸해서 잠시 고향 오키나와를 찾은 가즈코 언니는 이미 전쟁으로부터 멀리 해방되어 있는 것 같다. 오히려 그녀의 관심은 '이쿠사누, 구에- 누쿠시', 즉 '전쟁이 못 다 삼킨 것', '전쟁으로부터 살아남은 것'에 있다. 사망자 명부와 함께 전쟁을 살고 있는 도키코와는 달리 가즈코는 하와이에서 전후를 살고 있었던 것이다. 가즈코의 딸 쥬디의 보이 프렌드의 형은 오키나와 가데나嘉手納 미군기지에 근무하고 있지만 그런 사실 등은 그다지 중요하지 않다. 전쟁에서 살아남은 자(이쿠사누, 구에-누쿠시)는 다른 사람들의 몫까지 행복해져야만 한다. 그것이 훨씬 더 중요하다.

일계 2세 병사와 결혼해 미국 하와이에서 살고 있는 가즈코의 경우는 그렇다 하더라도, K공동묘지를 관리하고 사망자 명부를 작성하는 일은 이윽고 도키코의 가족 차원을 넘어 G 마을의 집합 경험이자 기억으로 확대된다. 신원이 밝혀질 때까지 매장을 저지하며 사망자 명부부터 확실하게 해 두려는 아버지와 시체가 부패하기 전에 얼른 매장해 버리려는 마을 사람들 사이에는 늘 다툼이 있었지만, 결국 마을 사람들에게도 어떤 사명감이 생겨나 나중에는 명부를 만드는 일에 협력하게 되었다. 또한 청명제가 되면 아버지와 어머니뿐만 아니라 G 마을 사람들 전원이 K공동묘지 주변의 풀을 깎고 청소를 하게 되었고 이윽고 그것은 마을 연중행사가 되어 버렸다. 도키코의 친척 가운데 어떤 이는 사망자 명부를 마을 사무소에 넘겨 매장지를 관리하게 하고 또 유족들에 대한 안내도 마을 사무소가 해야 할 일이라고 조언하기도 했다.

이렇듯 도키코 가족이 행한 사망자에 대한 기억과 기념 행위는 G 마을 공동체의 경험과 기억으로 확대되었고, 사망자 명부는 사회적 기억의 수단으로 승화되었다. 도키코 아버지가 밤마다 작성해 왔던 사망자 명부는 G 마을의 집합 기억이 형성되는 사회적 과정과 그러한 사회적 기억이 어떠한 방식으로 실천되고 있는지를 잘 보여주고 있는 것이다. K공동묘지와 사망자 명부를 둘러싼 갈등과 반목, 경합과 충돌은 G 마을 사람들의 일상생활 가운데에서 조정과 재조정의 과정을 거치며 G 마을의 사회적·문화적 기억으

로 자리 잡았지만, 그것이 다시 도키코 가족 개인의 기억으로 축소
되거나 혹은 국가 기억으로 포섭될 가능성은 희박해 보인다. 도키
코는 K공동묘지 사망자 명부를 마을 사무소에 위탁하는 것이 아
버지의 유언을 거스르는 일은 아닐까 염려스럽지만, 어쩐지 더 이
상 아버지가 망령으로 나타나지 않을 것 같다는 확신이 선다. 아버
지는 자신이 작성한 사망자 명부가 G 마을의 공통 기록으로 전수
되고 유지될 수 있을 때, 비로소 도키코에게 '전후'를 허락한지도
모른다. 이렇게 도키코에게 예견된 '전후'는 아버지에게도 그제야
'전후'가 도래했음을 뜻하는 것이기도 할 것이다.

역자 소개 (작품 순)

장수희 張秀熙, Jang, Soo-Hee

동아대학교 한국어문학과에서 박사과정을 수료하고, 일본국제교류기금 전문일본어 연수(문화·예술전문가)를 수료하였다. 현재 동아대학교 비정규교수이다. 참여한 책으로는 『소녀들』, 『1980년대를 읽다』, 『유토피아라는 물음』 등이 있고 옮긴 글로는 「대학·학생의 채무화와 스튜던티피케이션」, 「우리의 대학은 스트라이크와 함께」, 「다양한 지배, 다양한 저항」, 「퀴어가 여기 살고 있다」 등이 있다. 「비명이 도착할 때」, 「귀환 학병과 어머니-잡지 『학병』에 재현된 '군인의 어머니'를 중심으로」, 「어린이/청소년 문학에 재현된 일본군 위안부 연구-정념 교육을 통한 공감의 공동체의 생산방식에 관하여」 등의 글을 통해 일본군 '위안부' 서사에 대한 연구를 이어가고 있다.

김려실 金麗實, Kim, Ryeo-Sil

연세대학교 국문학과와 대학원을 졸업하고 교토대학에서 인간·환경학 박사학위를 받았다. 현재 부산대학교 국문학과 교수로 희곡, 시나리오, 영상문학을 가르치고 있다. 지은 책으로 『일본영화와 내셔널리즘』, 『만주영화협회와 조선영화』 등이 있고 옮긴 책으로는 『문화냉전과 아시아-냉전 연구를 탈중심화하기』가 있다. 논문으로는 「「도쿄 이야기」의 공간표상 연구」, 「상징천황제와 조선인 위안부의 신체 표상-귀환병 텍스트에 대한 계보학적 분석을 통해」 등이 있다. 냉전기 한국의 반공개발주의와 시각문화에 대해 연구 중이며 소장 연구자들과 함께 연구모임 '냉전문학 문화연구회'를 수 년째 이어오고 있다.

임회록 林回線, Lim, Hoe-Rock

부산대학교 국어국문학과 박사과정을 수료했다. 쓴 글로는 「부산의 정체성과 롯데
자이언츠」, 「말하기 시작하는 몸」, 「달맞이 언덕의 하드보일드 잔혹서사」 등이 있
으며, 논문으로는 「근대계몽기의 법 담론과 그 균열의 양상」, 「해방기의 젠더정치」
등이 있다. 그리고 공저는 『2000년대 한국문학의 징후들』, 『지역이라는 아포리아』
등이 있다. 지금은 웹진 『문화 다』에 영화 리뷰를 쓰고 있다.

조정민 趙正民, Cho, Jung-Min

부경대학교 일어일문학부 조교수. 일본 규슈대학에서 일본 근현대문학 및 문화연
구를 전공하였다. 일본의 전후문학이 패전 후의 연합국의 일본 점령을 어떻게 기억
했는가에 대해 연구하여 박사학위를 취득했으며, 이를 토대로 『만들어진 점령 서
사―미국에 의한 일본 점령을 어떻게 기억할 것인가』(2009)를 펴냈다. 최근에는 『오
키나와를 읽다―전후 오키나와문학과 사상』(2017)을 통해 전후 오키나와 담론의 전
형화, 정형화의 메커니즘을 전후 오키나와문학을 통해 점검하고 오키나와의 지(知)
의 경험의 근대, 혹은 탈근대 담론에 어떻게 개입할 수 있는지 살펴보았다. 번역한
책으로는 『나는 나―가네코 후미코 옥중 수기』(2012), 『화염의 탑―소설 오우치 요시
히로』(2013), 『오키나와문학의 이해』(공역, 2017) 등이 있다.